LE DERNIER DE LA PAROISSE

Né en 1915 près de Thiers, Jean Anglade a écrit plus d'une centaine de romans. Son père est mort un an après sa naissance lors de la bataille de la Somme. D'origine très modeste (son père était maçon et sa mère servante), il est devenu agrégé d'italien. Héritier spirituel d'Alexandre Vialatte, il est considéré comme le patriarche des lettres auvergnates.

Paru dans Le Livre de Poche :

Une vie en rouge et bleu

JEAN ANGLADE

Le Dernier de la paroisse

ROMAN

CALMANN-LÉVY

ISBN 978-2-253-17495-0 – 1re publication LGF

Tout ce qui, dans cet ouvrage,
ne reflète pas la stricte vérité
est le fruit de mon imagination.

J. A.

« Lorsque vous serez invité, allez vous asseoir à la dernière place. Et quand viendra celui qui vous a convié, il vous dira : “Mon ami, montez plus haut.” Alors, ce sera pour vous un honneur devant tous les convives. »

Lc, XIV.

« Adieu le ciel et la maison
Toute saignante ardoise grise
Je vous laisse oiseaux les cerises
Les filles l'ombre et l'horizon
Adieu Forléans Marimbault
Vollore-Ville Mondeviolle
Avèze Maringue Augerolles
Billom Courpière Pontgibaud… »

J. A., imité de Louis Aragon.

PREMIÈRE PARTIE

1

Personne, absolument personne n'aurait cru Annet Ferrier capable d'un tel geste.

Mondeviolle, penché sur son étang peuplé de grenouilles et de massettes, était un de ces hameaux heureux où il ne se passe rien. Il appartient à la commune d'Orléat, pauvre de quelques centaines d'habitants, que les paysans prononçaient Vouriat, sans se soucier de l'origine gallo-romaine qui laisse supposer un *aurelius* ou un *aureliacum*. Seules les naissances et les obsèques y produisaient un peu de mouvement. Mais Mondeviolle ne comptait que douze familles, plus une veuve de guerre qui vivait seule avec ses chèvres ; plus les vaches, les ânes, les chats et les chiens. Tout le monde s'y connaissait, s'estimait ou s'évaluait.

Mais quelle idée, ô Tribunal de Dieu, tomba dans la cervelle de l'Annet ?

Il avait pour descendance deux garçons, Richard et Germain, et une fille, Valentine. L'aîné, Richard, n'avait jamais bien su lire. Les spécialistes appellent déficients mentaux ce genre de personnes qui restent dans l'enfance toute leur vie. Les Limagnais les disent *bredins* ou *berdins*. Il existe près de Moulins-sur-Allier une église qui possède une « débredinoire », confiée aux soins de saint Menoux. Une sorte de placard dans lequel on enfonce la tête si l'on a conscience de sa bredinerie ; elle y reste captive et le bredin en sort parfaitement débrediné. Sauf si, par maladresse, il y ramasse ce que d'autres patients y ont laissé avant lui et qu'il en sorte plus bredin que jamais. Annet Ferrier ne croyait point à ces espèces de miracles. Encore moins sa femme Alice, une excellente chrétienne ; elle affirmait que nul homme, nulle femme n'a le droit de rien changer à ce que le Créateur les a faits. Mais alors, quelle diablerie inspira le pauvre Annet âgé de soixante-neuf ans ce 15 février 1963 ?

Personne ne put l'en détourner à Mondeviolle. Ni ses enfants, ni sa femme Alice, ni son frère Alyre, ni sa sœur Pauline, ni ses nièces et neveux.

Tous agriculteurs comme lui, éleveurs de vaches ferrandaises et de porcs normands, excepté Virginie, la fille unique d'Alyre, qui étudiait à Clermont pour devenir aide-soignante. Outre ses besognes quotidiennes, Annet était un grand chasseur. Il possédait deux fusils de chasse, l'un à broche, l'autre à tabatière, ainsi qu'un fusil de guerre allemand, un mauser à crosse coudée, rapporté de la guerre 1914-1918. Ce dernier était cloué au mur en compagnie de poignards et d'une terrible baïonnette boche à dents de scie. Il préparait ses chasses en confectionnant, la veille, des cartouches sous les yeux émerveillés de ses garçons. Il remplissait les cylindres en carton de poudre noire, de grenaille de plomb et d'étoupe ; il scellait le tout avec un petit moulin. Rites minutieux autour desquels flottait déjà l'image des victimes et qui n'étaient pas sans rappeler les gestes du prêtre célébrant avant la manducation de l'hostie. Le matin venu, ils partaient tous les trois, bottés ou guêtrés, bardés de musettes.

— Si vous trouvez des champignons, recommandait la mère, ramassez seulement ceux que vous connaissez bien, les mousserons, les rosés, les pisse-sang.

Ces derniers, nommés ainsi parce qu'une sève rouge s'en écoule à la moindre brisure, sont faciles à meurtrir comme une chair d'enfant. Les botanistes les appellent lactaires délicieux.

Les trois hommes partaient donc au petit jour dans l'herbe accablée de rosée. Derrière eux, leurs pas laissaient des sillages aussi visibles que dans la neige. Alors commençait la gloire des deux garçons : le père leur laissait à tour de rôle porter le fusil. Non point une arme enfantine tout juste capable de lancer des flèches caoutchoutées. Un hammerless véritable, prêt à cracher le feu et la mort, deux cartouches de douze dans les gosiers. Chaque gamin sentait à son épaule le poids de cette arme foudroyante, avec un mélange de crainte et d'orgueil. Le moment venu, le père saisissait la crosse d'un geste précis, épaulait, visait, tirait. Il avait l'œil infaillible, après quatre années d'exercice, et abattait son gibier sans gaspiller une seule cartouche. Richard en remplissait sa gibecière. Germain ramassait les douilles vides, y humait avec délices l'odeur de la poudre brûlée.

On rencontrait d'autres chasseurs. On s'asseyait côte à côte sur le tronc capitonné d'un arbre abattu. Annet tirait de sa musette un quart militaire et un *bousset* rempli de pouzin, vin âpre et violet comme l'encre de l'école. Les hommes en sifflaient une lampée, les enfants avaient leur limonade. On regardait, en clignant des yeux, le soleil jouer à cache-cache derrière les puys.

Parfois, la chasse était nulle. On n'avait tué rien d'autre que le temps. On remplissait du moins les musettes des seuls champignons. Fils de la pluie et de la rosée, ils appartiennent à qui les ramasse.

Dire qu'Annet Ferrier, bon chasseur, bon agriculteur, bon tueur de cochons, s'était laissé aller à commettre un geste si exécrable !

Les Ferrier n'étaient point d'origine limagnaise. Ils descendaient d'une communauté agricole établie aux environs d'Escoutoux, entre Thiers, la coutelière, et Ambert, la fromagère. Ces gens vivaient ensemble depuis des siècles, dans des demeures rapprochées autour d'une maison plus grande, « au même feu et au même pot », à la manière des kolkhozes russes et des kibboutzim israéliens. Jules Michelet les appelle des « couvents d'hommes mariés ». Ils élisaient *ad vitam aeternam* un maître directeur des travaux masculins et une maîtresse chargée d'éduquer les enfants, de soigner les malades, d'ordonner le ménage. Cette façon de vivre éludait tous les problèmes qui accablent les sociétés modernes : finances, habitations, chauffage, héritages, chômage, éducation, santé, retraite. Les mariages étaient décidés entre les garçons et les filles de la communauté. Ainsi, une certaine année, on vit dans la même cérémonie quatre Ferrier masculins épouser quatre Ferrier féminines. Au fil des siècles, ces communautés ont disparu parce que les cousins unis aux cousines ne produisent pas de bonnes descendances. Aussi parce que, las de rester enfermés dans ce cercle familial, plusieurs jeunes gens prirent leur liberté et s'en allèrent voir sur d'autres paroisses si le pain était meilleur. On ne sait à quelle date, quelques Ferrier s'éloignèrent de leur charnier natal, descendirent de leurs montagnes et s'installèrent près d'Orléat. Jausion, le seul ancêtre connu, vécut à Mondeviolle quatre-vingt-six ans. Il eut deux fils, Annet le chasseur, Alyre le farceur, et une fille, Pauline la brodeuse.

Agriculteur comme tous les gens de Mondeviolle, l'Annet élevait des vaches ferrandaises pie-rouge, c'est-à-dire rouges sur fond blanc, les cornes blanches aussi avec des pointes foncées, le chignon touffu, la fesse descendue, musclée, droite ou légèrement oblique, le pis volumineux, les veines du lait très apparentes, noueuses, contournées. Chaque vache avait son nom de baptême en rapport avec sa couleur : Violette, Vermeille, Cerise. Ou avec son tempérament : Gracieuse, Charmante, Faraude. Certaines recevaient des noms d'oiseaux : Alouette, Chardonnerette, Colombe. Les taureaux recevaient des prénoms masculins : Nicolas, Nénesse, Capitaine, Dragon. Les chiens savaient ces noms par cœur et ne se trompaient point quand le maître leur commandait :

— La Rouge !... La Grise !... Pique-la !

Nul ne sait qui arriva le premier dans le Massif central de l'homme ou de la vache. Qui des deux attira l'autre. Toujours est-il que, dès l'aube de l'histoire, on les voit vivre ensemble sur ces montagnes aux rares à-pics, aux pentes raisonnables, qui conviennent à un ruminant et à un méditatif. Montagnes vacheuses comme on dit rivières poissonneuses. Chaque province a son odeur particulière. La Bretagne sent la marée, la Provence la lavande, la Lorraine les fumées industrielles. L'Auvergne rurale sent la bouse de vache. C'est son honneur et l'un de ses charmes. Maintes expressions vacheuses entrent dans le langage de l'Auvergnat et ponctuent ses journées. Pour faire entendre que le plus agité n'est pas nécessairement le plus efficace : « Ce n'est pas la vache qui branle le plus sa queue qui donne le plus de lait. » Que dans une querelle les torts sont généralement partagés : « Une vache ne se bat pas seule à l'étable. » Que rien ne doit se faire dans la précipitation, qu'un moment de pause est souvent nécessaire : « Il faut laisser aux vaches le temps de pisser. » Le soir, après la veillée traditionnelle chez un voisin, quand l'heure est venue que chacun rentre chez soi, il dit : « On va aller voir si la Charmante a fait le veau. » Enfant, l'Auvergnat a couché longtemps derrière elle, sur la paille, bien au chaud. La vache entre dans ses jeux, ses devinettes, ses fêtes, ses proverbes, ses légendes, ses chansons, sa pharmacopée. De la bouse, il fait des emplâtres pour recouvrir et cicatriser les plaies des arbres. Avant de mourir, il recommande son âme à Dieu et sa vache à ses héritiers : « Ménagez la Parise... Ne cognez jamais sur la Clermonte... Étrillez souvent la Lyonne, elle est sujette à s'ébouser... Ne vendez pas encore la Marseille... »

Ces braves bêtes tiraient la charrue des labours, les chars aux temps des fenaisons, des moissons et des vendanges. Les Ferrier produisaient un peu de ce vin, le pouzin, si âpre au goût qu'après une petite lampée, on restait la bouche ouverte un quart d'heure avant de pouvoir la refermer. Certains buveurs se mettaient à trois : l'un se résignait à boire, le deuxième lui tendait la tasse, le troisième lui étayait l'échine à deux bras pour l'empêcher de reculer. S'ils n'étaient que deux, ils s'acculaient contre un mur. L'Annet s'était habitué en 1914-1918 à avaler des saloperies. Ses fils ne risquaient pas de tomber dans l'alcoolisme dont, à l'école, deux panneaux montraient les ravages : *Foie d'un buveur d'eau. Foie d'un alcoolique. Pancréas d'un buveur d'eau. Pancréas d'un alcoolique.*

Sur le mur opposé, un autre panneau représentait les enfants célèbres dont l'exemple devait servir de modèle aux petits Limagnais. Mathieu Coffin qui, à douze ans, relève le moral des mineurs après un coup de grisou : « Puisque vous pleurez comme des enfants, il faut bien que je travaille comme un homme. » Joseph Viala, petit républicain de treize ans, coupe de sa hache le câble qui devait permettre aux monarchistes de traverser la Durance. Françoise Mariette, âgée de quatorze ans, sauve son petit frère et meurt en luttant contre des loups…

Mais où donc Annet Ferrier, Tribunal de Dieu ! trouva-t-il le courage nécessaire au bout de son fusil ?

2

L'instituteur d'Orléat, M. Alphonse Chitry, était un homme de haute taille, barbu comme un sapeur, avec une voix effrayante lorsqu'il lui arrivait de réprimander. En 1900, date à laquelle Annet Ferrier fit la connaissance de sa férule, il gagnait 80 francs mensuels avec lesquels il devait nourrir sa femme, sa fille, son fils, lui-même et leur chien Charlemagne. L'achat d'une paire de chaussures était une catastrophe. Aussi allaient-ils tous en sabots ou en galoches, excepté Charlemagne. Par privilège, le maître chaussait des « soques », sortes de cothurnes dans lesquelles il entrait en pantoufles, ce qui le haussait de six centimètres. Ces chaussures claquaient dur sur les marches – *clic*, *clac* – et plus mou sur l'herbe humide de la cour. Son visage, comme il a été dit, se prolongeait d'une barbe socialiste, pareille à celle du jeune Jean Jaurès.

Il complétait le chiche traitement que lui accordait la République en cultivant derrière l'école un grand jardin arboré. Sous des prétextes pédagogiques, il se faisait aider un peu par ses élèves, employant les grands à piocher, les moyens à cueillir, les petits à désherber. Une tortue habitait ce territoire, dissimulée sous les salades ; elle se nourrissait de limaces, de lombrics, de souris mortes. Étudiant les rectangles de sa carapace, M. Chitry avait calculé son âge :

— Elle est née vers 1810, sous le règne de Napoléon Bonaparte. Sa tête est coiffée d'un bandeau comme le Maure du drapeau corse.

Une année, le maître s'aperçut que trois de ses choux-raves avaient été déracinés et emportés. Arrivés dans leur complétude, ils auraient pu produire quinze jours de purée pour les Chitry. Sur la terre humide du jardin, on distinguait les empreintes du voleur : des pieds nus d'enfant, pareils à ceux qu'on voit dans la grotte préhistorique de Pech-Merle en Périgord. Ces empreintes d'Orléat n'appartenaient à aucun élève de M. Chitry : ils allaient tous en sabots. L'instituteur raconta l'événement à Justin Paparil, le garde champêtre, qui vint l'examiner.

— Je devine, dit ce prud'homme, à qui appartiennent ces traces. Ce sont celles d'un petit Romano. Ils ont leur campement près d'ici, à Fontpanade. On va aller leur rendre visite.

Ils y marchèrent, Chitry armé de ses socques, Paparil de son sabre, de sa blouse, de sa ceinture et de son képi imprimé *G.C.* Ils trouvèrent les Romanos rassemblés autour d'un feu en plein air sur lequel cuisait visiblement une soupe. Au sol, des épluchures et un chou-rave demi-entamé témoignaient du maraudage.

— Je vous y prends ! cria Paparil. Où avez-vous trouvé ce chou-rave ?

Le chef de la tribu répondit en un français compréhensible :

— Ben quoi… C'est un cadeau de mon dernier petit-fils, Djantil.

Et il appela :

— Djantil ! Djantil ! Viens par ici.

Le moutard sortit d'une roulotte et se présenta, marchant sur ses pieds nus, l'air effrayé.

— Où as-tu pris ces choux-raves ? demanda le grand-père.

— Y en avait trois, précisa Paparil.

— Où donc que tu les as pris ?

— Je sais pas… Je sais pas…

— Comment tu sais pas ! Tu dois savoir !

— Dans un jardin… Derrière l'école.

— Tu as donc volé les choux-raves de l'instituteur ?

— Je sais pas.

— C'est très grave, dit Paparil. Tu es passible… passible du tribunal correctionnel. On peut te condamner à la prison !

L'enfant grelottait dans les bras du grand-père. C'est alors que Chitry intervint :

— Es-tu allé quelquefois dans une école ?

— Une école ? répondit l'ancêtre. Pour quoi faire ?

— Pour apprendre à lire et à écrire.

— On n'a pas besoin de lire et d'écrire. Ça sert à rien.

— Ça vous aiderait dans votre métier.

— Nous avons trois métiers : les balais, les paniers et la bardouille.

— Il veut dire la carambouille, traduisit Paparil.

— Les paniers et les balais nous rapportent pas grand-chose. La bardouille, c'est mieux. Sans elle, nous crèverions tous de faim. Je crois avoir été toujours un bon bardouilleux pour les nécessités que je devais à ma famille. J'espère que mes enfants seront d'aussi bons bardouilleux que moi. D'ailleurs, nous faisons pas grand mal à ceux qui se laissent bardouiller. Dois-je vous rendre, monsieur le maître d'école, le prix de ces choux-raves ?

— N'en parlons plus. Sachez seulement, le temps que vous restez à Fontpanade, que je serais heureux de recevoir votre petit-fils dans ma classe. Lundi, mardi, mercredi, vendredi, samedi. Si vous refusez, je ne retirerai pas ma plainte. Réfléchissez.

Toute la famille romano y réfléchit. Elle finit par donner son accord. Effectivement, dès le lendemain, le gamin parut à l'école. En pantalons rapiécés, les orteils toujours à l'air, les yeux noirs comme des charbons, la peau couleur noisette. Le maître le présenta :

— J'ai un nouvel écolier. Vous, un nouveau camarade. Il ne restera sans doute pas très longtemps parmi nous. Il appartient à une famille qui voyage. Traitez-le bien. Nous aussi sommes des voyageurs sur terre.

Pendant la récréation, il se tenait immobile dans un coin de la cour, à l'ombre d'un robinier, tandis que de loin les autres l'examinaient. Ils en avaient vu d'autres de sa sorte. Ils les appelaient des Bohémiens, des Romanichels, des Romanos, des Roms, des Békers, parce que la plupart portaient ce patronyme. Sauf ceux qui s'appelaient Horn. On racontait qu'ils volaient les petits enfants pour les manger ou pour en faire des esclaves. Aussi, nonobstant les recommandations de l'instituteur, tous se tenaient-ils loin de Djantil comme d'un pestiféré.

En classe, on comprit que, malgré ses probables dix ans, il ne connaissait ni *a* ni *b*. Pas très bien non plus la langue française : au lieu de pommier, de prunier, il disait l'arbre à pommes, l'arbre à prunes. M. Chitry écrivit le mot *pomme* sur une ardoise et lui demanda de le reproduire plusieurs fois. Au prix de longs efforts, se mordant la lèvre inférieure, le petit Romano dessina une ligne sinueuse à mille pattes. Le maître lui en fit tout de même compliment et dit :

— Recommence. Remplis ton ardoise de *pomme*, des deux côtés.

Ainsi, une pomme fut au commencement de son esprit de même qu'une pomme détermina les destins d'Adam et Ève, nous apprend le catéchisme.

L'enseignement de Djantil dura moins de deux semaines. Au bout desquelles, il vint un jour porteur d'un balai tout neuf en ramilles de genêts sur manche de noisetier.

— Je l'ai fait de mes mains, dit-il. Je le donne à la classe. Nous partons ce soir.

Déclaration qui fit pousser des *oh !* et des *ah !*, auxquels M. Chitry ajouta de longs remerciements. Après toutes les leçons de lecture, Djantil avait appris *ba*, *be*, *bi*, *bo, bu* ; *ma*, *me*, *mi*, *mo*, *mu* et *pa*, *pe*, *pi*, *po*, *pu*. En combinant ces syllabes, il parvenait à déchiffrer *la pipe à papa* et *bébé a bu le biberon*. Il serra les mains de ses camarades comme on fait entre hommes, l'instituteur l'honora de deux bisous, et il repartit en direction de Fontpanade.

M. Chitry rendait aussi de menus services à la population limagnaise. Écrivain public, il rédigeait des lettres pour certaines personnes qui demandaient des secours au maire d'Orléat, au préfet du Puy-de-Dôme, qui leur renvoyaient des aumônes. Une femme abandonnée demandait des nouvelles d'un mari disparu. Un orphelin implorait du travail. Il lui arriva même d'expédier des lettres d'amour, des demandes en mariage. Si la noce se faisait, toute la famille Chitry y était invitée.

Appréciant sa robustesse et sa bonne volonté, les fermiers ne craignaient pas de l'embaucher aux fenaisons, aux moissons, aux vendanges. Il savait faucher, lier les gerbes, construire les *pignons* et les meules. Aux vendanges, il tranchait avec un couteau la queue de la grappe, elle tombait dans son autre main. Il ramassait au pied des ceps les grains éparpillés. Au-dessus des comportes pleines, on répandait des miettes de pain, par tradition, sans doute en souvenir du repas des Treize, à Jérusalem, le jour de la Pâque. Les grains oubliés étaient abandonnés aux grives vendangettes. Lorsque toute la récolte était versée dans la cuve, deux ou trois gaillards entraient dedans pour l'écraser. Non point de leurs pieds et de leurs jambes seuls, mais de toute leur personne. C'est dire qu'ils se mettaient nus comme des vers et dansaient la gigue – *tchonc ! tchonc !* – dans la récolte qui leur montait jusqu'aux épaules. Seuls d'autres Limagnais adultes assistaient à ce spectacle bachique, en battant des mains, en chantant. Lorsque toute la récolte était foulée, les fouleurs sortaient du pouzin écrabouillé, plus violets que des évêques. Ils prenaient un bain dans des *bacholles*[1] à demi pleines d'eau. L'encre qui

1. Comportes.

en résultait était versée dans la cuve parce qu'il ne fallait perdre aucun jus. Pour certains, ces baignades étaient les seules de l'année. La fermentation du raisin éliminait les effets de la crasse. Jamais M. Chitry ne participa à ces ablutions.

Plus tard, venait le festin vendémiaire, qui réunissait hommes, femmes et enfants. Le pouzin de l'année précédente coulait si abondamment dans les gosiers que les vendangeurs n'avaient plus qu'une force, celle de poser leur cul sur une chaise. On invitait parfois le curé à cette ripaille. Il buvait discrètement et rappelait les paroles du Christ : « Je suis le vrai cep et mon père est le vigneron. »

Annet Ferrier fréquenta l'école à partir du 1er octobre 1900. Il était peu impressionné par la barbe de l'instituteur car son père Jausion Ferrier portait à peu près la même. La classe comportait trente-six garçons de tous âges. Elle commençait à 8 heures sonnantes, s'interrompait à 11, reprenait à 13, se terminait à 16. De Mondeviolle à Orléat, il fallait marcher deux kilomètres que l'Annet avalait en vingt-cinq minutes, avec sur le dos son cartable de bois – œuvre de grand-père Jausion – contenant livres et cahiers. Au loin, il distinguait d'un côté la bosse du puy de Dôme, tantôt blanche, tantôt verte suivant les saisons, parfois engoncée dans les nuages ; de l'autre, la ville de Thiers accrochée par ses quatre pattes griffues à la montagne, plongeant son bec dans la Durolle comme un lézard qui boit. Les écoliers qui habitaient plus loin apportaient dans des gamelles leur repas de midi, que le maître réchauffait sur le poêle.

Il resta sept ans dans cette classe unique, s'élevant chaque année de cours, du préparatoire au supérieur. Selon les lois organiques de 1882, il y apprit la lecture et l'écriture ; l'instruction morale et civique ; la géographie ; l'histoire de Vercingétorix à nos jours ; les principes des sciences naturelles, physiques et mathématiques, leur application à l'agriculture, à l'industrie, à l'hygiène ; les éléments du dessin, du modelage, de la musique ; la gymnastique et les exercices militaires ; quelques notions de droit et d'économie politique. Il sortit de ces sept années d'études bourré de connaissances utiles ou inutiles qui lui avaient gonflé la tête comme un potiron. On y trouvait les diverses formules de politesse pour solliciter et pour remercier. Le subjonctif présent et le subjonctif imparfait de tous les verbes. Les affluents de la Seine, de la Garonne et du Rhône, rive droite et rive gauche. La liste de nos rois et des batailles qu'ils avaient livrées, gagnées ou perdues. Le vase de Soissons. Les animaux utiles comme le bœuf, l'âne, le cheval, et les nuisibles comme la vipère, le crocodile et la punaise. Il sut en calcul pratiquer les opérations usuelles et extraire une racine carrée. Il connut les méfaits de l'alcoolisme. Il apprit à grimper à une corde à nœuds.

Dans les classements trimestriels, il occupa souvent la première place, quelquefois la deuxième, rarement la troisième. Son concurrent principal était Maurice Chitry, le fils du maître, plus brillant en langue française parce que chez lui on n'employait jamais un mot de patois, alors que le grand-père et la grand-mère Perrier ne connaissaient que le vieux dialecte occitan pratiqué en Auvergne, en Limousin, en Forez et en Languedoc. Avec des nuances soulignées par la manière de dire « oui » : *oc, oïl, obi, vouèi, sura.* Avec des trouvailles de vocabulaire qui sont des friandises : *buffo-fio* (souffle-feu) désigne un petit moutard ; le *badabè* (ouvre-bec) est un badaud ; le *coulhouni* un jeune couillon ; le *tchoubada* (cul ouvert) celui qui laisse toujours derrière lui les portes ouvertes. Avec des imageries cocasses que je me borne à traduire. L'ivrogne et le gourmand « font tout passer entre le nez et le menton ». De celui qui s'en va déguenillé, on dit qu'« on pendrait à ses frusques toutes les louches du canton ». Le menteur « aurait avalé un renard et la queue lui sortirait de la bouche qu'il ne l'avouerait point ». La vieille fille qui fait la coquette « a pourtant passé fleur ». Le nigaud « est malin comme Thérèse qui cachait le beurre sous la braise ». Le goulu a une si grande bouche « qu'un crapaud y entrerait à reculons ».

Si les deux aïeuls Ferrier essayaient de « franciser » à l'occasion, on se moquait d'eux. Ainsi le jour où M. Chitry vint leur rendre visite. La grand-mère s'excusa comme elle put :

— Je sais pas si vous comprendrez mon parlage.

— Grande bête ! rectifia son homme. Faut pas dire « mon parlage ». Faut dire « mon parlement ».

En 1907, Annet Ferrier quitta l'école avec le certificat d'études primaires élémentaires brillamment obtenu. Il se prépara à prendre la suite de son père Jausion dans l'élevage des poules et des cochons, dans la production du blé et du pouzin, dans la cueillette des pommes et des poires. Les scoubidoubidous n'étaient pas encore inventés. Ni riche ni pauvre, il ignorait le chiffre de son épargne. Il ne payait point l'impôt sur le revenu, mais s'acquittait de l'impôt foncier qui frappait ses terres et ses bâtiments. Ses chiens, considérés comme bêtes de travail, n'étaient point taxés. Aucune pension de retraite ne l'attendait. En cas de maladie, les frais médicaux lui revenaient entièrement. Un certain éleveur de Mondeviolle avait laissé mourir sa femme sans appeler le docteur, bien qu'il appelât le vétérinaire pour ses animaux.

Pendant ce temps, Maurice Chitry, le fils de l'instituteur, poursuivait ses études d'abord au collège de Thiers, puis à la faculté de Clermont. Il envisageait de devenir architecte, ou avocat, ou docteur, ou chirurgien. Il serait riche comme Crésus. Il arrivait à l'Annet d'avoir des pensées mélancoliques : « Si mon père avait eu les moyens de me payer des études, moi aussi j'aurais pu devenir chirurgien. À l'école, plus d'une fois j'ai été classé devant Maurice. » Puis il ravalait ses regrets en la compagnie de son chien Victor, sachant que celui-ci ne répéterait ses confidences à personne :

— Si j'étais médecin, j'achèterais un cheval pour battre la campagne et trouver de la clientèle. Tu m'accompagnerais pour éloigner les loups, pour me défendre des malandrins dans le genre de Mornac.

Victor approuvait en lui léchant la main. Quant à Mornac, disparu depuis longtemps, mort au bagne de Toulon, il était resté dans le souvenir des populations avec le sobriquet de « Terreur des montagnes ». Ancien maître d'école du côté de Laqueuille, il avait d'abord écopé trois mois de prison pour mauvais traitements sur ses élèves, pour violences sur un autre instituteur, pour rébellion à la force publique. De sorte qu'il avait abandonné l'enseignement pour la carrière du brigandage. Il arrivait à l'improviste chez les paysans qui, n'ayant jamais aimé ni la justice ni les *bigarrés*[1], acceptaient de l'héberger quelques jours. Mais un matin qu'il avait été mal reçu, il se vengea férocement : ayant trouvé un cheval qui appartenait à son offenseur paisiblement occupé à paître, il lui passa une corde au cou, l'attacha à un arbre et l'obligea, en le fouaillant, à s'étrangler lui-même.

— Je te défendrais, promit Victor à son jeune maître, en s'exprimant des yeux et de la queue.

Comment M. Chitry, qui ne roulait pas sur l'or, avait-il pu pousser son fils vers des études fort coûteuses ? On sut que la mère de Maurice avait un héritage d'un oncle lointain. Ce qui mit en mouvement les mauvaises langues.

— Je ne serai jamais médecin ni chirurgien, en conclut Annet Ferrier.

Victor déposa sa tête sur ses genoux en gémissant de compassion.

Rien de tout cela n'expliqua le geste insensé auquel il s'abandonna plus tard, à l'âge de soixante-neuf ans.

---

1. Les gendarmes.

3

Alyre, son frère puîné, était un farceur de première catégorie. Il nouait des pompons à la queue des vaches ; il pissait contre le vent pour arroser les salades du voisin ; il fabriquait des poissons d'avril en papier qu'il collait à l'école au dos de ses camarades. Il eut le talent d'apprendre à jouer de la vielle sur laquelle il produisait les chansons à la mode : « Elle avait une jambe de bois… », « Auprès de ma blonde… », « Sous les ponts de Paris… » En classe, il jetait en l'air des flèches et des aéroplanes de papier. À l'église, durant la messe, il libérait des hannetons prisonniers d'une boîte d'allumettes ; l'un d'eux se brûla les ailes à la flamme d'un cierge et l'éteignit juste au moment où le prêtre venait de chanter « *Ite missa est* » ; si bien que ce pauvre homme partit tout furieux vers la sacristie sans dire au revoir à personne.

Ces farces n'empêchaient pas Alyre de grandir. Il fut bientôt l'homme le plus long de la famille et mérita le titre honorifique que lui donnèrent ses amis de « grand dépendeur d'andouilles ». Il eut une autre spécialité : celle d'aller, au son de sa vielle, faire danser conscrits et conscrites dans les granges. Ces jeunesses étaient si bien emportées par le mouvement, les lames des parquets grondaient si fort sous leurs sabots qu'elles n'entendaient bientôt plus la musique et continuaient de tourbillonner alors que la manivelle du vielleux s'interrompait.

Il faut dire que la bourrée est une danse sans pareille. Il y a un mystère dans son origine comme il y en eut un sur les sources du Nil. Certains chercheurs l'ont apparentée à une danse bulgare. D'autres à la pyrrhique grecque, à un *saltarello* italien ou castillan. M. Chitry nourrissait une autre hypothèse. Depuis des millénaires, les Auvergnats dansent sur des volcans. Leur terre est faite de cendres, de laves, de pouzzolanes, de pierre ponce, et, en beaucoup de régions, lorsqu'on la frappe du pied, elle résonne comme un tambour. Voilà pourquoi ses danseurs se plaisent à cogner dessus furieusement pour qu'elle réponde à leur appel. S'ils lèvent si haut les genoux, c'est qu'elle leur brûle les semelles. Creusez le sol du doigt et vous sentirez le mijotement des laves intérieures. La bourrée repose les membres fatigués, réjouit les cœurs, dissipe les vapeurs du vin. C'est l'exercice purificatoire, la catharsis par excellence.

De préférence, elle se danse à quatre, on l'appelle alors la carrée ou la croisée. Quelle que soit sa disposition, dès l'instant qu'elle met en scène hommes et femmes, elle raconte par ses figures la poursuite amoureuse commune à toutes les espèces : approche, tentation, reculade, fuite, retour, feinte, moquerie, repentir, audace, dépit. Un long marivaudage en sabots, avec plus de rudesse chez lui, plus de finesse chez elle. Les cheveux enfermés sous les ailes de la coiffe, les yeux baissés, la poitrine cuirassée du châle espagnol, la danseuse de bourrée est un fruit bien protégé, comme les châtaignes dans leurs bogues, il faut se piquer les doigts pour atteindre l'amande. À la fin de la danse, le baiser – la *bise* ou le *poutou* – offert par lui, jamais rendu par elle, est un hommage et un armistice. Puis la belle guerre recommence.

La bourrée perdait tout caractère de galanterie lorsqu'elle était exécutée par quatre hommes et devenait une démonstration purement athlétique. Les vieux avaient à cœur de ne pas se montrer inférieurs aux jeunes, de prouver qu'il leur restait bon coffre et bonnes jambes, Tribunal de Dieu ! À deux hommes seulement, c'était un duel farouche. Se faisant face, se défiant, ils partaient de loin, fonçaient l'un vers l'autre sans tournoyer, mais en levant les genoux. À tour de rôle, chacun faisait mine d'avoir peur, son visage se décomposait, il reculait. Puis venait son tour d'avancer, leurs poitrines se rencontraient, excitées par le perpétuel *clic, clac* des sabots.

Il y avait aussi la bourrée des bouteilles : trois étaient disposées sur le plancher, pleines du vin violet. Les danseurs devaient virevolter autour sans jamais les toucher. Avec une variante : chacun plantait une bouteille dans le creux de son chapeau. S'il arrivait que l'une fût renversée, le maladroit devait payer une tournée générale de vin-cassis.

Pauline, la plus jeune des enfants Ferrier, se plaignait de ne jamais rien gagner, de ne jamais laisser tomber un sou dans sa tirelire, qui sonnait désespérément creux lorsqu'on la secouait, tandis qu'Alyre remplissait la sienne comme renvoyeur de boules, puis comme vielleux.

— Fais comme moi, lui conseilla sa mère Sidonie. Attends que tes cheveux soient plus longs et tu les vendras à la Foire au pré. C'est ce que j'ai fait quand j'étais demoiselle.

— Et ensuite, j'aurai plus de cheveux ? J'aurai la tête chauve comme le garde Paparil ?

— Les acheteuses te donneront 40 sous. Quarante pièces de bronze qui rempliront presque ta tirelire. Ensuite, tes cheveux repousseront. L'année suivante, tu pourras encore en tirer 40 sous.

Qu'était-ce donc que cette Foire au pré ? Elle se tenait à Thiers, au bas de la ville, entre la Durolle et le bosquet du Breuil. Fondée au Moyen Âge par les moines bénédictins du Moutier pour célébrer l'exaltation de la sainte Croix. Au IVe siècle après Jésus-Christ, Hélène, mère de l'empereur Constantin qui déclara le christianisme religion officielle de l'Empire romain, tout en faisant étrangler quelques incroyants, Hélène, dis-je, fit entreprendre des fouilles sur le Golgotha, près de Jérusalem. Elles aboutirent à la découverte de la vraie Croix. Ses restes furent restaurés, puis *exaltés* (plantés) sur l'ancien Calvaire. Les bénédictins thiernois choisirent le 14 septembre pour promener une croix à travers la ville, à la lumière nocturne de cent chandelles, et pour vendre le lendemain en foire les produits de leur agriculture et de leur élevage sur le vaste pré monacal. Par la suite, les moines disparus, la foire se maintint et se maintiendra tant qu'il y aura chez les Thiernois un couteau à vendre, un chevreton à partager, une tripe à engloutir, une chopine à boire, un gamin pour enfourcher les chevaux de bois, une Gitane pour proposer la bonne aventure, un clown pour faire divertir le monde. Les couteliers rient volontiers. Ils se désopilent notamment en lançant des tomates pourries à la figure des mannequins représentant des ministres, des députés, des évêques ou même le président de la République. À cette époque, existaient aussi des acheteuses de cheveux, elles consolaient les pauvres vendeuses en leur donnant un voile brodé qui dissimulait leur tonsure. Le prix unique de la chevelure était de 40 sous.

À cette époque, la Foire au pré était pour les couteliers et leurs familles une sorte de fête nationale. Tout le monde, moutards, moutardes, adultes faisait des économies pour y bien participer. Par exemple, Alyre le farceur s'en allait à Orléat servir les joueurs de quilles. C'est lui, gamin, qui plantait les neuf quilles, trois par trois. Chaque lanceur saisissait la boule à trou, y enfonçait le pouce, l'élevait à hauteur de ses yeux, la postillonnait en guise de bénédiction, la lançait. Elle filait droit sur la planche, il lui criait des injonctions :

— À droite !... À gauche !... Droit devant !...

Elle arrivait au milieu des neuf quilles qu'elle éparpillait, puis s'arrêtait au butoir. Alyre la renvoyait et *exaltait* les quilles renversées. À la fin de chaque partie, le gagnant laissait un sou au renvoyeur.

Dès le 13 septembre, du plus loin des montagnes et de la plaine, à pied, à cheval, en voiture, les parents, oncles, tantes, cousins, cousines accouraient. On les recevait à la façon samaritaine, dans les greniers, sur des matelas, sur des paillasses. On les gobergeait, on les goinfrait, on les gogaillait de nourritures thiernoises, *rapoutets*, choux farcis, gaperons, jusqu'à ce qu'ils en pétassent par en bas et par en haut. Puis on se rendait à la Foire. L'exaltation de la sainte Croix était merveilleusement célébrée.

Au cours de ces années 1910-1914, la France était secouée par de grandes turbulences. À l'extérieur, elle se disputait avec l'Allemagne la possession du Maroc que toutes deux voulaient civiliser. À l'intérieur, le gouvernement de la République avait proclamé la séparation des Églises et de l'État, ce qui avait provoqué de longues chouanneries, encouragées par les curés dépossédés de leurs pouvoirs temporels. Devant la Chambre des députés, un ministre s'était vanté d'avoir assassiné toutes les religions : « Nous avons arraché les consciences humaines à la croyance. Lorsqu'un misérable, fatigué du poids du jour, ployait les genoux, nous l'avons relevé. Nous lui avons dit que, derrière les nuages, il n'y a que des chimères. Ensemble, et d'un geste magnifique, nous avons éteint dans le ciel des lumières qu'on ne rallumera plus. »

À Orléat, aucun désordre ne s'était produit. Le curé et son vicaire, bien vêtus dans leurs soutanes, bien logés dans leur presbytère, continuaient de célébrer Jésus-Christ et la Vierge Marie, de faire espérer le paradis, craindre le purgatoire et l'enfer. Les habitants continuaient de fréquenter la messe chaque dimanche et de déposer quelques centimes dans le plateau de la quête, de faire baptiser leurs enfants, de faire bénir leurs morts. M. Chitry, l'instituteur laïc, fut enterré saintement en 1913. Ce sont là des précautions qui ne coûtent rien et qui, possiblement, peuvent vous préserver de la disgrâce éternelle.

En mars 1914, Annet Ferrier se présenta tout nu devant des majors en uniformes et fut admis à faire trois années de service militaire. Quoique natif de la plaine, on l'enrôla dans un bataillon de chasseurs alpins, les autorités croyant que tous les Auvergnats sont des montagnards. Le 30 juillet, il reçut son ordre de mobilisation. Il fit donc le tour de sa parenté, embrassa ses parents, son frère et sa sœur.

— Reviens vite, mon fils, lui recommanda Jausion. On a besoin de toi pour les vendanges.

— J'y manquerai point. Sitôt qu'on aura libéré l'Alsace-Lorraine.

— Putain d'Alsace-Lorraine ! s'écria Jausion qui ne connaissait rien à l'histoire ni à la géographie.

Annet chaussa ses brodequins de chasseur, enfila sa gibecière et les brides de sa musette. Puis, refusant qu'aucun membre de sa famille l'accompagnât, il rejoignit les autres mobilisés d'Orléat. Ils partirent les mains au dos, comme des écoliers bien obéissants vont à l'école. Le martellement sinistre des tocsins marquait leurs pas. Ils rencontrèrent des femmes assises sur le pas de leur porte, filant la laine bourrue à leur quenouille. Elles levèrent la tête, les regardèrent passer, leur lancèrent un salut de la main. Plus loin, ils côtoyèrent des moissonneurs coiffés d'un chapeau de paille monumental, non mobilisables. Au sortir d'Orléat, l'Annet posa un pied sur une borne, non point hectométrique, borne cornière indiquant la limite d'un terrain. Chaque planteur de borne se faisait naguère accompagner de son fils aîné afin qu'il n'en oubliât jamais la signification. Et pour la lui bien mettre en mémoire, il flanquait au gamin une gifle solennelle, en expliquant :

— Tu te souviendras toujours du point où s'arrête notre pré, de même que tu te souviendras toujours de cet *emplan*[1].

On racontait qu'il existait des déplanteurs de bornes. Des propriétaires sans scrupules qui venaient la nuit, armés d'une pioche, déterraient la cornière et l'enterraient plus loin pour y gagner quelques arpents. Ces malfaisants étaient punis après leur mort dans le purgatoire ; ils ne pouvaient avoir un peu de répit que si leur héritier allait remettre la borne à sa bonne place.

L'Annet resserra les lacets de ses souliers ferrés, le pied sur une borne. Regardant encore une fois le paysage autour de lui, il vit au loin la Margeride, une épaule couverte de forêt, dont le profil rappelait celui de Napoléon en bicorne. Il distingua les gorges de la Durolle et se demanda s'il reverrait un jour toutes ces choses. Même si la guerre était courte, de nombreux hommes n'en reviendraient point. « Pourquoi y a-t-il des guerres ? » se demanda-t-il encore sans pouvoir se répondre.

À Lezoux, deux trains fumants attendaient les mobilisés, l'un pour Saint-Étienne, l'autre pour Clermont-Ferrand. Il monta dans le train de Saint-Étienne et partit délivrer l'Alsace-Lorraine.

---

1. Soufflet.

4

Le 11 novembre 1918, on planta un marronnier d'Inde sur la place unique d'Orléat. Pendant cent ans, peut-être deux cents, il devait rappeler aux générations futures que ce jour-là s'était terminée la Grande Guerre par une victoire. Tout le monde chantait, riait, dansait autour de l'arbuste pas plus gros qu'un poireau. Excepté les veuves et les orphelins.

Annet revint seulement en avril 1919, habillé d'un uniforme kaki. Le seul souvenir concret qu'il rapportait de ses campagnes était un morceau de fil de fer barbelé découpé en Bulgarie. Prodigieuse invention de l'Américain Joseph Glidden, qui ne toucha guère de droits d'auteur car il mourut avant 1914. On interrogea Ferrier. Il se sentit incapable de raconter tout ce qu'il avait fait, avait vu. Il prononçait seulement des noms qui sonnaient comme des clochettes : les Dardanelles, Gallipoli, Salonique, Bucovine, Dobropolje, sans bien savoir où se trouvaient ces lieux qu'il avait visités, où il avait déchargé des centaines de fois les cartouches de son lebel. Il avait même obtenu une décoration et un diplôme écrit en langue serbe que personne ne sut lui déchiffrer. Si on lui demandait le nom du général aux ordres de qui il avait combattu, il répondait Franchet Désespéré[1]. Pendant les cinquante-deux mois qu'avait duré cette Grande Guerre, il n'avait obtenu qu'une permission en février 1915.

Permission toute particulière parce qu'il se trouvait accompagné en Auvergne d'un camarade originaire du Nord, alors occupé par les Allemands : Jan Rumsen. Celui-ci avait le choix de ne pas prendre les douze jours de repos qui lui revenaient ou de les prendre en territoire non envahi. C'était un agriculteur spécialisé dans la culture du houblon. Annet et lui s'étaient un jour terrés dans le même trou d'obus ; ils avaient partagé leurs biscuits, étaient ressortis en rampant. Ce sont des circonstances qui font naître une amitié. Les voici donc en février 1915 qui débarquent à Mondeviolle, sont accueillis chaleureusement par Jausion et Sidonie, et par Pauline aussi, encore petite fille.

— Si vous n'avez pas de lit pour me faire coucher, dit le Nordiste, mettez-moi dans le foin ou sur la paille.

Pas question : un lit convenable lui fut trouvé. Pendant douze jours, il se régala de nourritures auvergnates. On dansa dans la grange au son de la vielle d'Alyre. Pauline et le Flamand se promenèrent dans la campagne, admirant au loin la chaîne des puys qui n'a pas sa pareille dans l'univers. De son côté, le garçon raconta la culture du houblon, une plante qui peut atteindre quatre mètres de haut, supportés par des rames. Sans doute se dirent-ils aussi des choses plus importantes :

1. Louis Franchet d'Espèrey.

— Quand la guerre sera finie, je reviendrai. Et un jour, peut-être, nous nous épouserons. Es-tu d'accord ?

Elle dit oui, toute rougissante. Les deux permissionnaires repartirent. Trois semaines plus tard, Pauline reçut une lettre du Nordiste où il l'appelait « Ma petite bien-aimée ». Elle en fut comme éblouie. Elle répondit par quatre lignes où elle promettait de l'attendre et de n'épouser personne d'autre. La lettre de Jan contenait une petite photo de l'envoyeur tout jeunet au cours de son service militaire, souriant, coiffé de son képi rouge et bleu. Elle acheta un cœur d'argent où elle enferma ce portrait et se le pendit au cou.

Mais aucune autre lettre ne lui parvint. Elle supposa qu'il était mort pour la patrie et ne s'en consola jamais. Lorsque son frère Annet revint en 1919, il ne sut raconter ce que Jan Rumsen était devenu. Pour échapper aux tranchées de Picardie ou de Champagne, il avait d'ailleurs saisi l'occasion d'aller combattre ailleurs, dans l'armée d'Orient, ce qui l'avait fait bien voyager. Une photo rapportée de là-bas le montrait en casque colonial, chevauchant un mulet.

— Où ça ?

— Je ne sais pas. Quelque part en Palestine.

Pendant ces quatre années maudites, tous les combattants se mélangeaient. Annet en avait tiré des jugements définitifs :

— Les Boches sont de terribles soldats. Les Turcs, encore plus forts. Les Anglais ne valent rien, ils ne songent qu'à se raser et à boire de la tisane. Les Américains ne sont guère meilleurs, ils ne pensent qu'à se laver les dents. Les Italiens, qu'à jouer de la mandoline.

— Et les Français ?

— On les appelle des poilus parce qu'ils se laissent pousser la barbe qui leur sert à s'essuyer la bouche.

L'Amérique, en effet, comprenant que nos troupes étaient sur le point de succomber, nous avait envoyé en 1917 des volontaires. La partie gagnée, on vit un peu partout en France ces soldats vêtus de kaki, coiffés d'un chapeau de boy-scout. Pour les remercier, la plupart des municipalités changèrent le nom d'une de leurs rues pour la rebaptiser « avenue des États-Unis ». En attendant leur rapatriement, ces soldats couleur caca d'oie se promenaient dans nos villes et nos campagnes. Leur principale occupation était de séduire les femmes qui voulaient bien accepter leurs hommages. Ils avaient coutume de les signer en écrivant sur le ventre de ces dames avec un bâton de rouge un mot franco-anglais : *Souvenir*.

Lorsque Annet revint à Mondeviolle, sa mère poussa un cri d'étonnement :

— Ton nez !

— Eh bien, quoi ?

— On te l'a raccourci !

— Ma nuque aussi. Regarde.

Il pencha la tête, elle découvrit une ligne blanche sous les cheveux. Il expliqua qu'en Palestine, luttant contre les Turcs, il était passé entre deux balles de mitrailleuse, sans autre mal que deux égratignures.

Il reprit son pantalon à côtes, son gilet Laffont, sa ceinture de cuir, ses chaussettes de laine, ses sabots à brides remplis de paille, son vaste chapeau de feutre retenu sous le menton, et il renoua avec ses travaux interrompus. À ses premières semailles, il planta des topinambours dont les fleurs jaunes, tout en rayons, ressemblent à celles du tournesol, en plus petit. Leurs tubercules, déterrés six mois plus tard, alimentent les poules, les lapins et les cochons. Ils sont bons aussi pour l'homme à condition qu'il les aime, ce qui est vrai pour n'importe quoi, pour l'ortie, pour la moutarde verte, pour le chou-rave, pour le pissenlit sauvage. Bon aussi pour les philosophies, pour les religions, pour les systèmes politiques, excellents quand on les aime, détestables autrement. Les proverbes d'avril ne sont pas très clairs pour les paysans :

Avril doux
Est le pire de tout.
L'abeille et la brebis
Font leur deuil en avril.
Pluie d'avril
Vaut le char de David.

Aussi est-il préférable de s'en tenir aux anciennes habitudes : ne sortir les brebis que lorsque l'herbe est bien sèche ; démieller les ruches au cœur de l'automne. Annet sema au jardin des petits pois nains qui poussent assez vite et des mange-tout moins pressés. Il attendit mai pour semer les haricots.

Le 1er mai 1919, les ouvriers des villes célébrèrent la fête du Travail en ne travaillant pas. Ils en profitèrent pour battre la campagne, les bois, les forêts, pour cueillir le muguet qui a la vertu de porter bonheur. Par exemple, l'histoire du garde champêtre Paparil, qui boitait de la jambe gauche et marchait d'une façon déséquilibrée. Ayant acheté un bouquet de 10 sous, il le lâcha devant la croix Ribaud, se foutit par terre pour le ramasser, se fendit le genou. Il fallut le transporter à l'hospice où les sœurs le soignèrent.

Il en sortit en boitant des deux jambes, d'une façon équilibrée, se balançant comme une cloche, ce qui était plus joli qu'une boiterie dissymétrique.

Le 1er mai était aussi la fête des enfants. Avant l'aube, ils se promenaient dans les hameaux en jouant de la vielle ou du violon et en chantant sous les fenêtres des endormis :

Voici le printemps des merveilles,
Voici le joli mois de mai !
Oh ! qu'il est beau ! Oh ! qu'il est gai !
Il est rempli de violettes.
Oh ! qu'il est beau ! Oh ! qu'il est gai !
Il est rempli de violés.

Sans préciser ce que sont ces violés placés là pour la rime. Les endormis étaient tenus de se réveiller, de sauter de leur lit, et de présenter par la fenêtre aux moutards six ou douze œufs.

Grand merci, braves gens perspicaces.
Vous nous avez donné des œufs de bonne grâce.
Vous aurez au paradis votre place.

Au terme de la quête, toute la gaminaille se réunissait dans une grange et consommait les œufs en une omelette géante. Après quoi, garçons et filles se lançaient dans des danses effrénées, comme le voulait Maïa, mère de Mercure adoré au sommet du puy de Dôme. Le corps droit, la tête rejetée en arrière ou penchée sur la gauche, les bras levés en un geste d'adoration solaire, accompagnés par les frappements de mains, ils ne savaient plus s'ils étaient disciples de Jésus-Christ ou successeurs des anciens Atlantes.

En juin, Annet et son frère Alyre buttaient les maïs et les pommes de terre, binaient et éclaircissaient les betteraves, repiquaient les choux. Dans les vignes, ils pratiquaient l'ébourgeonnage et l'épamprage, sulfataient contre le mildiou. Au jardin, ils greffaient les rosiers en écussons.

En juillet, ils achevaient la fenaison, commençaient la moisson, irriguaient les prés, semaient des plantes fourragères destinées à être enfouies, moutarde, trèfles, luzernes. En août, mois de l'empereur Auguste qui a donné aussi son nom à Augustonemetum, devenu plus tard Clermont-Ferrand, ils moissonnaient le maïs et l'épeautre. En septembre, le 7 du mois, ils participaient à la foire aux melons et aux citrouilles de Chignat ; le 14 à la Foire au pré de Thiers. En octobre, ils vendangeaient. En novembre, décembre, janvier, ils se reposaient un peu, les hommes en fumant la pipe au coin de l'âtre, les femmes en filant la laine de leur quenouille et en ravaudant. Les veillées réunissaient toute la population de Mondeviolle. Chacun racontait une histoire inventée, ou un souvenir aussi vrai que Dieu existe. Ainsi, un soir que Sidonie pilait de l'ail pour l'aligot, son fils Annet fit cette étrange remarque :

— L'ail pilé a la même odeur que l'ypérite que j'ai eu l'occasion de respirer.

L'hiver à Mondeviolle était la plus douce des saisons, avec ses jours brefs et ses longues nuits. Les vingt-huit jours de février supprimaient ces agréments. Les Ferrier labouraient les terres à semailles, épandaient les fumiers et les composts. Les giboulées de mars promettaient le retour des hirondelles.

C'est au cours du mois de mars 1922 que l'Annet rencontra l'Alice Monteil. Invités tous deux à une noce avec quarante autres personnes. Dans ces campagnes, tout le monde se connaissait et il n'était pas question d'aller prendre une épouse à cinquante lieues. Un proverbe le conseillait : « Ta femme et tes bœufs. Aussi proches que tu peux. » Les bœufs de la plaine ne valent rien dans la montagne, et inversement. Un garçon d'Orléat, ancien élève de M. Chitry, allait épouser une fille de Crevant-Laveine, en bordure de l'Allier. Jusqu'à ce jour de 1922, Annet Ferrier ne s'était guère intéressé aux filles. Tout au plus avait-il de temps en temps caressé une vendangeuse entre deux lignes de ceps quand il la trouvait agenouillée devant les grappes. Elle riait aux éclats, mais ne permettait pas à ses mains de vagabonder sur sa personne, ne tenant pas à « communier avant d'avoir fait Pâques ». Ou comme disaient d'autres à « casser son sabot avant de trouver chaussure à son pied ». Au mariage en question, chaque garçon était pourvu d'une cavalière que souvent il voyait pour la première fois. Celle d'Annet s'appelait donc Alice Monteil, originaire de Bulhon.

Aux noces de Félix Ytournel et de Claire Lamoine, tous les invités, en grande tenue, suivirent le couple, précédé d'une vielle et d'un accordéon. Le cortège se rendit d'abord à la mairie d'Orléat où le maire, après les avoir unis, leur remit un livret de famille, prévu pour dix enfants :

— Si ce n'est pas assez, on vous en donnera un autre.

Après quoi, il déposa deux baisers moustachus sur les joues de Claire. Passage à l'église. Bénédiction, échange des anneaux. À la sortie, distribution de dragées aux moutards et moutardes de la paroisse. Les blanches, les plus appréciées, contenaient une amande ; les roses et les bleues ne contenaient que du caramel. Les garçons se jetaient dessus comme des affamés, se les disputaient, se les arrachaient férocement. Le cortège se reforma pour aller au repas, tandis que les musiciens chantaient une chanson moqueuse :

La mènerons, la pauvre Claire,
La mènerons tout doucement.
La mènerons chez Mange-guère,
La mènerons chez Crève-faim.

Le festin, préparé par un traiteur de Vertaizon, dura cinq heures et comprit douze services. Après l'apéritif à la gentiane, voici le menu conservé par tous comme une archive :

Salade frisée aux noix et aux lardons
Œufs pochés sur canapé d'orties
Haricots verts en sauce moutarde
Omble chevalier en papillotes
Lapin en sauce au miel
Petit salé aux lentilles vertes
Rôti de bœuf à l'orange
Quiche au fromage de chèvre
Gâteau de potiron
Poires pochées à la cannelle
Tarte aux mirabelles
Bavarois aux marrons

Nul n'était tenu, naturellement, de consommer toutes ces délices, arrosées par le vin rouge de Châteldon, le rosé de Corent et le blanc de Pérignat, nommé Dieu-le-Père. Dans un coin de la grange parée de fleurs et meublée de bottes de paille, les petites natures pouvaient faire une sieste.

Le rite de la jarretière ne fut pas oublié. Peut-être remontait-il au roi d'Angleterre Henri III, le conquérant de Calais, qui en fit un ordre de chevalerie avec cette devise ornée d'une faute d'orthographe : *Honi soit qui mal y pense* ? Tout à coup, le garçon d'honneur plongea sous la table et déroba la jarretière de la mariée, au milieu des rires et des applaudissements :

— La tchambalho ! La tchambalho !

Elle fut ensuite découpée et distribuée en petits morceaux.

Terminé le mariage de Claire et Félix, Annet Ferrier et Alice Monteil décidèrent de se revoir, sous de bons ou de mauvais prétextes. Un printemps ensoleillé favorisait leurs rencontres. Un jour qu'ils se tenaient côte à côte assis sur un banc public de Lezoux, il osa lui prendre la main. Douce, et lisse, et chaude, et palpitante. Pressentant qu'il voulait aller plus loin, elle entreprit de papoter en lui décrivant le métier de sa mère, Maria Monteil, rabilleuse, ou rebouteuse, ou remancheuse.

Les médecins diplômés méprisent cette profession, même si parfois il leur arrive de recourir à elle. Le plus célèbre des rebouteux, Pierre Brioude, dit Pierrounnet, a son buste de bronze à Nasbinals, en Lozère, avec sa barbichette impériale. Il était cantonnier de son métier officiel, mais s'était découvert la faculté de remettre les membres démis, tant chez les hommes que chez les animaux. Il eut un tel succès que les docteurs le traînèrent en justice pour exercice illégal de la médecine et du vétérinariat. Il se présenta devant la tribunal tenant dans ses bras un agneau dont il avait disloqué les membres. Le pauvret ne pouvait plus se tenir sur ses pattes et rampait comme une tortue.

— Messieurs les juges, messieurs les docteurs, dit Pierrounnet, essayez donc de raccommoder cet agnelet.

Aucun de ces pontes ne s'y essaya. Pierrounnet seul y parvint. Acquitté, il continua de pratiquer tranquillement son double métier.

Maria Monteil, la mère d'Alice, adepte de Pierre Brioude, se limitait aux personnes. Elle ne prétendait point non plus au titre de guérisseuse. Les fluxions, les cancers, les maux de poitrine, de rate ou d'estomac échappaient à ses compétences. Elle avait entrepris de communiquer sa faculté à sa fille, dessinant sur des feuilles de papier chacun des huit cent quarante-six os ou osselets (en comptant les dents) qui composent notre carcasse. À ces pièces, elle attribuait des noms particuliers, de son invention, qui n'avaient rien à voir avec leurs termes anthropologiques. C'est ainsi que, pour elle, les vertèbres étaient les « bobines de l'échine » ; les rotules, les « pierres du genou » ; la clavicule, la « règle de l'épaule » ; l'omoplate, son « éventail » ; l'os iliaque, l'« assiette de la hanche » ; le tibia, le « soc de la jambe ». Elle enseignait les fonctions de tous ces organes, les accidents qui peuvent les atteindre, les bandages qui les soutiennent. Alice devint presque aussi savante qu'elle, grâce à ses encouragements :

— Prends patience. Dans trois ans, tu seras aussi habile que la Maria de Bulhon.

Elle avait coutume de parler d'elle-même à la troisième personne.

— Crois-en la Maria... Cette robe appartenait à la Maria quand elle avait dix-huit ans... La Maria sait ce qu'elle dit, ce qu'elle pense, ce qu'elle fait...

5

L'année 1923 fut à marquer d'une pierre blanche à Mondeviolle. Annet Ferrier épousa Alice Monteil de Bulhon. Les noces ne furent pas aussi simples, aussi traditionnelles que celles de Félix Ytournel. Mme Monteil, la rabilleuse, les compliqua d'une idée surprenante :

— Un bon mariage s'accompagne d'un voyage de noces. Antonin, un de mes frères, habite Paris. Il vous recevra. Il vous fera visiter la capitale. Vous reviendrez riches de souvenirs inoubliables que vous raconterez le restant de votre vie.

La guerre avait contraint Annet à voyager beaucoup à travers la France, à travers l'Europe et au-delà, jusqu'aux Dardanelles, sans trop savoir où il allait, contre qui il combattait. Ils acceptèrent la suggestion de la rabilleuse. Lorsque la jarretière eut été partagée, les deux époux s'éclipsèrent, non point pour aller dormir ensemble en un lieu dissimulé, mais pour monter dans un taxi qui les transporta à la gare de Clermont. Ils y arrivèrent à la nuit noire, prirent place dans un wagon de troisième classe. Pressés l'un contre l'autre comme deux sardines à l'huile, ce qui ne leur déplaisait point. Le compartiment se remplit d'autres pauvres gens, de valises, de sacoches, de chiens en cage. Une veilleuse s'alluma. Après une longue attente et plusieurs coups de sifflet à roulette, le train s'ébranla, prit de la vitesse.

— On fait au moins du 80 à l'heure, déclara un voyageur.

Personne n'en fut surpris, car c'était un train express qui sautait deux gares, s'arrêtait à la troisième. C'est ainsi qu'après les couinements des freins, ils entendirent crier les noms de Riom-Volvic, Aigueperse, Gannat, Vichy-Cusset, Moulins-sur-Allier, Saint-Pierre-le-Moûtier. Après quoi, ils n'entendirent plus rien, trop occupés d'eux-mêmes. La plupart de leurs voisins ronflaient. Dans leur coin, ils se sentaient isolés du monde, leurs chaleurs et leurs haleines confondues.

— Tu es moi et je suis toi, soupirait Alice.

— D'accord, répondait-il, car il manquait de mots.

Et toujours le convoi qui martelait les aiguillages, *ba-da-boum, ba-da-boum*.

La nuit s'effaça, laissant filtrer le jour. Les ronfleurs s'éveillèrent. Alice et Annet cessèrent de s'embrasser. Ils avaient emporté dans un panier des provisions de bouche.

— As-tu un peu faim ? demanda-t-elle.

— J'ai faim seulement de toi.

Ils se divertirent en regardant à travers les vitres. Ils virent la Seine couverte de péniches et de barques. Après des ralentis, des accélérations, le train finit par s'immobiliser.

— Gare de Lyon ! cria un cheminot. Tout le monde descend.

Ils suivirent le flot des sortants. Ils reconnurent l'oncle Antonin qui les attendait, les bras ouverts, les traitant de tourtereaux.

— Je ne peux vous loger chez moi, s'excusa-t-il, on y fait des travaux. Mais je vous ai retenu une chambre, à l'*Hôtel du Puy-de-Dôme*, c'est tout près. Vous y resterez le temps que vous voudrez, à ma charge. Vous devez avoir besoin d'un peu de repos. Je viendrai vous chercher sur le coup de midi.

Ils se trouvèrent en tête à tête dans une chambre parisienne, très différente des chambres auvergnates. Un grand lit, un édredon rouge, deux oreillers garnis de dentelles, une table à toilette avec un miroir carré, un pot à eau, une cuvette, un seau hygiénique derrière un paravent, des serviettes suspendues, le tout sur un parquet luisant qui sentait la cire. Le grand luxe ! La baignoire, connue des Romains, ne figurait point à l'*Hôtel du Puy-de-Dôme*.

— J'ai sommeil. Je suis fatiguée. On va dormir un peu.

— D'accord.

— Tourne-toi de l'autre côté.

Il comprit qu'elle se déshabillait, qu'elle se glissait entre les draps. Elle avait gardé sa chemise de jour. Il fit de même, ôtant sa liquette Laffont.

— Dors bien, murmura-t-elle.

— Fais-en de même.

Elle plongea tout de suite dans le sommeil. Il voulut en faire autant. Il fit semblant de dormir. Les yeux fermés, il pensa aux quelques femmes qu'il avait connues, en Italie, à Salonique, à Belgrade, au confluent du Danube et de la Save. Payées pour une bouchée de pain, mais obligeantes et prodigues de caresses. Près de lui, Alice dormait comme une souche, le nez enfoncé dans l'oreiller.

Il patienta.

Il patienta encore. Il compta les heures au beffroi de la gare. Lorsqu'il fut à la onzième, il prit la peine de bouger, d'enlever les vêtements qu'il avait encore sur lui. Alice sortit enfin de son sommeil. Il l'aida à se mettre nue comme il convenait à une nuit de noces, même si cette nuit commençait à 11 heures du matin. Elle se couvrit les yeux d'un avant-bras. Il la contempla dans sa nudité un peu maigrichonne, les os des hanches proéminents, le ventre plat, le nombril en forme d'entonnoir, les seins petits, ronds, pareils à des pommes. Il l'admira de la tête aux pieds et trouva quatre mots à lui dire :

— Comme tu es belle !

Il la vit sourire sous son avant-bras. Il osa enfin la toucher. Elle frémit. Longtemps encore il la regarda, muet d'amour et d'admiration. Ses mains se promenaient sur elle et la pétrissaient doucement, comme celles de sa mère lorsqu'elle préparait la pâte du *milhar*. (Les Limousins disent « clafoutis ».) Il cueillit sa bouche, qui demeura close, plutôt inerte, mais pulpeuse. Après d'assez longues manœuvres, il retomba sur le dos. Alice découvrit ses yeux, redressa la tête :

— C'est tout ? fit-elle, un peu surprise.

— Rien ne presse, s'excusa-t-il. L'émotion… l'émotion…

— Quelle émotion ? Est-ce que tu n'a pas eu d'autre femme avant moi ? À trente ans passés ?… Quand tu étais en Serbie ?

— Prends patience.

— Jusqu'à demain si tu veux. Dormons encore.

Elle tira le drap, irritée, se demandant quel genre d'homme elle venait d'épouser. C'est alors qu'elle eut l'idée de le toucher aussi. Par-ci, par-là, le caressant, le pizzicotant. Et tout le mécanisme se trouva déclenché. Elle cria de douleur et de plaisir.

Ils n'étaient pas encore rassasiés l'un de l'autre quand un poing cogna à la porte. C'était l'oncle Antonin qui venait les chercher.

— On arrive ! On arrive ! Laisse-nous un moment seulement.

— La tante va s'impatienter. Vous n'allez pas vivre rien que d'amour et d'eau fraîche ?

Ils prirent à peine le temps de se vêtir, de se peigner. Un taxi les transporta au domicile du tonton, 16, rue du Colisée, dans le VIIIe arrondissement, à côté des Champs. Antonin tenait un établissement de bains-douches qui recevait une clientèle d'Auvergnats, de Berrichons, de Nordistes, de Bretons, tous assez misérables, qui venaient chez lui se débarbouiller de leur crasse et de leur pauvreté.

— C'est mieux qu'à l'*Hôtel du Puy-de-Dôme* où y a ni douche ni cabine.

La tante Gervaise, originaire du Cantal, leur servit une truffade. Après le dessert, derrière le tonton, ils errèrent dans Paris, découvrirent le métro, l'Arc de triomphe, la tour Eiffel, l'église Notre-Dame et autres monuments. En plusieurs endroits, les rues étaient pavées de bois. Des clous à grosse tête métallique réservaient le passage aux piétons. Des agents de police, couverts d'une pèlerine noire et armés d'un bâton blanc, réglaient la circulation. Ils admirèrent l'agent barbu de la porte Saint-Denis. À Montmartre, dans un cabaret, ils entendirent un artiste déguisé en flic qui chantait :

Quand c'est aux piétons de traverser,
C'est pas aux autos de passer.
Quand c'est aux autos de passer,
C'est pas aux piétons de traverser.
Si le piéton veut traverser
Quand c'est aux autos de passer,
Tant pis s'il est trépassé !

Le soir, ils rentrèrent à l'*Hôtel du Puy-de-Dôme*. Après leurs ébats amoureux, Alice souhaita, illuminée de bonheur :

— Bonne nuit, mon amant.

— D'accord, bonne nuit toi-même, répondit-il.

Au terme de cette semaine parisienne, ils rentrèrent de leur voyage de noces. Ils reprirent leurs anciennes occupations, Annet dans le labourage et l'élevage, Alice dans le rabillage comme sa mère. Tous les jours, il lui venait des estropiés, des boiteux, des blessés qui avaient reçu un choc du timon dans l'estomac ou un coup de fourche dans l'épaule. Elle refusait certains clients, malgré leurs supplications :

— Allez voir le médecin de Lezoux. Il vous prescrira le nécessaire. Moi, je ne peux rien pour votre cas. Je risquerais des poursuites.

Tout son savoir résidait dans ses mains, dans ses palpations, dans ses massages, dans ses étirements. La seule audace qu'elle se permît était le soin des hémorroïdes féminines, ou « mal de saint Fiacre », parce que les femmes enceintes y étaient sujettes. Oignant ses doigts d'huile d'olive, elle remettait en place dans l'anus les boules procidentes. Elle recommandait aussi à ces dames d'aller à la selle en position couchée sur un bassin :

— Et faites une prière à saint Fiacre.

Lorsqu'on lui demandait « Combien vous dois-je ? », elle répondait « Ce que vous voudrez ». Certains la payaient en argent, d'autres en cadeaux divers, écharpes, parapluies, ombrelles, éventails. Il lui arriva de recevoir un harmonica, un dictionnaire, une bouteille d'eau de lavande.

Cette même année 1923, Alyre, le frère d'Annet, épousa Séraphine Torrent, l'épicière d'Orléat. Elle vendait toutes les délices de bouche, café, chicorée, poivre, piment, qu'elle servait en vrac, les versant dans un sachet sur la balance Roberval d'un index précautionneux. Le sucre était présenté en pains coniques enveloppés de papier bleu. Il fallait les briser avec un petit marteau pourvu d'une panne coupante. Elle proposait aussi pour les enfants le sucre candi, aussi transparent que le cristal. Le chocolat était peu demandé à cause du prix, malgré une affiche représentant une fillette vue de dos, pourvue d'une longue tresse, et écrivant au tableau *Chocolat Menier*. Une autre affiche proposait de la poudre de chocolat parfumée à la banane par l'entremise d'un Sénégalais hilare : *Y'a bon Banania*.

Tels étaient quelques-uns des trésors que l'on pouvait trouver chez Séraphine Torrent. En la prenant en mariage, Alyre renonça aux travaux agricoles. Il épousa l'épicière et l'épicerie, l'âne et la charrette qui allaient avec. Devenu épicier ambulant, on le vit aller de ferme en ferme, de marché en marché, de foire en foire.

La troisième Ferrier, Pauline, n'avait que dix-neuf ans en 1923. Elle prétendait ne pas aimer la terre qui est trop basse et qui rend bossue. Elle choisit et apprit le métier de brodeuse qui lui permit de s'installer à Thiers, rue de Lyon, près de l'*Hôtel de l'Univers et du Portugal réunis*, chez une Mme Soucille. Pauline apprit à broder « sur le doigt ». Il fallait tendre le tissu – toile, suédine, satin ou organsin – sur l'index en le maintenant du pouce par-devant et du majeur par-derrière. Ou bien elle besognait « au tambour » : deux cercles emboîtés l'un dans l'autre entre lesquels passait la toile à broder. Elle tenait cette machine sur les genoux et enfonçait les aiguilles qui construisaient des fleurettes ou des majuscules embrassées. Dans cette position, elle pratiquait le point de chaînette, le point de tige ou le point de grébiche. Pour les grosses pièces, draps, rideaux, robes de mariée, elle employait le « métier », une charpente à quatre jambes soutenant un rectangle de lattes rembourrées.

En quelques années, Pauline devint la meilleure brodeuse de toute la ville coutelière. Des clientes lui arrivaient des environs, jusque de Vichy.

Annet travaillait comme un galérien, tantôt à féconder la terre, tantôt à réparer ses bâtiments, se faisant terrassier, charpentier, maçon, menuisier, couvreur, vitrier. Les paysans de ces temps lointains pratiquaient à peu près toutes les professions manuelles. Quand ils avaient terminé un ouvrage, ils appelaient le curé qui venait en étole et bénissait l'édifice ; après quoi, il clouait sur la porte un petit carré de zinc où l'on voyait Jésus-Christ les mains jointes sur son cœur flamboyant, avec cette promesse : *Je protège cette demeure et ceux qui l'habitent.*

La seule récréation qu'Annet Ferrier s'offrit était la chasse, comme il a été dit, avec ses compagnons. Ils battaient la plaine et les bois. Toute la journée, on entendait les détonations et les jappements des chiens. Le soir, chacun rentrait chez soi, crotté, boueux, la figure illuminée, la gibecière garnie. Certaines fois, ils ne rapportaient rien du tout, n'ayant tué que le temps. Inversement, il leur arrivait d'abattre une grosse pièce, sanglier, biche ou chevreuil. En cette occasion, les familles des chasseurs se réunissaient et consommaient ensemble la venaison, arrosée de pouzin par les hommes, de camomille par les femmes et les enfants.

À vrai dire, ils ne rentraient jamais complètement bredouilles. Pendant des heures, ils avaient foulé la terre noire tapissée de feuilles mortes, respiré l'air vivifiant qui descendait du puy de Dôme ou des monts Dore, admiré la rougeur des peupliers. Ils s'étaient assis sur des bornes ou des troncs abattus, s'étaient raconté des souvenirs ou fait des confidences, avaient rigolé des politiciens du jour, Herriot, Tardieu, Poincaré, Doumergue ; et aussi des évêques et de la religion. Ils avaient savouré ensemble les délices que la Limagne leur offrait. Heureux une journée qui va à la chasse. Heureux une semaine qui se marie. Heureux tout un mois qui tue son cochon. Heureux toute sa vie qui se fait curé.

— Y a plus heureux que le curé, prétendait quelqu'un. Sa servante, car elle mange avant lui le fricot qu'elle a préparé.

Rien de tout cela ne justifiait le geste maudit auquel Annet Ferrier s'abandonna un jour.

Les années passaient vite, chacune apportant son chapelet d'événements heureux ou tragiques. On peut les résumer de la façon suivante.

En 1925, une guerre nouvelle éclata dans une région du Maroc appelée le Rif. Les populations indigènes se révoltèrent contre la civilisation française, chose incompréhensible aux yeux des Français. Comment ces sauvages pouvaient-ils ne pas apprécier les avantages que les « Roumis » leur procuraient : les routes, les écoles, les hôpitaux, les cinémas, les casernes ? Le nom de leur chef, Abd el-Krim, attestait bien ses intentions criminelles. La guerre inspira du moins une jolie chanson :

Sous le soleil marocain,
Je pense à toi, à toi, ô ma jolie !
Dans le sable sans fin,
Ton amour seul berce ma nostalgie…

En 1926, Abd el-Krim, capturé, fut exilé avec sa famille dans l'île de La Réunion.

En 1927, inventée par le ministre André Maginot, une ligne fortifiée fut construite sur notre frontière nord-est pour nous préserver à jamais de toute nouvelle invasion germanique, laissant la frontière belge découverte pour ne pas offenser nos voisins.

Cette même année, un jeune aviateur américain, Charles Lindbergh, traversa l'Atlantique d'un seul vol, d'ouest en est, sur son appareil *Spirit of Saint Louis*.

Quelques mois plus tard, deux Français, Nungesser et Coli, tentèrent la traversée inverse sur leur avion *L'Oiseau blanc.* Ils disparurent dans les flots amers, laissant derrière eux une autre chanson :

Pauvres Nungesser et Coli
Vous étiez partis
Pour survoler New York.
Un destin d'une autre sorte
Vous envoya au paradis...

Toujours en 1927, deux anarchistes italiens, Sacco et Vanzetti, accusés en Amérique d'un assassinat qu'ils niaient farouchement, furent condamnés à la chaise électrique. Des manifestations mondiales les soutenaient. On les exécuta quand même. Eux aussi eurent droit à une complainte :

Pauvres Sacco et Vanzetti
L'éternelle nuit
Tous deux vous emporte...

En ces périodes peu communicatives, sans radio, sans télé, plutôt illettrées, les chansons répandaient les nouvelles du monde.

L'Italien Bottecchia vainqueur du Tour de France, rentré chez lui en 1927, fut assassiné par le propriétaire d'une vigne où il avait cueilli une grappe sans autorisation.

En 1930, un petit Richard arriva chez Annet et Alice Ferrier.

En 1931, la France tomba sous l'autorité de l'Auvergne. Elle choisit un Auvergnat, Paul Doumer, pour président de la République. Un Auvergnat à la présidence du Conseil : Pierre Laval. Un Auvergnat à la tête de la municipalité parisienne : Castellane. Un autre Auvergnat fut archevêque de Paris : le cardinal Verdier. Sans parler des trois cent mille Auvergnats, Bougnats, Auverpins qui noyautaient la capitale.

Cette même année, des républicains espagnols, sous le nom de *Frente popular*, remportèrent les élections, proclamèrent la République. Le roi Alphonse XIII, descendant de notre Louis XIV, abandonna son trône et s'en alla mourir à Rome.

Dans les années 1932-1934, inspirée par l'Espagne, la France institua le Front populaire, association des socialistes, des communistes et des radicaux. Ensemble, ils inventèrent un nouvel apéritif, le popu, et une nouvelle bicyclette, le tandem, pour deux personnes. Depuis Clemenceau, le parti radical avait perdu beaucoup de sa pugnacité. On le disait proche du radis, rouge en dehors, blanc en dedans et toujours proche de l'assiette au beurre.

En 1933, Adolf Hitler devint démocratiquement le maître de l'Allemagne avec le titre de Führer, « celui qui conduit ».

En 1934, le Tour de France fut gagné par un Aurillacois, Antonin Magne. Les Cantaliens entrèrent en ébullition. Chez Alice et Annet, un petit Germain tomba du ciel.

En 1936, à la tête de troupes marocaines, le général Franco plongea l'Espagne dans la guerre civile contre les républicains. Son collègue Queipo de Llano promit que les communistes auraient la tête coupée et que leurs femmes seraient violées par les Maures.

À Paris, Joséphine Baker dansait avec un cache-sexe formé de bananes liées.

Pour la seconde fois, Antonin Magne gagna le Tour de France. Il devint aussi champion du monde cycliste à Berne.

Le poète Federico Garcia Lorca fut arrêté à Grenade par les troupes franquistes et fusillé :

Le miel est le cantique de l'amour,
La substance de l'infini,
L'âme et le sang plaintif des fleurs,
Condensés à travers un autre esprit...

En 1937, Saint-Granier chantait « Ramona, j'ai fait un rêve merveilleux... » Alyre prononçait « J'ai fait-z-un rêve merveilleux », prétendant que c'était « plus doux-t-à l'oreille ». Une Exposition universelle s'ouvrit à Paris avec quelques jours de retard à cause d'une grève.

En Espagne, Guernica fut bombardée par l'aviation hitlérienne. À Nuremberg, Hitler fit défiler ses troupes le bras tendu à la romaine.

En 1938, une Valentine naquit chez les Ferrier à Mondeviolle, achevant de compléter le cercle familial.

Cette même année, un Auvergnat de cœur, Pierre Jules Boulanger, en résidence à Lempdes (Puy-de-Dôme), fut chargé d'imaginer pour Citroën un véhicule rustique, peu coûteux, susceptible d'être conduit par une femme débutante ou par un curé. Capable de transporter deux cultivateurs en sabots, un panier d'œufs, un sac de pommes de terre. D'aller au plus à 60 à l'heure, consommant 3 litres d'essence aux 100 kilomètres, de rouler sur les pires chemins sans casser un œuf. Son esthétique ? Aucune importance. Couleur de la carrosserie ? Gris tuyau de poêle. Un seul phare à l'avant au milieu du capot. Un seul feu rouge à l'arrière. Une direction sans cardans. Des sièges faits d'une simple toile, de même que le toit décapotable par enroulement. Avec quelques améliorations, homologuées par le service des Mines, il s'en vendit quatre millions à travers le monde dont une à Mme Charles de Gaulle, épouse du colonel. Certaines personnes délicates la refusèrent cependant de peur qu'on crût qu'elles l'avaient fabriquée elles-mêmes avec d'anciennes boîtes à sardines. Annet Ferrier acheta la sienne plus tard, en 1948.

En 1939, les troupes franquistes occupèrent Barcelone et Madrid. Franco prit le titre de Caudillo, équivalent à celui de Duce en Italie, de Führer en Allemagne. Avec leurs mulets et leurs bagages, cinq cent mille républicains vaincus traversèrent les Pyrénées et furent reçus en France dans des « camps de concentration ». Franco rencontra Hitler à Hendaye et Pétain à Nîmes. Copains, copains. Le 1er septembre, les Allemands envahirent la Pologne sous prétexte qu'elle ne voulait pas leur rendre Dantzig. Ainsi commença la Seconde Guerre mondiale. Annet Ferrier n'était plus mobilisable, ses deux fils Richard et Germain pas encore.

En mai 1940, les forces blindées hitlériennes enfoncèrent nos défenses à Sedan. André Gide, bien tranquille sur la Côte d'Azur, expliqua notre défaite dans son *Journal* de juin-juillet par notre victoire de 1918. Le pays, grisé par ce succès trompeur, aurait cédé au relâchement. Face aux Allemands, nous n'avons pu faire preuve, selon lui, que de négligence, de confusion et d'impuissance. Exprimant ses craintes sur l'aptitude de la France à tirer des leçons de sa déroute, Gide estimait que nous n'étions pas dignes de gagner.

Quelle lucidité ! Le million et demi de nos hommes tombés en 1914-1918 ne méritaient pas la fausse victoire dont ils s'étaient payés. Encore moins les seulement cent mille tombés en 1940. En fait de désordre et de délabrement, l'Allemagne avait connu sa part après 1919, lorsque le mark était si bas que la ménagère se rendait au marché avec deux paniers, l'un pour les légumes, l'autre pour les billets. L'Allemagne fut sauvée et mérita ses victoires provisoires de 1940-1945 grâce à un fou furieux autrichien, Adolf Hitler. Ainsi commencèrent, dans la France envahie, cinq années de famine. Sauf pour les gens de la terre. Malgré les réquisitions de l'État français et les tickets d'alimentation, ce furent pour eux cinq années de prospérité, de marché noir, de prix exorbitants, d'abattages clandestins, de trocs à l'ancienne, pain blanc contre tabac, fromage contre essence, saucissons contre travail. Ce fut aussi le temps des succédanés, saccharine au lieu de sucre, chicorée au lieu de café, margarine au lieu de beurre, libertinage au lieu de liberté. Les occupants qui cherchaient à tout nous prendre nous firent en échange cadeau d'un nouveau vocable : *ersatz*. On vit des épiciers vendre de la mayonnaise qui ne contenait ni huile ni jaune d'œuf. Des jardiniers employer des écrivains pour arracher des carottes. Tout le monde se mit à l'élevage et au labourage. L'évêque de Clermont nourrissait des lapins dans son évêché.

Beaucoup de paysans s'alimentaient trop bien, ils avaient des ventres comme des tonneaux. Lorsqu'ils s'étaient bien bourrés, après un repas où rien ne manquait, ils lâchaient un rot de satisfaction et disaient :

— Encore un qu'Adolf n'aura pas !

C'était une manière de résister.

Mlle Legay, professeur de gymnastique, donnait des leçons pour faire maigrir. Elle n'en donnait point pour engraisser. Les médecins ne se déplaçaient que s'ils étaient sûrs d'être payés en œufs ou en jambons.

1941. Le 22 juin, Hitler attaqua l'URSS avec qui il avait pourtant signé un pacte de non-agression. Le 7 décembre, les Japonais attaquèrent la flotte américaine à Pearl Harbour. Les États-Unis entrèrent en guerre.

1941-1945. De nombreux résistants combattirent les envahisseurs hitlériens. Parmi eux, des Espagnols réfugiés en France. Beaucoup furent faits prisonniers. Hitler les employa à construire le mur de l'Atlantique, ligne de défense établie sur les côtes françaises. Ceux qui mouraient au cours de ces travaux n'avaient pas droit à une tombe ; les corps étaient jetés dans le béton qui leur assurait un éternel anonymat.

En 1944, après le débarquement des Alliés en Normandie, après les combats féroces de Monte Cassino, de Bastogne, tout le monde comprit que l'Allemagne avait perdu la guerre. Hitler le comprit, les cochons le comprirent, Pierre Laval ne le comprit point. Il condamnait encore l'« invasion américaine ». La France fut enfin libérée. Il fallut rechercher, juger, punir les collaborateurs. Des tribunaux procédèrent à l'épuration, ce qui demanda quatre ans. Des peines de mort furent prononcées, souvent commuées. La justice populaire corrigea ces iniquités. Ainsi un certain Gabriel Gourut, résidant près de Vichy, d'abord condamné à mort, mais ensuite relâché, fut rattrapé par les habitants de son village qui le pendirent après avoir lynché sa famille.

En 1945, fin de la Seconde Guerre mondiale. Franco, qui n'y avait point participé, conserva son pouvoir de Caudillo. Il amnistia ceux qui l'avaient combattu. Certains s'y laissèrent prendre. En arrivant, ils trouvaient la prison ou le garrot.

André Gide qui, dans son *Journal*, prétendait que nous ne méritions pas la victoire de 1918, ne craignit pas de se contredire en affirmant qu'il appartenait à la France de faire plier l'arrogante Allemagne sous son joug au nom du « salut de l'humanité ». Réparant ainsi l'indulgence de la dernière guerre, le pays, après l'abattement de la défaite, sortirait grandi de la bataille.

Les chefs nazis responsables de la Seconde Guerre mondiale et des atrocités hitlériennes furent jugés à Nuremberg, et la plupart pendus haut et court. À cette occasion, le professeur polonais Lemkin inventa un vocable nouveau : « génocide », désignant la destruction à la fois biologique et culturelle de groupes humains pris dans leur ensemble : du grec *genos*, race, et du latin *caedo*, abattre. Certains puristes critiquèrent l'« hétérogénéité du terme » qui fut néanmoins universellement accepté.

En 1944, les Françaises reçurent le droit de vote.

En 1947, Vincent Auriol fut élu président de la IVe République. Lorsqu'on lui apprit que, dans l'océan Indien, la Grande Comore faisait du tapage, il répondit : « Foutez-lui la Légion d'honneur et qu'elle aille se faire voir ailleurs ! » En récompense de son style et de sa lucidité, André Gide reçut le prix Nobel de littérature.

Dans le cimetière d'Orléat, Jausion Ferrier, âgé de quatre-vingt-six ans, et ses fils creusèrent une tombe destinée à recevoir leurs dépouilles. Construite sur trois étages, longue de deux mètres et demi, elle fut en mesure d'héberger six personnes adultes. Les murs en étaient épais de trois largeurs de main. « Nous serons bien au chaud là-dedans », dit l'ancêtre. Il devinait qu'il en serait le premier occupant.

En 1951, Richard fit son service militaire à Issoire dans un régiment d'artillerie. En 1956, Germain fit le sien à Toulon dans la marine. René Coty céda sa place au général Charles de Gaulle qui fonda la Ve République. Les Espagnols exilés attendaient la mort du Caudillo pour rentrer chez eux. Mais le dictateur ne se décidait point à passer l'arme à gauche, soutenu par l'acharnement thérapeutique de ses dévoués médecins. Il décréta que son successeur serait un autre Bourbon, don Juan Carlos, qui faisait mine de partager ses idées et sa politique, quitte à passer pour le dernier des crétins. Mais sitôt Franco disparu, le nouveau roi sortit de son simulacre et transforma progressivement la dictature en régime démocratique.

En 1960, Annet Ferrier découvrit l'amendement phosphaté et l'appliqua à ses cultures. En 1962, Charles de Gaulle accorda son indépendance à l'Algérie sans le faire exprès.

6

Depuis qu'il cultivait la terre de Mondeviolle, Annet Ferrier ne lui apportait d'autres engrais que le fumier de ses vaches. En fait, la Limagne n'avait besoin d'aucun fertilisant. Véritable tchernoziom comme celui de la Russie méridionale, formée par les poussières volcaniques envolées de la chaîne des Puys, lorsque leur surgissement épouvantait les hommes des cavernes, elle rendait depuis des millénaires onze quintaux de froment pour un quintal semé. Puis vint un camion bâché imprimé *Phosphates de Chichaoua*. Il en descendit deux pèlerins, l'un chaussé de bottes et coiffé d'une casquette à oreilles, l'autre d'un fez entouré de mousseline.

— Qui est le propriétaire de ces terrains ? s'enquit le premier, désignant trois hectares moissonnés. (Les Limagnais tout simples n'employaient pas encore ce terme métrique ; comme avant 1790, ils mesuraient en œuvres et en journées.)

— C'est mon mari, répondit Alice.

— Je pourrais lui parler ?

— Lui parler de quoi ?

— Des amendements.

— Je vous l'appelle.

Dans l'étable, l'Annet en sabots curait les litières.

— Y a un homme qui veut te causer.

— Quel genre d'homme ?

— Dans une camionnette. Il a l'air d'un Lyonnais. Il veut te parler des amendements.

Il se rinça les mains, sortit de ses sabots, entra dans des charentaises, marcha jusqu'à la cour. Le possible Lyonnais, qui fumait une cigarette, lui tendit son paquet :

— Salut, chef. Prenez une gauloise.

L'Annet refusa. Il avait l'habitude non pas de fumer, mais de mastiquer les cigarettes, papier et tabac, et de les chiquer. Vieille précaution remontant aux tranchées : il était alors dangereux d'allumer une cigarette, de présenter à ceux d'en face une courte flamme, surtout la nuit. Il écarta le briquet du Lyonnais :

— Pas besoin. Je chique.

— Comme vous voudrez. Je sais que vous profitez d'une bonne terre, qui vous rend le dix pour un en céréales.

— Même le douze.

— Moi, je viens vous proposer le dix-huit.

L'Auvergnat secoua la tête, incrédule.

— Si vous ne multipliez point par dix-huit, insista le Lyonnais, je vous rembourserai le prix de mon amendement. Promis juré.

— En quoi consiste ce fameux amendement ?

— En phosphate marocain, phosphate de chaux. Il nous arrive à pleins bateaux. Faites une expérience. Partagez en deux moitiés votre surface céréalière. Ensemencez la première comme vous avez toujours fait, vous contentant de votre terre noire. Ensemencez la seconde après l'avoir amendée au phosphate marocain. Comparez les résultats. Si votre récolte dans cette seconde moitié n'est pas supérieure de 25 % à celle de l'autre, je vous rembourserai comme j'ai dit. Voici mon nom, mon adresse personnelle, mon adresse commerciale. Faites l'expérience. Vous n'avez rien à craindre. Quelle surface mettez-vous en blé ?

— Trois hectares.

— Il vous faut cent kilos par hectare. Si vous en êtes d'accord, je vous livre cent cinquante kilos pour l'expérience. Vous me signez une traite à trente jours. Vous ne risquez rien puisque vous aurez le phosphate.

— Et si vous me livrez du sable ?

— Vous allez voir.

S'adressant en arabe au porteur de fez, il fit décharger un sac, en dégagea l'ouverture, y plongea la main. Elle ressortit pleine d'une poudre rutilante.

— Croyez-vous que ce soit du sable ? Goûtez-le.

— Que je le goûte ?

— Faites comme moi.

Il y enfonça l'autre index, déposa sur sa langue un peu de poudre, la recracha. Annet fit de même. La poudre avait une saveur piquante, celle du phosphore porteur de lumière. Ils se mirent d'accord pour trois sacs qui furent déchargés.

— Nous nous reverrons après la récolte, promit le Lyonnais.

Il remonta dans son camion conduit par le chauffeur enfézé.

Venues l'automne et la saison des semailles, Annet et ses deux fils labourèrent le tchernoziom. Ils possédaient maintenant un tracteur Renault qui tirait une charrue polysocs. Richard, l'aîné, étudiait dans les revues les méthodes de l'agriculture américaine et rêvait de partir un jour aux États-Unis. Germain, le cadet, restait fidèle aux bœufs, aux vaches, aux tombereaux. C'est lui qui toujours confiait par poignées la moisson future aux sillons.

Ayant pris tout seul la responsabilité de l'amendement, le père saisit le soufflet de la poudreuse qui répandait le phosphate sur la terre ensemencée. Vint ensuite le tour de la herse hérisson. La Limagne reçut avec surprise cet assaisonnement inattendu. Partout l'on citait sa fertilité millénaire qui avait toujours produit les plus beaux blés du monde. Les Italiens en demandaient pour fabriquer leurs macaronis, les Autrichiens pour leur strudel aux pommes, les Argentins pour leur mazamorra. Les parents de Jeanne d'Arc s'en étaient nourris lorsqu'ils étaient venus adorer sainte Marie au Puy-en-Velay. Pareillement, des milliers de pèlerins, de papes, douze de nos rois, des trouvères, des troubadours, trois présidents de la République, la famille Michelin. Comprenant toutefois que, si le soleil, la lune, les étoiles ne changent guère, la terre a le droit de changer de figure, le tchernoziom accepta le phosphate marocain, le trouva même digestible et s'en servit pour accroître son rendement.

L'été qui suivit, le Lyonnais marchand de phosphate vint examiner le résultat du phosphatage. Il fit des calculs écrits à la pointe de son stylo-bille, constata que la récolte prévisible des céréales promettait une augmentation de 35 %, dépassant les promesses. Lui et les Ferrier burent le champagne. Le chauffeur marocain but de l'eau de Volvic.

Inutile de préciser qu'aux semailles suivantes les Ferrier phosphatèrent leurs trois hectares avec générosité.

— Ma foi ! dit Valentine. Si toutes nos récoltes sont à présent aussi belles, nous pourrons acheter le château de Barante.

Ce château n'était pas à vendre, se trouvant sous la gouverne d'un remarquable baron. Mais il était permis d'en rêver.

Annet eut un souci. Il remarqua qu'une rougeur s'était formée sur sa lèvre inférieure. Produite, supposa-t-il, par un grain de phosphate. Chaque soir, avant de se coucher, il lavait sa lèvre à l'eau oxygénée. Il lui restait une démangeaison qui l'empêchait souvent de prendre sommeil. Le lendemain, à son réveil, il se regardait dans la glace. La rougeur persistait. Il n'en dit mot à personne, craignant d'inquiéter et de discréditer le phosphate marocain. La rougeur ne s'étendait pas. Il continuait de la traiter par l'oxygène. Elle ne le gênait point dans ses travaux. Quand le prurit devenait trop aigu, il se mordait la lèvre. La démangeaison disparaissait quelques minutes ; puis elle revenait.

Il y mit de la teinture d'iode. Rien ne changea, excepté la couleur.

Il fit rougir au feu le poinçon d'un couteau, l'appliqua sur la tumeur. La chair grésillait, émettant une odeur de cochon qu'on grille. Il n'insista point. Sa femme finit par remarquer ce bulbe, demanda ce qu'il avait là.

— Rien du tout. Ça passera bientôt.

Un pansement était difficile à placer à cet endroit. Il y trouva enfin un remède : la cigarette. L'action du tabac endormait le prurit. À condition de ne pas le mâcher, comme aux Dardanelles. À condition de le fumer normalement. En même temps, il dissimulait la tumeur.

Il laissa pousser sa moustache. Après quelques semaines, elle finit par couvrir sa bouche, comme celle de Clemenceau. Frappés par cette ressemblance, les voisins de Mondeviolle le saluaient ainsi :

— Tiens ! V'là notre Tigre ! Comment vas-tu, le Tigre ?

Sa nièce Virginie insistait pour qu'il consultât un médecin. À quoi il répondait :

— Te tracasse pas pour mon *chichaoua*. Lui et moi, on s'arrange. On se tient compagnie.

La récolte de 1962 fut plus remarquable encore que les précédentes. Ils remplirent leurs greniers de froment, de seigle et d'épeautre. Des meuniers vinrent sur place examiner la qualité et les quantités. Le temps n'était plus où, espionnés par les gendarmes de Vichy, ils moulaient clandestinement n'importe quoi, orge, avoine, maïs, millet ; où le pain ressemblait à du crottin. À présent, grâce au phosphate, la Limagne ne produisait que la fleur de la farine.

La moustache et la barbe de l'Annet lui cachèrent la moitié de la figure. Son visage ressembla de plus en plus à la tête d'un chien griffon. Une après-dînée qu'il somnolait dans sa méridienne, sa femme Alice eut l'audace de farfouiller dans cette toison. Et ce qu'elle découvrit l'épouvanta. La petite tumeur, devenue une horrible enflure violette, avait mangé toute la lèvre et une partie du menton, sillonnée de traits verdâtres pareils aux nervures d'une feuille. Elle étouffa un cri, l'Annet se réveilla, la fusilla des yeux, la repoussa de ses deux mains.

— *Da ke lho* ? hurla-t-il. Qu'est-ce qu'il y a ? Qu'est-ce que tu me veux ? De quoi te mêles-tu, vieille vipère ?

— Demain, tu vas te faire examiner par le médecin de Lezoux. Et si tu n'y vas pas, c'est lui que je ferai venir.

— Gratte-toi le cul s'il te démange et laisse-moi tranquille. Je sais ce que j'ai. Et je sais ce qu'il faut faire pour me guérir. C'est un grain de phosphate qui s'est foutu dans mes *gognes*. J'en viendrai à bout.

Il mélangeait le français et le patois. Les *gognes* désignent le gosier et tout ce qui est aux environs. Une *igonhade* est une grimacière. Bref, Annet Ferrier ne voulait pas qu'on s'occupât de ses *badigoinces*. Alice fit la sourde. Le lendemain matin, le docteur Lamaison arriva de Lezoux. Annet poussa les hauts cris.

— Qui t'a appelé, toubib de malheur ?

— Mon petit doigt auriculaire. Il m'a dit que tu avais besoin de moi. Il connaît nos bonnes relations. Il sait que nous avons souvent chassé ensemble le sanglier. Laisse-moi t'examiner.

— C'est donc que tu crois à la médecine ?

— J'y crois comme les curés croient en Dieu. Ou font semblant. Ça ne fait de mal à personne. Je ne fais pas de miracles. Quel âge as-tu ?

— J'ai chié plus des deux tiers de ma merde.

— Ça doit te faire dans les soixante, soixante-deux. Bien. Par où je commence ?

— Par les gognes.

À son tour, le docteur Lamaison se fraya un passage parmi les poils de la barbe. Il observa la tumeur de ses yeux nus, puis à travers une loupe. Il se redressa, poussa un gros soupir, sans ouvrir la bouche.

— Qu'est-ce que j'ai ?

— Faut que je fasse un prélèvement. Que j'enlève une parcelle de cette saloperie, que je l'envoie à Clermont pour analyse. Tu ne sentiras presque rien, je te ferai d'abord une piqûre analgésique, comme le dentiste qui doit arracher une dent.

— Je crains pas la douleur. Je suis passé entre deux balles de mitrailleuse. Elles m'ont emporté le bout du nez et une partie de la nuque. J'ai supporté.

— Je sais que tu es un dur à cuire. Ferme quand même les yeux.

Il tira de sa trousse un flacon, une seringue, enfonça l'aiguille dans la toison. Annet n'eut pas un tressaillement. Au moyen de longs ciseaux, Lamaison découpa l'enflure, en retira une bouillie sanguinolente qu'il enferma dans une boîte de porcelaine. Après quoi, ayant raccourci les poils des gognes, il appliqua un pansement retenu par de la toile adhésive. Annet rouvrit les yeux.

— Qu'est-ce que tu en penses ?

— Je pense que ça n'est pas beau à voir. Clermont nous informera dans quelques jours. Je viendrai t'expliquer.

— Combien je te dois ?

— Tu me dois une poignée de main, entre chasseurs.

— Alice, verse une goutte de blanche au toubib.

Elle sortit une bouteille d'eau-de-vie de prunelle, en remplit deux petits verres.

— À ta santé.

— À la tienne. Qu'elle soit meilleure.

Ils la dégustèrent avec un claquement de langue.

Pendant six jours, tous les Ferrier songèrent à la tumeur de Clemenceau, si fort que plusieurs en perdirent le sommeil. À la messe du dimanche qui suivit, ils brûlèrent des cierges. Lamaison revint pourtant. L'air si sombre qu'il n'eut pas besoin de parler.

— Prenons encore une goutte de blanche, suggéra-t-il. Plutôt deux.

Ils trinquèrent, sans un mot. L'Annet se suça les moustaches. Leurs regards se promenaient alentour, comme s'ils avaient médité une partie de chasse. Lamaison reprit enfin la parole :

— Dois-je te dire la vérité toute nue ? Ou faut-il que je l'enveloppe d'un mensonge ?

— La vérité toute nue.

— C'est cancéreux.

— Bon… D'accord… Je m'y attendais.

— On peut opérer. Ça te prolongera.

— De combien ?

— Peut-être de cinq ans. Peut-être plus.

— Peut-être moins ?

— Peut-être moins.

— Est-ce qu'on m'enlèvera beaucoup de bidoche ?

— On t'enlèvera juste le nécessaire. Ce qui est à craindre, ce sont les métastases. Les prolongements que le cancer émet, pareils aux racines d'un noisetier. Faut tout enlever, sinon ça repousse.

— Je vais réfléchir.

— Réfléchis vite.

Toute la famille sut que le père avait un cancer, une sorte de crabe qui lui dévorerait les gognes. Certains, certaines évitaient de l'embrasser, comme s'il y avait contagion.

— Faut te décider, proposait Alice de temps en temps.

Depuis leur mariage, ils couchaient dans le même lit. Il eut l'impression qu'à présent, elle se tenait loin de lui, rasant le mur. Personne ne donnait de conseils : fais ceci, fais cela. On le regardait avec des yeux de chat-huant.

— C'est la faute au phosphate marocain, expliqua-t-il.

On continuait de le répandre quand même, parce qu'on avait fait un stock. L'Annet avait de la peine à mastiquer, on lui servait des purées, du riz, des lentilles. Ses membres fonctionnaient régulièrement. Avec le secours d'une canne rapportée de Serbie, il aimait à se promener parmi ses champs ensemencés, parmi ses vignes, dans les allées de son potager où des potirons, sans pudeur, exposaient leurs fesses. Un jour, après le repas de midi, il sortit sa Deuche, annonça qu'il partait en promenade.

— Où vas-tu ?

— Au hasard. Où la Deuche me conduira.

Avec quelque inquiétude, on le regarda prendre du large dans la pétarade de sa voiture.

— Va, ma belle, où tu voudras.

Elle prit la direction de Lezoux, riche autrefois de quinze mille potiers. Fournisseuse de tout l'Empire romain en coupes, gobelets, vases, soupières, statuettes votives de dieux et de déesses. Vers l'an 250, Lezoux reçut Austremoine venu de Rome. Entré en contact avec les potiers et les céramistes à la va-vite, en acceptant des bolées de cidre, il les convertit à la religion chrétienne. On a gardé sa signature sur certains vases : *Stremonius*. Annet visita plus modestement des fours de tuiliers ou de briquiers. De là, la Deuche se rendit à Beauregard-l'Évêque où jadis l'évêque de Clermont avait sa résidence estivale. Puis au château de Ravel qui appartint à l'amiral d'Estaing, compagnon de La Fayette dans les combats des Américains contre l'Angleterre ; plus tard, il eut le tort de soutenir Louis XVI et Marie-Antoinette. Arrêté et condamné à mort en 1794, il dit à ses juges : « Quand vous aurez fait tomber ma tête, envoyez-la aux Anglais, ils vous la payeront cher. »

Pendant des heures, la Deuche promena son maître à travers la Limagne. Il vit Vertaizon, Bort-l'Étang, Saint-Jean-d'Heurs. À la tombée de la nuit, elle le ramena à Mondeviolle, alors que Richard et Germain trayaient les vaches, que Valentine s'occupait des chèvres. Il entra dans la cuisine, but un demi-verre de blanche à la prunelle, embrassa sa femme et dit :

— Je monte me coucher. Bonne nuit.

Il quitta ses sabots. Ils entendirent ses pas dans l'escalier. Puis plus rien. Soudain, une explosion fit frémir les casseroles de la cuisine. Alice poussa une bramée, elle trébucha sur les marches de pierre, tomba à genoux, se releva avec peine. Arrivée dans leur chambre, elle trouva son mari sans tête, sur une mare de sang, les mains crispées sur les canons de son hammerless. L'ayant chargé de deux cartouches à sanglier, il avait quitté ses chaussettes de laine. Assis sur une chaise, il avait placé les bouches des canons sous son menton, appuyé de ses orteils sur les détentes à l'intérieur des pontets. Le plafond, les murs étaient éclaboussés de cervelle. Un peu de barbe était restée au cou décapité. Le sang en ruisselait comme le vin d'un tonneau dérobiné.

Richard et Germain accoururent, ils avaient entendu la détonation. Ils trouvèrent leur mère toute hurlante, écroulée sur les jambes de son mari. Les semelles de ses pantoufles étaient bleuâtres du sang piétiné. Mais pourquoi leur père avait-il commis ce geste abominable, alors que le médecin Lamaison lui avait promis cinq années de vie supplémentaire ? A-t-on le droit de se supprimer lorsqu'on a encore une épouse et trois enfants à soutenir ? Le courage ne consiste pas à se faire sauter la cervelle pour ne plus souffrir, mais à supporter ses souffrances. « Tu ne tueras point » ordonne un Commandement, ni aucun autre, ni toi-même. Ils relevèrent leur mère, l'emportèrent, lui lavèrent les mains et la figure, la couchèrent. Elle cessa de hurler, s'enfonça le visage dans un oreiller. Valentine vint à son tour, cria :

— Qu'est-ce qui se passe ?

— Le père s'est tiré.

— Tiré ?

— Avec son fusil de chasse. Ne monte pas, c'est trop horrible à voir, dit Richard. Je vais chercher la cousine Virginie, l'aide-soignante. Elle saura faire ce qu'il faut.

Il sauta dans la Deuche encore tiède, fonça à Lempty, ramena la cousine. Informée de ce qu'on voulait d'elle, elle se munit de gants, de serviettes, de pansements, de bandes Velpeau, comme si elle se préparait à soigner un blessé. Elle embrassa la tante Alice qui gémissait :

— M'a pas même dit au revoir… Pas même dit au revoir.

— Nous nous reverrons tous un jour, dit Virginie. Apportez-moi une lessiveuse d'eau froide.

Elle monta à la chambre du suicidé, recommandant qu'on la laisse seule. Elle resta deux heures en tête à tête avec lui tandis qu'en bas Alice criait à ses enfants :

— Mangez une bouchée, je vous prie. Mangez une bouchée.

Comment penser à la nourriture, alors que chacun se sentait ivre de douleur ? Même Victor, le chien, ne réclamait point sa soupe habituelle. Aussi gonflé que ses maîtres, il restait près de la cheminée, le mufle entre les pattes, tout larmoyant, regardant les bûches en train de se consumer.

Il pouvait être 3 heures du matin lorsque l'aide-soignante commanda de vider la lessive pleine d'un liquide innommable que les deux garçons évacuèrent dans la fosse à purin. Elle les fit encore patienter. Aux premiers chants des coqs, ils eurent l'autorisation de monter. Ils trouvèrent la chambre lessivée, le plafond nettoyé et le mort étendu proprement sur sa couche, les mains jointes. Au-dessus des épaules, la cousine avait rassemblé dans des serviettes tous les débris humains qu'elle avait pu atteindre. La boule qui en résultait, plus qu'à une tête humaine, ressemblait à une citrouille.

— Si vous voulez, proposa Virginie, récitons un *De Profundis*.

Elle s'agenouilla, se signa, les autres l'imitèrent. Ils baisèrent les mains du mort. Le soleil se leva sur un jour qu'Annet ne pouvait plus voir.

— Prenez quelque chose, insista la mère.

Ils trempèrent des lichettes de pain dans du café noir. Vint le docteur Lamaison. Il expliqua que lorsqu'un homme a décidé de se supprimer, rien ne peut l'y faire renoncer.

— J'en ai connu quatre : Darricau, chez Planche, s'est pendu ; Antoinette Huriel, à Lempentine, s'est ouvert les veines ; Beaujeu, à Vinatier, s'est noyé dans la Dore ; Brugière, à Billetoux, s'est empoisonné au vitriol. Soyez contents d'une chose : Annet n'a pas eu le temps de souffrir, c'est comme une mouche qu'on écrase.

Il délivra un permis d'inhumer, embrassa les femmes, serra la main des hommes et remonta dans sa voiture. Après lui, vint le curé d'Orléat, Félicien Roumel, dans sa soutane noire. C'était un homme simple que tout le monde respectait. On le voyait souvent bêcher ou sarcler son jardin, sa soutane protégée par un tablier bleu, coiffé d'un large chapeau de paille. Ou bien sur les chemins, poussant une brouette et ramassant les bouses dont il fumait ses semis. Il avait une servante, Josépha, mais si vieille, si décrépite que personne ne songeait à la plaisanter. Il se pencha sur le mort, lui fit un signe de croix. Valentine lui raconta les circonstances, le comment, le pourquoi. Alice parla des obsèques.

— Autrefois, dit l'abbé, un suicidé n'avait pas droit à des obsèques chrétiennes. Cette coutume a disparu. C'est Dieu lui-même qui séparera les coupables des innocents. Désormais, nous enterrons les suicidés comme les autres pourvu que la cérémonie se fasse sans discours, sans oraison funèbre, en toute simplicité. Sans bavardages aussi. Il n'est pas nécessaire que vous fassiez connaître autour de vous que votre parent s'est tiré. Allait-il souvent à la chasse ?

— Il y allait souvent.

— Considérons, si vous le voulez bien, qu'il s'agit d'un accident de chasse. Dieu nous comprendra. Avez-vous un peu d'eau bénite ?

— Nous en avions. Je crois bien qu'elle s'est évaporée.

— Donnez-moi un bol, je vais vous en produire.

On lui apporta de l'eau du robinet. Il la bénit, vite fait, en prononçant « *Benedico tibi* ». Un prêtre bien entraîné est capable de transformer le temps de cinq secondes une citerne de dix mètres cubes d'eau ordinaire en dix mètres cubes d'eau bénite. Il y trempa un brin de buis, en aspergea le pauvre mort.

— Faites de même, ainsi que tout visiteur.

Il s'en alla après avoir fixé le jour des funérailles. Les volets de la chambre mortuaire furent clos, le balancier de l'horloge arrêté, une bougie allumée près de la couche. La porte laissée ouverte permettait aux visiteurs d'entrer sans frapper, sans déranger personne. Ils grimpaient à l'étage, embrassaient la parenté, aspergeaient le pauvre Annet de quelques gouttes, marmonnaient une prière, ne demandaient aucun détail, se retiraient sur leurs chaussettes de laine.

Richard se rendit dans l'étable et la chèvrerie pour informer les animaux du décès de leur maître. Comme les Ferrier possédaient aussi trois ruches, il attacha à chacune un morceau de crêpe noir, sachant que si les abeilles n'apprenaient pas officiellement la mort de l'apiculteur, de celui qui cueillait leur ruchée, qui les nourrissait parfois de sucre en poudre, se sentant méprisées, elles se vengeraient en produisant du miel acide.

Il y eut quand même une surprise lorsque les gendarmes de Lezoux vinrent à leur tour. Qui les avait informés ? Dans les campagnes, les nouvelles circulent et volent comme des papillons. Le brigadier et son adjoint examinèrent le défunt, interrogèrent Valentine et ses frères, manipulèrent le hammerless, humèrent la bouche des canons, lurent le permis d'inhumer, confabulèrent à voix basse, arrivèrent à cette conclusion :

— Nous pensons qu'Annet Ferrier s'est donné volontairement la mort.

— C'est ce qu'on appelle un suicide, dit Valentine.

— Exact, dit le brigadier.

Ils présentèrent leurs condoléances et se retirèrent.

Le jour des obsèques, l'église d'Orléat se trouva trop petite. À pied, à cheval, en voiture, à bicyclette, il vint de dix kilomètres à la ronde des amis du défunt, des agriculteurs, des chasseurs, des commerçants, des pompiers, des anciens combattants avec leur drapeau, le conseil municipal tout entier, l'instituteur et l'institutrice. L'abbé récita le *De Profundis* en français : « Des profondeurs de l'abîme, j'ai crié vers toi, Seigneur, écoute ma voix. Que tes oreilles se fassent attentives à la voix de ma supplication. Si tu comptes avec rigueur les iniquités, Seigneur, qui pourra soutenir ton jugement ?… »

Tout se déroula dans le calme jusqu'à l'instant où le sacristain, sonneur de cloches et garde champêtre, renommé pour sa sévérité, ennemi juré des ivrognes, des chapardeurs, des braconniers, des amants dissimulés derrière les haies, des écoliers buissonniers, entonna l'interminable *Dies irae* : « Jour de colère, jour de deuil, où le monde partira en étincelles, selon David et la Sybille. Quelle terreur arrivera lorsque le

Juge viendra nous juger sans excepter la moindre de nos fautes… »

La voix du sacristain grondait comme un tonnerre, montait jusqu'à la voûte de l'église, faisait trembler tous les pécheurs et toutes les pécheresses à l'évocation du Jugement dernier. Les riches se disaient plus communément : « Au jour du Jugement, tant vaudra merde comme argent ! » Et les misérables : « J'étais si pauvre que j'ai toujours mis dans le plateau de la quête un bouton de culotte plutôt qu'une pièce de 5 sous. Est-ce que Dieu me le pardonnera ? »

Au terme de l'office, le sacristain changea de fonction et se fit sonneur de glas. Les notes lugubres portaient au loin, aux blés, aux sillons, aux sauterelles, l'annonce du geste fou d'Annet Ferrier. Le cortège avança tout doucement, traversa le bourg, se dirigea vers le cimetière. Les rares personnes qui n'avaient pu assister aux obsèques, vieillards impotents, ramasseurs d'herbes à lapins, cantonniers, saluaient en ôtant leur chapeau. Barnaud, l'idiot du village, demandait à tous :

— Qui c'est qui s'enterre ?

— Celui qui est dans le corbillard.

Le cortège arriva devant la tombe où dormait déjà Jausion Ferrier. Ses deux petits-fils avaient enlevé la dalle. Le cercueil d'Annet fut déposé à côté de celui de son père. Chaque assistant lui jeta une poignée de terre fine en souvenir du mercredi des Cendres : « Souviens-toi que tu es poussière et que poussière tu redeviendras. » Toujours pas d'oraison funèbre. À la seule auberge d'Orléat se rendirent les personnes venues de loin, invitées par la famille du défunté, afin de participer au repas de *sébouture*. Déformation de

« sépulture ». Traditionnellement, il comprenait un simple pot-au-feu sans hors-d'œuvre, suivi de fromage, sans salade ni dessert. Pas question de se goberger. Un repas silencieux où l'on ne percevait que le cliquetis des couteaux et des fourchettes. Au terme de cette formalité, Sidonie, la mère d'Annet, se leva, demandant aux présents de réciter avec elle un autre *De Profundis*. Quelques-uns s'agenouillèrent sur leurs chaises retournées, les autres restèrent debout. Elle se signa et récita le psaume comme elle put, sans rien y comprendre car elle ne savait pas le latin, employant des *domino*, des *poterettes*, des *redimettes*, des *omnibus*. Personne ne trouva rien à redire. On se rassit pour boire le café. Alors circula un plateau dans lequel chacun déposa, non point le demi-sou qu'il donnait à la messe ordinaire, mais un vrai billet de la Banque de France représentant à peu près le prix du repas qu'il venait de prendre. L'argent ainsi récolté serait donné au curé d'Orléat afin de payer des messes au profit du décédé, messes destinées à abréger son temps de purgatoire.

7

La ferme semblait vide. Personne à table n'occupait la place d'Annet où restaient son écuelle et son verre. On mangeait en silence parce qu'il faut manger pour vivre, mais sans y prendre plaisir, malgré les efforts de Sidonie, la grand-mère, et d'Alice, la veuve. Personne n'osait ouvrir la bouche. Victor, le chien, avait perdu l'appétit ; il restait sous le banc de son maître dans une sorte de coma, insensible aux caresses que Valentine lui accordait. Dehors, le ciel fumeux annonçait un hiver long et précoce.

La besogne aidait à vivre. Alice recevait des éclopés qu'il fallait remancher. Un jour, ce fut une petite fille de Peschadoires, Ninette, qui souffrait du bras gauche. Sa mère l'avait enveloppée de l'épaule au poignet, inutilement. La rabilleuse enleva ce bandage, tout en racontant une histoire à l'enfant. Avec une précaution infinie, elle palpa les chairs, découvrit d'où venait le mal :

— Regarde, dit-elle, le moineau qui picore la fenêtre, qui voudrait entrer. Vous n'entrerez pas, petit moineau !

En même temps, elle manœuvra le bras de Ninette, poussa d'un geste sec l'extrémité de l'humérus dans l'appendice xiphoïde, la petite fille fit *ah !* et la foulure fut réparée. Le moineau s'était envolé.

Grand-mère Sidonie, près de la cheminée, un chat sur les genoux, égrenait son chapelet, ruminant les prières de ses lèvres violettes. À force de s'adresser au Père, au Fils, au Saint-Esprit, à Marie pleine de Grâce, elle arrivait à chasser de son esprit le pauvre Annet parti d'un accident de chasse volontaire.

Richard et Germain battaient au fléau dans la grange les gerbes défaites de leur ceinture, étalées devant eux sur l'aire de planches. Des fléaux aux longs manches de cornouiller, retenus par des boucles de cuir, qui s'abattaient l'un après l'autre sans jamais s'entrechoquer : *dzim, boum... dzim, boum... dzim, boum...* Chaque couche s'appelait une *paillade*, et il fallait la retourner quand on l'avait assommée sur toute sa surface. Ils avançaient, ils reculaient, une poussière montait du grain, épaisse à fendre au couteau, leur remplissait les narines. De temps en temps, ils se pinçaient le nez, en faisaient jaillir une glaire noirâtre. D'autres fois, ils lâchaient dans leurs pantalons des pets énormes, profonds, interminables.

— Tu pourrais pas garder ça pour toi, criait l'autre, espèce de salopard ?

— Quel est le plus sale, répondait le péteux, moi qui le lâche ou toi qui le ramasses ?

— Drôle de prise que tu m'envoies !

— T'as qu'à éternuer.

Et ils ne se gênaient pas pour le faire à tour de rôle. L'éternuement absorbe toutes les fonctions de l'âme au même titre que le labeur[1].

---

1. Blaise Pascal.

De temps en temps, il fallait enlever la paille battue, la cravater d'un lien, pousser le grain libéré à la pelle et au balai jusqu'au bord de l'aire, le fourrer dans des sacs qu'ils appelaient des *boges*, mot celte qu'il faut rapprocher de bougette et de budget. Ils en profitaient pour vider leurs sabots, eux aussi pleins de blé ou d'avoine. Ils étendaient ensuite une autre paillade. Et ainsi jusqu'à la nuit. Ils sortaient de cette corvée luisants de crasse, la sueur dans le ventre de la chemise. Ils prenaient dans un baquet un bain que Valentine leur avait préparé, se gardant bien de les regarder.

Après la traite des vaches et des chèvres, ils mangeaient la soupe aux choux, attaquaient le lard et le fromage et montaient se coucher, chacun roulant dans sa tête des idées particulières. Tous les trois étaient célibataires, Valentine parce qu'elle n'avait pas encore coiffé sainte Catherine, Richard et Germain parce qu'ils n'avaient pas eu le temps de chercher femme. Les filles disponibles de Mondeviolle partaient toutes vers Vichy ou vers Clermont, elles n'avaient aucune envie de faire les paysannes, les servantes des hommes et des bestiaux. Les deux garçons couchaient dans le même lit sur un matelas Dunlopillo et chacun continuait de péter pour asphyxier l'autre.

Un matin, on remarqua que Victor n'était plus à sa place habituelle. On le chercha, on l'appela dans la cour, dans l'étable, dans la chèvrerie :

— Victor !... Victor !... Où es-tu, Tribunal de Dieu ?

Pas de réponse. Et ainsi pendant des jours et des nuits. Heureusement, en cette morte saison, les vaches n'avaient pas besoin de lui, elles restaient attachées à leur crèche. Un matin, on vit arriver Félicien Roumel, le curé d'Orléat, en tablier bleu, portant dans ses bras une chose inattendue : le corps d'un chien défunté.

— Est-ce que ça n'est pas le vôtre ?

Ils l'examinèrent de près, eurent quelque peine à le reconnaître, hirsute, maigre, boueux.

— C'est bien lui ! Notre Victor !... Où l'avez-vous trouvé ?

— Au cimetière. Sur la tombe des Ferrier.

— Pauvre Victor ! dit Richard. Il est mort de chagrin d'avoir perdu son maître. À présent, ils sont ensemble au paradis.

— Attention ! fit le prêtre en levant un index. Les chiens ne vont pas au paradis parce qu'ils n'ont pas une âme comme nous.

Et Richard de s'indigner :

— Les chiens n'ont pas une âme, dites-vous ? Comment pouvez-vous penser ça ? Mais au juste, l'âme, qu'est-ce que c'est ?

— C'est ce qui nous fait comprendre, sentir, penser, raisonner.

— Et notre Victor n'a pas compris que son maître était mort, il n'a pas senti qu'il ne le reverrait plus ?

— Sans doute, sans doute. L'âme est difficile à définir. Les Latins disaient que c'est un souffle. Quand on est mort, on ne respire plus. C'est aussi un peu notre caractère. Il y a des âmes blanches et des âmes noires, des âmes de bronze et des âmes de boue, des âmes de haine et des âmes d'amour. Votre chien était tout amour.

— Donc il ira au paradis accompagner son maître.

— Je pense que le paradis, pas plus que le purgatoire ou l'enfer, ne reçoit des âmes poilues, des âmes à quatre pattes.

— Si votre paradis refuse les chiens, il ne m'intéresse pas.

L'abbé trouva que sa leçon de catéchisme avait assez duré. Il dit simplement :

— Débarrassez-moi de votre Victor et faites-en ce que vous voudrez. Ne l'enterrez pas au cimetière. Paparil s'y opposerait.

Il chercha des yeux un endroit convenable où déposer le corps, trouva une botte de paille, dit au revoir et s'en alla. Valentine et Sidonie, informées, vinrent reconnaître Victor, versèrent sur lui quelques larmes. Ce même jour, on choisit dans le jardin, non loin du mûrier, une parcelle en friche. Richard y creusa une fosse, tapissa le fond d'une couche de paille, pour le confort, disposa dessus le pauvre Victor. La fosse comblée, il y planta une croix faite de deux bûchettes clouées ensemble. Et l'âme de Victor s'envola vers le paradis.

Aux veillées d'hiver, quand plusieurs familles de Mondeviolle se réunissaient devant la cheminée, leurs pieds tournés vers les bûches, on racontait l'histoire suivante qui avait une parenté avec celle de Victor. Sauf qu'elle se déroulait à Clermont et non point à la campagne. Un certain curé de Clermont reçut un jour la visite de son évêque. Ils partagèrent, grâce aux soins de la servante Eulalie, un bon souper. Quand ils en furent au pousse-café, le curé s'exprima ainsi :

— Monseigneur, j'aurais une grâce à vous demander. Je possède un chien auquel je suis très attaché. Il s'appelle Marius. Malheureusement, il est très vieux, et je prévois le moment où il rendra l'âme. Pendant vingt années, nous avons eu l'un pour l'autre une affection profonde. Je voudrais donc que, dans l'au-delà, nous ne soyons pas séparés. Ma place est déjà retenue au cimetière des Carmes. Serait-il possible, Monseigneur, qu'il soit enterré près de ma tombe ?

L'évêque répondit par la négative :

— Cher ami, cela ne se peut point. La terre des Carmes est réservée aux chrétiens et aux chrétiennes. Votre Marius ne peut donc y être reçu.

Et le curé de poursuivre :

— J'ai oublié, Monseigneur, de préciser un petit détail. Chaque dimanche soir, je faisais le décompte de ce que mes messes et mes vêpres m'avaient rapporté. Alors que je manipulais les pièces de bronze, de cuivre, parfois d'argent, les yeux de Marius observaient mes calculs. Et j'y lisais ses pensées : « Tout ça ira à la paroisse, et moi je n'aurai rien ? » J'arrivai à comprendre ce qu'il souhaitait, que certaines pièces lui fussent réservées. J'ai donc une tirelire marquée *Pour l'évêché*, que nous avons garnie messe après messe, qui contient à présent une jolie somme et que Marius vous destine.

— Dans ces conditions, répondit Monseigneur, je ne puis refuser à votre Marius une sépulture au cimetière des Carmes. Il l'aura donc le moment venu. C'est un parfait chrétien.

Neuf jours après l'enterrement, venait la messe de neuvaine. Elle fut annoncée par Mme Picandet – la Picandette – qui allait de maison en maison, de ferme en ferme :

— Dimanche prochain, à 8 heures de jour, aura lieu la messe de neuvaine de M. Annet Ferrier. Vous y êtes invité si cela vous est possible.

Peu de gens se présentèrent à cet office matinal, excepté la famille. C'était une messe basse, sans cantiques, sans enfant de chœur. Indispensable cependant au repos éternel du pauvre défunt. Dans l'église, un plateau de laiton était en attente sur une chaise où les présents laissèrent tomber quelques menues pièces. Au terme de la cérémonie, le prêtre dit *Requiescat in pace*. Les présents répondirent *Amen*. Puis chacun alla à ses vaches ou à ses cochons.

L'hiver passa comme à l'accoutumée. Le cours de l'année se partage en Auvergne entre deux espèces de temps. Ou bien l'air est traversé de mouvements vifs, les souffles s'étagent, se croisent, se rencontrent. « Les vents se battent », disent les paysans. Ou bien l'atmosphère est régie par une seule dérive, toutes les nues passant et s'éloignant de conserve. « Le temps va se guérir », disent les mêmes. Mais l'hiver 1963 échappa à ces variantes : il fut gris ou noir de décembre à février, de la Saint-Luce à la Sainte-Apolline. De la neige à plein ciel, qui protégea les gazons et les emblavures. Sitôt qu'on mettait le nez dehors, le souffle de la bouche devenait un nuage, parfois un grésil. Au-dessus, les météorologistes qui vivaient toute l'année au sommet du puy de Dôme jouissaient d'un demi-soleil – il ne se levait jamais complètement – dans le ciel d'un bleu froid ; ils pouvaient naviguer en pensée sur la houle d'une mer de nuages ; ils appelaient au secours :

— On n'a plus de bois pour se chauffer, plus de pain, plus de lait. Pensez à nous, pauvres naufragés de la chaîne des Puys.

Fin février, tout s'arrangea soudainement. Le vent tourna au sud, venant de Montpellier, des vignobles du Roussillon, et chassa les nuées vers la Belgique et la Hollande que peuplent des buveurs de bière. Les météorologistes du Dôme mirent le nez dehors et tapèrent sur leur couineur : — · ·–· –·–· ··[1].

Dès les premiers jours de mars, les violettes – dont le nom signifie « amour caché » – commencèrent à se découvrir. Richard, l'aîné des Ferrier, qui s'était adjugé l'autorité de son père, laboura les terres noires où il avait l'intention de semer de l'orge de printemps et de phosphater les sillons. C'est alors qu'il entra en chicane avec Germain, son cadet :

— Pourquoi ce phosphate ?

— Pour que notre orge soit plus haut, plus grainé, plus barbu.

— Ne te rappelles-tu pas qu'il a causé la mort de notre père ?

— S'il causait la mort de tous ceux qui l'emploient, il n'y aurait plus un seul fermier sur la Limagne. Nous en avons un stock de trois quintaux, faut bien qu'on s'en serve. Je me mettrai un masque sur la figure.

— Notre terre n'a pas besoin de ce maudit phosphate marocain. Je ne veux plus en entendre parler.

— Bouche-toi les oreilles.

— À quoi ça t'avance de produire le 18 % au lieu du 12 si tu risques d'en crever ? Tu ne penses qu'à l'argent ?

1. Merci.

— De cet argent, tu auras ta part.

Et ainsi de suite, taratata. Germain affirma qu'il détestait la Limagne phosphatée. Les jours suivants, levé avant l'aube, il creva les sacs d'engrais à coups de couteau, le phosphate se répandit sur l'aire. Richard, furibond, dut le ramasser de ses mains, le transférer dans d'autres boges.

— Si tu détestes la Limagne, fous ton camp de chez nous. Va t'en faire autre chose, ramoneur ou rempailleur de chaises.

Les deux frères s'en dirent tant et des si grosses qu'ils faillirent en venir aux mains. Valentine les sépara.

Germain décida d'aller demander conseil à son père. Le dimanche suivant, il prit le chemin d'Orléat. Le long de la route, des prunelliers fleurissaient, offrant leurs calices aux premières hirondelles qui bientôt arriveraient de Mauritanie. La cloche de l'église, tirée par Paparil, sonna le premier coup : « Préparez-vous ! » Il marcha jusqu'au cimetière, atteignit le caveau des Ferrier où dormaient son père et son grand-père.

— Je suis bien embarrassé, murmura-t-il en s'agenouillant jusqu'à toucher la dalle.

Puis il raconta cette histoire de phosphate qui avait provoqué la mort d'Annet et qui, maintenant, le séparait de son frère. N'entendant point de réponse, il s'accroupit, colla son oreille à la pierre sépulcrale. Il perçut une sorte de léger bruissement, pareil à celui de la mer dans un coquillage.

— Conseillez-moi, supplia-t-il.

Il se boucha de l'index l'autre oreille. Alors, indubitablement, il perçut la réponse de son père.

— Parle plus fort, je t'en prie.

— C'est tout simple : séparez-vous. Entre frères, mieux vaut une séparation qu'une mauvaise entente. Tu trouveras bien à t'employer ailleurs. Va chez Michelin à Clermont ou chez Bergougnan. Le père Roumel t'introduira, te recommandera.

Germain voulut prolonger la conversation ; mais l'Annet n'ajouta rien d'autre. Les morts ont la permission de parler aux vivants, mais pour un temps très court. La cloche de Paparil sonna une deuxième fois : « Mettez-vous en route. » Comme il marchait vers l'église, il remarqua un attroupement sur le parvis. Un rétameur et sa charrette venaient de s'y installer et il retenait les fidèles. Il avait allumé un réchaud sous une épaisse marmite de fonte contenant des briquettes d'étain. Celles-ci étaient en train de fondre, produisant une liqueur scintillante dans laquelle il plongeait des louches, des cuillères, des fourchettes d'abord traitées à l'acide nitrique. Sa main gantée de cuir les retirait ruisselantes, les élevait au-dessus de son chapeau comme s'il en avait fait offrande au soleil. L'étain se solidifiait instantanément. Le rétameur déposait les objets rétamés dans une caisse remplie de sciure. Les enfants applaudissaient. « Je pourrais bien me faire rétameur comme lui », se proposa Germain.

La cloche sonna une troisième fois : « Vous êtes en retard, bougres de galvaudeux ! Vous allez manquer l'*introibo*, c'est comme si, à table, vous sautiez la salade d'entrée. La messe est un repas. Bon appétit quand même ! » Les badauds laissèrent le rétameur à sa marmite et pénétrèrent dans l'église. Germain Ferrier les rejoignit.

En fait, personne ne manqua l'*introibo*, car le curé Roumel ne commençait son office que lorsqu'il avait assez de monde. Il n'aimait pas chanter la messe à des chaises inoccupées. Il parut donc en chasuble blanche dont l'échine était marquée d'une croix dorée. *Introibo ad altare Dei, ad Deum qui laetificat juventutem meam.* « Je m'approcherai de l'autel de Dieu, du Dieu qui remplit ma jeunesse d'une sainte joie. » Dans l'église d'Orléat, remplie de paysans et de paysannes, personne ne comprenait ce latin mirifique qui transformait le vieux curé en un jeune homme. Et c'était bien ainsi. Dans ses leçons de catéchisme, Roumel racontait des choses fantastiques : Dieu le Créateur qui avait formé le premier homme avec une motte de terre et soufflé dessus pour lui donner vie ; formé la femme en empruntant une côte à l'homme ; créé les plantes sans qu'elles fussent semées ; et Jonas avalé par une baleine, mais ensuite vomi au bout de trois jours en s'inspirant de Pinocchio ; et Moïse ouvrant la mer Rouge pour laisser passer les Hébreux à pied sec ; et son fils Jésus crucifié puis ressuscité.

Grand-mère Sidonie croyait dur comme fer aux miracles, à la magie des escamoteurs. « On ne croit jamais assez ! » affirmait-elle. En vertu de quoi, voracement, elle avalait non seulement les récits religieux, mais toutes les superstitions, les gestes propitiatoires, les formules de conjuration. Comme dans ces galetas où s'accumulent les reliques des générations éteintes, elle entassait dans sa tête toutes les vieilles pratiques, elle ne trouvait rien à jeter. Elle croyait à la galipote, mi-humaine mi-animale, comme aux jeteurs et aux leveurs de sorts. Jamais elle ne tolérait que la miche de pain fût posée sur la table par sa face courbe plutôt que par la plate. Elle se signait en mangeant la première cerise de juin, ce qui devait lui garantir une abondante cerisade. Elle participait aux pèlerinages de Saint-Beauzire et de Saint-Ignat sans connaître les pouvoirs de ces saints. Elle veillait sur le salut de ses petits-enfants et leur faisait réciter chaque soir une prière patoise qu'elle tenait de sa propre grand-mère : « *Djin mon ley me sé cuchà*. Dans mon lit, je me suis couché. Quatre petits anges, y ai trouvés : deux près des pieds, deux près de la tête. Ils m'ont dit de ne pas avoir peur, de prendre le bon Dieu pour mon père, la Sainte Vierge pour ma mère, saint Jean-Baptiste pour mon frère, sainte Marthe pour ma sœur. Quatre angelots très doux et très forts, qui me garderont à l'heure de ma mort. Si soit-il. » Sans cette prière, ni Richard ni Germain ni Valentine ne pouvaient s'endormir.

Au sortir de la messe, elle demandait à tel ou tel de ses petits-fils de lui traduire en patois le sermon du curé qu'elle n'avait pas bien compris en français. Chose très difficile à faire parce qu'ils avaient somnolé la moitié du temps. Alors, pour se tirer d'affaire, ils inventaient :

— Il a parlé des poissons.

— Des poissons ?

— Et aussi des alouettes.

— Qu'est-ce qu'il a dit des poissons et des alouettes ?

— Qu'ils mangent Pinocchio. Et qu'elles montent très haut dans le ciel pour rencontrer le Saint-Esprit.

S'ils n'arrivaient pas à traduire, elle prenait une grande colère :

— Je suis sûre que vous vous êtes endormis, fils de pute que vous êtes tous, Tribunal de Dieu !

Et elle leur fouettait les jambes avec sa canne. L'instituteur et l'institutrice ajoutaient leurs leçons à celles de grand-mère Sidonie :

— Évitez les mots grossiers qui salissent la bouche de ceux qui les disent et les oreilles de ceux qui les entendent. Respectez la vie des autres personnes et respectez votre propre vie. S'il vous arrive de vous trouver près d'une fille, traitez-la comme si elle était votre sœur ou votre mère. Ne prenez point le bien d'autrui, même s'il ne s'agit que d'une épingle. Le mensonge est un maudit vice. Protégez et soutenez les vieilles personnes comme vos père et mère.

À quoi mémé Sidonie ajoutait :

— Ne passez jamais sous une échelle. Ne renversez jamais la salière. Ne vous trouvez jamais sept ni treize à table. Le muguet du 1er Mai porte bonheur. La digitale de septembre porte malheur.

Malgré ses vingt-huit ans au décès de son père, Germain gardait quelques-unes de ces croyances anciennes. Le dimanche du rétameur, il assista à la messe avec ferveur. Au terme de laquelle, comme son père le lui avait conseillé, sa casquette à la main, il arrêta l'abbé Roumel :

— Je voudrais vous parler.

— C'est secret ?

— Un peu.

— Viens à la sacristie.

Ils s'y rendirent et parlèrent debout devant les étoles et les chasubles suspendues.

— Voilà, dit Germain. Je veux quitter le travail de la terre. Mon frère et moi, nous nous entendons mal.

Alors, j'aimerais trouver un travail ailleurs. Mon père m'a dit que vous pourriez me recommander.

Le prêtre se gratta l'occiput, puis posa cette question :

— En dehors de l'agriculture, que sais-tu faire ?

— N'importe quoi. Tout.

— Tout ? C'est-à-dire rien de spécial ?

— Je casserai des pierres s'il le faut. Je descendrai dans les mines de charbon. Je grimperai aux poteaux électriques. Je raboterai des planches.

— Laisse-moi le temps de chercher. Reviens me voir dans huit jours. En attendant, prends patience avec Richard. La patience est l'art d'espérer. Toutes les besognes ont besoin de patience. Pour l'instant, reçois une petite bénédiction. Si elle ne te fait pas de bien, elle ne te fera aucun mal.

L'abbé lui dessina du pouce une croix sur le front et Germain regagna Mondeviolle.

8

Vint le mois de mars qui, disent les Italiens, est le mois des fous. *Marzo pazzo*. À cause des giboulées. À Lezoux, les bouchers promenèrent un bœuf gras fleuri de papillotes. Prometteur de bifteck, de rumsteck, de filets, d'aloyau, d'entrecôtes quand on a les moyens de se les offrir. Sinon, l'on suce les os à moelle.

Il est difficile de recevoir plus grande surprise que celle qui tomba ce matin du 22 mars sur la tête de l'abbé Roumel lorsqu'il reçut dans son presbytère Germain Ferrier qu'il avait béni deux semaines plus tôt. Celui-ci, mal rasé, oublia d'enlever sa casquette et lâcha tout de suite, d'une voix tremblante :

— Ne cherchez pas. Je suis malade.

— Malade de quoi ?

— Le phosphate qui a tué mon père… Je vais crever comme lui, à vingt-huit ans.

— Allons donc ? Où as-tu mal ?

— J'ose à peine vous le dire.

— As-tu vu un médecin ?

— Pas encore.

— Un autre cancer phosphatique ? À quel endroit du corps ?

Ferrier mit la main sur sa braguette :

— Là. Sur… comment vous dire ? Sur mon oiseau.

— Sur quoi ?

— Sur mon oiseau. Vous comprenez bien.

Tous les Auvergnats employaient ce vocable à cause d'une certaine bourrée :

Jean-Pierre dansait
Sans culottes, sans chapeau
Son pan voletait,
Faisait voir son oiseau.
Cette bonne Françoise
L'a bien pris en pitié.
Lui a prêté sa cage
Pour son chardonneret.

L'oiseau, en Auvergne, était donc le sexe mâle. Le sexe féminin était le papillon.

— Pas possible ! s'écria l'abbé Roumel. Le phosphate s'est glissé là ? Tu avais donc laissé la porte ouverte ?

— Cela peut arriver, comme à tous les hommes, sans le faire exprès, après qu'on a tombé de l'eau.

— Et comment ça se présente ?

— Vous voulez que je vous le montre ?

— Non, non. Explique seulement.

— Une tache blanche, dure, large comme une pièce de 10 sous, à côté du bout.

— Du prépuce ?

— Je crois qu'on l'appelle comme ça.

— Quand tu la pinces, ça te cuit ?

— Non. C'est insensible.

— Va-t'en voir un médecin, au plus vite. Il t'enlèvera cette tache.

Germain courut chez le docteur Lamaison. Il lui expliqua que le phosphate l'avait contaminé.

— À quel endroit ?

— À mon oiseau.

— Nous disons la verge. Allonge-toi sur le canapé. Montre-moi ça.

Le docteur chaussa ses lorgnons, se pencha sur le mal, tourna et retourna l'objet, le pinça entre le pouce et l'index.

— Ce qui est inquiétant, c'est l'insensibilité. Quelle en est la cause ? N'as-tu jamais eu de relation avec une prostituée ? À Toulon, pendant une escale ?

— En 1956, peut-être. À Constantine.

— Tu as fait la guerre d'Algérie ?

— Guy Mollet m'y a envoyé. On a fait la tournée des bordels. J'ai dû faire comme les autres. Mais il y a sept ans de ça. Moi, j'accuse le phosphate.

— Peu importe l'origine. Faut que je découpe cette tache, comme j'ai fait à ton père. Je l'enverrai à Clermont pour examen. Reviens demain matin à jeun.

Germain regagna Mondeviolle, expliqua à sa parenté. Sa mère l'embrassa, pleura sur sa joue, le voyant déjà dévoré par le cancer, comme son pauvre mari. Il jardina comme à l'accoutumée, sema des pois, des fèves, des choux. L'Auvergnat ne peut se passer de chou. Le lendemain, Lamaison préleva un morceau de la verge. Huit jours plus tard, il revint avec le résultat de l'analyse.

— Ce n'est pas le même cancer que celui de ton père. Cela s'appelle carcinome verruqueux. Cela tient à la fois du cancer et de la verrue.

— Plus près du cancer ou plus près de la verrue ?

— Plus près du cancer.

— Ça vient du phosphate ?

— On ne sait pas. Mais on sait que si l'on n'opère pas, la tumeur se développera très vite, qu'elle gagnera la verge tout entière. Ensuite, elle ira plus loin.

Germain en perdit le souffle. Il fut pris soudain d'une toux si forte que le sang lui empourpra le visage.

— Je le savais !... Je le savais ! s'écria-t-il quand il put parler. C'est le phosphate de Chichaoua !

— Si tu veux. La cause importe peu. Il n'y a qu'un remède : on te raccourcit la verge. Le cancer est arrêté. Naturellement, on t'en laissera un bout, tu pourras toujours uriner.

Germain ferma les yeux, renversa la tête en arrière, resta un long moment plongé dans une profonde réflexion. Lamaison respecta son silence.

— Quand se fera l'opération et où ? demanda-t-il enfin.

— Quand tu voudras. Fixe toi-même la date. Il y a de nombreuses cliniques à Clermont. Je te propose la Châtaigneraie, de Beaumont, entourée de châtaigniers. Prends toi-même contact. Et tiens-moi au courant. Plus vite ce sera fait, plus vite tu seras débarrassé.

Il restait à informer la parenté, en commençant par la mère. Il la savait forte et lui dit crûment qu'on devait lui décapiter l'oiseau à cause du phosphate qui avait provoqué un commencement de cancer ; que l'opération était assurée du succès. Alice pleura encore.

Richard se mordit la lèvre pour ne pas éclater de rire, on allait châtrer son frère ! Valentine parut ne pas comprendre, il fallut lui fournir des détails.

— Alors, dit-elle, tu feras comme moi. Tu resteras vierge, tu n'auras pas d'enfant.

— Je ne suis pas vierge. J'ai connu des femmes pendant mon service.

— Tu nous fais des surprises, dit Richard. Dans quelques jours, je vous en ferai une aussi. Une bien belle.

— Que veux-tu dire ?

— Vous verrez bien.

Le blé leva très abondamment sur la terre phosphatée. Pour éloigner les corbeaux qui essayaient d'en manger les tiges en salade, Richard planta un épouvantail coiffé d'un chapeau melon, les bras écartés, vêtu d'une veste déguenillée dont les vents secouaient les basques. Il ressemblait à Charlot que les Américains appellent Charlie Chaplin. Comme il n'effrayait guère les oiseaux, Richard prit le fusil qui avait suicidé le père, y mit deux cartouches, descendit deux corbeaux qu'il suspendit aux extrémités des bras de l'épouvantail. Les autres corbeaux comprirent le message et s'en allèrent picorer d'autres semis.

Chaudement vêtu en avril, ne se dépouillant pas d'un fil, Germain bravait le froid qui le faisait éternuer. Les primevères exhibaient leurs coiffes blondes ou roses. Avant les pommes de terre, il enterra les topinambours, délices des cochons. Chaque soir, Germain Ferrier examinait son oiseau ; il constatait que la pastille blanche enlevée se reconstituait. Il la faisait patienter.

En mai, chacun fait ce qu'il lui plaît. Un matin, Richard se mit sur son trente et un, chaussa ses souliers vernis, prit la Deuche familiale et annonça qu'il reviendrait avant la nuit. Sa mère lui cria :

— Où vas-tu ?

— Je vais où il me plaît. On me reverra. Soyez tranquilles.

Chacun vaquait à ses tâches habituelles. Alice rebouta une cheville démise et un cubitus déboîté. Valentine fit une grande lessive et l'étendit sur l'herbe, au bon plaisir du soleil. À vingt-cinq ans tout juste accomplis, elle aurait pu chercher un fiancé limagnais, il devait en rester quelques-uns disponibles, mais elle rêvait d'un homme qui l'emmènerait vers d'autres paysages. À midi, ils se partagèrent le civet d'un lièvre que Richard avait fusillé.

« Où a-t-il bien pu aller ? se demandait le reste de la famille. Il n'a pas l'habitude de faire des cachotteries. » On fit même des suppositions : Vendre la Deuche un peu décatie ? Acheter une camionnette ? Payer ses impôts ? Épouser la nouvelle institutrice ?

Richard arriva juste avant que le soleil ne se dissimulât pour dormir derrière le puy de Dôme. La Deuche s'arrêta dans la cour en couinant. Et qu'en vit-on descendre ? Richard d'abord, toujours en souliers vernis, portant une valise. Ensuite une personne qu'il aidait à débarquer en lui donnant la main. Elle tournait le dos au soleil couchant, on distinguait mal sa figure et sa tenue. Quand elle fut face aux Ferrier, sa figure s'éclaira d'un sourire aussi lumineux que les touches blanches d'un piano, rempli de trente-deux dents éblouissantes. Ils avancèrent de quelques pas.

— Je vous présente Marie, dit Richard. Marie Sissoko. Cette valise est la sienne.

Les quatre Ferrier qui la regardaient pensèrent en même temps : « Mais, Tribunal de Dieu, elle est toute noire ! C'est même une négresse ! » Ils se contentèrent de murmurer :

— Soyez la bienvenue, madame Sirocco.

— Sissoko, rectifia Richard. Elle est demoiselle. Elle vient chez nous faire un essai, vivre comme nous vivons, manger comme nous mangeons, travailler comme nous travaillons. Si l'essai est satisfaisant pour elle comme pour nous, ça finira par un mariage.

La seule lecture que Richard Ferrier pratiquait depuis sa sortie de l'école primaire était celle du *Chasseur français*. Il y avait trouvé une centaine d'annonces matrimoniales, avait écrit à une dizaine en précisant son métier d'agriculteur en Auvergne.

— Une seule m'a répondu, vous l'avez devant vous.

Les parents la considérèrent de la tête aux pieds. C'était en vérité une jolie personne, couronnée d'une chevelure abondante nouée en catogan sur la nuque ; riche de l'estomac comme disait le patois, c'est-à-dire de la poitrine ; habillée de vêtements bigarrés, d'un corsage de dentelle rouge, d'une jupe verte retenue par une ceinture jaune ; chaussée d'espadrilles ouvertes dans quoi l'on distinguait des orteils aux ongles laqués. Le visage était régulier, le nez court et rond comme le pif artificiel dont s'affublent nos clowns, les joues dodues.

— Est-ce qu'elle parle notre langue ? demanda Sidonie.

— Naturellement. Elle vient du Sénégal.

— Laisse-la répondre.

— Au Sénégal, dit Marie d'une voix cristalline, le français est la langue officielle.

— Quel âge avez-vous ?

— À peu près vingt-huit ans. Ou vingt-neuf. Chez nous, on ne compte guère les années. Les maris sont toujours beaucoup plus âgés que leurs femmes. Monsieur Richard m'a dit qu'il en avait trente-trois et demie.

Elle demanda la permission d'embrasser tout le monde, ce qui lui fut accordé. Sa peau sentait la vanille.

— Savez-vous traire les vaches ? s'enquit encore Sidonie.

— Non, mais j'apprendrai. J'apprendrai tout ce que je ne sais pas.

— Êtes-vous chrétienne ?

— Au Sénégal, il y a beaucoup de prêtres français et beaucoup d'églises. Mais la plupart des Sénégalais sont musulmans, ce qui les autorise à avoir plusieurs épouses. Ils les renouvellent quand elles prennent de l'âge, comme les Français renouvellent leur voiture. Je n'aime pas cette habitude et je n'ai aucune religion. Mais si je ne suis pas chrétienne, je le deviendrai.

— Ça vous sera difficile, parce que vous êtes noire. Le Christ et les apôtres étaient tous blancs.

— Je ne suis pas noire, je suis chocolat.

Cela fit rire tous les chrétiens. La maison des Ferrier ne comportait point de chambre indépendante pour Marie. Valentine lui proposa de partager la sienne. Elle remercia, disant qu'elle se ferait aussi petite que possible. Elle semblait débordante de bonne volonté. On pouvait prévoir que l'essai s'étant révélé des plus favorables, elle partagerait bientôt en épouse légitime la chambre de Richard.

La présence de cette jolie Sénégalaise chez les Ferrier suscita dans Mondeviolle la curiosité et les commérages.

— Combien as-tu payé ta Joséphine Baker ? demandaient les médisants.

— Un régime de bananes.

Beaucoup de garçons célibataires crevaient de jalousie. Germain les renvoyait au *Chasseur français*.

De nouveau ils furent six dans la ferme. Six et demi en comptant Pupuce, un cadeau du voisinage pour remplacer le pauvre Victor. Valentine et Marie furent bientôt comme l'institutrice et l'écolière, l'une enseignant à l'autre les travaux du ménage : la cuisine, la lessive, le raccommodage, le repassage, qui sont les quatre mamelles de la vraie Auvergnate. Inversement, il arrivait que l'élève enseignât à sa maîtresse certaines pratiques sénégalaises : à porter sur la tête des paniers bien remplis, ce qui libère les mains ; à piler le riz dans un mortier pour obtenir avec de l'eau une sorte de lait qu'on peut donner aux chats et aux nourrissons. Elles dormaient ensemble, se racontaient des histoire à mourir de rire et s'endormaient en se donnant la main.

Aux champs, Marie apprit à parler aux chèvres, à émoucher les vaches, à sarcler les semis, à repiquer les salades, à répandre le phosphate, à sulfater la vigne, à cueillir un à un les doryphores et à les faire mourir par le feu. De temps en temps, en fin de journée, après la soupe au lard, elle demandait à la famille :

— Que pensez-vous de moi ? Est-ce que je vous donne satisfaction ?

— Vous êtes une bonne travailleuse, répondait Sidonie. Reste encore à savoir si vous serez une bonne épouse.

— Que faudra-t-il que je fasse ?

Tous étaient embarrassés pour lui répondre. Elle regardait Richard qui secouait la tête pour dire oui, pour dire non, aussi perplexe que les autres. Sidonie répondit à leur place :

— Pour devenir une épouse chrétienne, vous devrez d'abord vous faire baptiser.

— J'y suis tout à fait disposée.

— Commencez par faire le signe de croix en disant « Au nom du Père, et du Fils, et du Saint-Esprit, Sissoiti ».

Docile catéchumène, Marie répéta exactement la formule, excepté qu'elle prononçait mal les *r*, inconnus dans les Pangues vernaculaires africaines :

— Au nom du Pè, et du Fils, et du Saint-Esp'it, Sissoiti.

Le dimanche suivant, elle se rendit à l'église avec tous les Ferrier. Elle se mêla au flot des fidèles, admira le son des cloches et celui de la sonnette de l'enfant de chœur, fit des signes de croix, des agenouillements, baissa la tête, donna et reçut des baisers de fraternité, mit un sou dans le plateau. Au sortir de l'église, elle se crut chrétienne achevée.

— Ça n'est pas fini, dit l'aïeule. Faut suivre le catéchisme.

On rencontra le père Roumel. Il s'étonna qu'elle portât, sans connaissance de l'Évangile, le nom de Marie, mère de Jésus, qui se dit aussi Maria, ou

Myriam, ou Marisa, ou Mary, ou Marion, et qui signifie dans la langue égyptienne « aimée de Dieu ». De même, en hébreu, Jésus ou Josué veut dire « sauveur ».

— On ne peut être chrétien et ignorer ces choses, affirma l'abbé.

— Elle voudrait recevoir le baptême, dit Richard.

— Le baptême est une ablution qui lave du péché. Je veux bien la baptiser, mais après deux jours d'enseignement.

Elle se plia à cette exigence. Deux jours de suite, elle fit à pied le chemin de Mondeviolle à Orléat, au grand étonnement des lézards, des moineaux, des écureuils qui n'avaient jamais vu précédemment une demoiselle en chocolat. L'abbé lui enseigna les vérités à croire, Dieu en trois personnes, les anges que Dieu a créés pour son service et pour sa gloire, l'homme composé d'un corps et d'une âme, l'Incarnation, la Rédemption. Il lui présenta les devoirs à accomplir, lui fit apprendre par cœur les dix commandements. Il lui parla un peu de l'Église, de l'autorité du pape et des évêques. Alors Marie fit une révélation.

— Je ne m'appelle pas Marie. Je m'appelle Awa. C'est mon vrai petit nom.

— Pourquoi l'avez-vous changé ?

— J'ai pensé qu'on m'accepterait mieux comme Marie que comme Awa.

— C'est plutôt étrange. Que veut dire Awa ?

— C'est le nom d'une fleur qui pousse dans le sable.

— Marchons pour Awa.

Le dimanche qui suivit, en présence de tous les Ferrier, Awa se présenta sous la ganivelle de l'église.

Le père en étole et soutane les salua, les conduisit dans la chapelle des fonts baptismaux. Elle reçut sur le front, d'une burette, une courte giclée d'eau de source qui l'ablua de ses péchés.

Tous les Ferrier l'embrassèrent et la famille reprit le chemin de Mondeviolle, tandis que les gamins criaient à leur passage, mais d'assez loin :

— Y'a bon Banania… Y'a bon Banania…

Ils firent les sourds. Chez les Ferrier, sans autre cérémonie, ils consommèrent le pot-au-feu du jour.

Il arrivait à Germain de frôler Awa dans leurs diverses besognes, de la suivre, de la humer en montant les escaliers, de la toucher du coude ou de la main à table ou parmi les maïs. Et il s'aperçut à sa grande stupeur, à son grand effroi, à sa grande honte que ces faibles contacts produisaient sur lui une érection soudaine de son oiseau comme il n'en avait jamais connu auparavant avec les prostituées. Quoique déjà un peu dévoré par le carcinome verruqueux, ledit oiseau se comportait selon les lois de la nature. Germain s'en faisait le reproche : « Cette fille n'est pas pour toi ! Pas pour toi ! » Cette répétition rendait l'oiseau raisonnable, il finissait par humblement s'agenouiller.

Un autre dimanche, après la messe, solennellement, Richard prononça un petit discours devant toute la famille :

— Chère Awa, plus je vous regarde, plus vous entrez dans mon cœur. À présent, vous l'occupez par toutes ses artères, ses oreillettes, ses ventricules. C'est pourquoi, je vous demande : acceptez-vous de devenir ma femme ?

Grand silence. Awa considéra autour d'elle tous ces visages blancs qui observaient son visage noir. Elle sourit. Elle répondit :

— J'accepte cet honneur.

Applaudissements. Les deux promis s'embrassèrent sur les joues.

— Pa'donnez-moi de ne pas 'ougi', ajouta-t-elle. Les Af'icains ne 'ougissent jamais du deho's. Ils 'ougissent inté'ieu'ement.

Éclats de rire. On déboucha des bouteilles de champagne.

— Et moi ? Et moi ? Et moi ? cria Valentine. Est-ce que vous ne pouvez pas me procurer un futur, noir ou blanc ?

Elle avait un visage ingrat, un menton carré en talon de galoche, une poitrine plate, des jambes de chèvre. Aucun garçon ne s'était jamais intéressé à elle, pas même pour la renverser derrière une meule de paille. Dévouée à sa famille, travailleuse tant qu'on voulait, bonne cuisinière, bonne ravaudeuse, mais aussi très irritable, elle n'avait jamais dansé une polka dans les salons du voisinage, jamais invitée.

— On s'occupera de toi, promit son frère Richard. Je le jure sur ma propre tête.

Les noces eurent lieu trois semaines plus tard. Les terres ensemencées pouvaient se passer de leurs maîtres. Richard et sa promise se transportèrent à Lezoux, chez Conchon-Quinette, pour acheter une robe blanche, une couronne en fleurs d'oranger ; puis chez l'horloger-bijoutier, ils trouvèrent les deux anneaux, les pendants d'oreilles et le tour de cou en perles roses. À la mairie, à l'église, vingt couples accompagnèrent Richard et Awa. Les Ferrier n'avaient pas lésiné sur la dépense, ils pensaient qu'un mariage qui a coûté très cher à se faire ne peut pas se défaire. Autre précaution : le garçon d'honneur était pourvu d'une tabatière remplie de tabac parfumé. Il allait de l'un à l'autre, de l'une à l'un, offrant une prise à chacun. Et quand elle produisait un bel éternuement, il expliquait :

— Cela chasse par le nez les mauvaises pensées. Dieu vous bénisse !

De son côté, la fille d'honneur jeta des poignées de dragées sur lesquelles les gamins du village se précipitèrent.

Suivirent le festin de noces, l'enlèvement de la jarretière, la fuite des mariés, la recherche de leur retraite le lendemain matin, l'offrande des œufs à la neige dans un pot de chambre. Tout cela a déjà été raconté pour les noces d'Alice et d'Annet. Pas de voyage de noces.

Germain partagea difficilement l'allégresse de la famille : le carcinome verruqueux le rongeait de plus en plus. Il fut opéré à la clinique La Châtaigneraie de Beaumont. Elle aurait mérité plutôt l'appellation de Cerisaie, à cause des cerisiers nombreux qui lui faisaient ombrage. Ou bien La Chatterie, vu qu'une quantité de chats rôdaient autour de ses murs, tous gros et gras, nourris probablement des débris d'appendices, de duodénums ou de carcinomes que les chirurgiens leur jetaient. L'ablation du sien se déroula sans douleur, comme un tour de passe-passe.

— Est-ce que je suis définitivement débarrassé de cette saloperie ? questionna Germain Ferrier.

— Je voudrais bien vous dire oui, prétendre que je ne vous verrai plus, répondit le chirurgien. Malheureusement, je crains que ce ne soit là qu'un raccommodage provisoire et qu'il ne nous faille recommencer dans quelque temps. Je vous ai enlevé seulement deux centimètres.

— Est-ce que ce carcinome me dévorera le ventre comme le renard du Spartiate ?

— Je vous promets que nous l'arrêterons avant.

En attendant, plusieurs fois par jour, chaque fois qu'il devait pisser contre un mur ou contre une haie, il examinait son oiseau qui n'avait plus figure humaine. Il soupirait, disant : « Bientôt nous devrons nous séparer. Je garderai un bon souvenir de toi dont je me suis servi en Algérie au nom de la France. »

Son infirmité ne l'empêchait pas de travailler comme avant au jardin de la ferme, à la vigne limagnaise, à l'élevage des vaches et des chèvres, à la fabrication des fromages, notamment du gaperon, né du babeurre et parfumé à l'ail, dont la rondeur évoque celle du vieux puy de Dôme ; et du chevreton qui ne ressemble qu'à lui-même, avec ses rides parallèles laissées par les brins de paille sur lesquels il a dormi. Il s'intéressait au colza qui produisait une huile à friture. Mais pour rien au monde il n'aurait participé à la culture et à la moisson des céréales phosphatées. Il lui arrivait parfois de surprendre Richard et sa Sénégalaise derrière une meule de paille, bien occupés l'un de l'autre. Les nuits ne leur suffisaient point. Ou peut-être faisaient-ils exprès de se donner en spectacle pour justifier le mariage de l'Auvergne et du Sénégal, du tchernoziom et du phosphate de Chichaoua.

9

Puisque Richard avait trouvé Marie-Awa par l'intermédiaire du *Chasseur français*, Valentine la délaissée eut l'idée de recourir au même intermédiaire. Elle fit publier cette annonce matrimoniale : *Agricultrice en Limagne (Puy-de-Dôme), trente-deux ans, vaillante, économe, vierge, cherche époux même profession, honnête, région indifférente*. Elle reçut une vingtaine de réponses manuscrites souvent illisibles, pleines de fautes d'orthographe, et trois autres mieux léchées. L'une venait de Normandie, l'autre de Lorraine, la troisième de l'Aveyron. Elle répondit aux trois, invitant les destinataires à venir la rencontrer. Un seul se présenta, l'Aveyronnais Jean Rignac, trente-six ans, originaire de Creissels, près de Millau. Il arriva dans une camionnette Citroën, demanda :

— Je suis bien à Mondeviolle chez les Ferrier ?

— Parfaitement.

— Voici ma carte de visite.

Il s'agissait en fait d'une boîte carrée contenant un fromage de Roquefort. Au verso, on pouvait lire un texte de Casanova, l'illustre séducteur : « Oh que le chambertin et le roquefort sont d'excellents mets pour restaurer l'amour et pour porter à prompte maturité un amour naissant ! »

— Vous l'attaquerez après mon départ, recommanda l'Aveyronnais. Ici, je mangerai du fromage auvergnat.

Veuf avec deux enfants en bas âge, il élevait des brebis dont le lait servait à produire devinez quoi ? C'était un homme robuste, moustachu, bavard, dont la parole évoquait le soleil languedocien. Lorsqu'ils furent tous autour de la cheminée, il raconta son existence. Comment il avait rencontré sa femme Louisette, décédée en couches en donnant la vie à leur second enfant. Il raconta comment était né le merveilleux fromage.

— Pour courir après sa belle, un pâtre du village avait oublié dans un creux de rocher un morceau de pain contre un petit fromage fait du lait de ses brebis. Une moisissure naturelle se produisit entre le pain et le fromage. Quelques jours plus tard, revenant dans la grotte, le berger trouva ce mélange fort à son goût. Voici comment le roquefort naquit d'une histoire d'amour. Aujourd'hui, il est produit dans les caves naturelles de Roquefort, salé, brossé, piqué de bleu par les soins de la cabanière.

— Si nous faisons ménage, dit Valentine, je serai votre cabanière et j'élèverai vos enfants comme si je les avais produits moi-même.

— Nous pourrons même en avoir d'autres.

Jean Rignac resta quatre jours à Mondeviolle, complimenta le gaperon et le chevreton ; puis il repartit pour Creissels, disant qu'ils devaient réfléchir des deux côtés avant de prendre une ferme décision. Après son départ, les Ferrier attaquèrent la boîte carrée, savourèrent le fromage persillé, le trouvèrent incomparable.

— Est-ce que tu veux nous quitter pour un fromage ? demanda Richard.

— Puisqu'en Auvergne personne ne veut de moi, j'ai bien le droit de chercher ailleurs. Ici, vous me traitez tous comme une servante. Là-bas, je serai maîtresse. Rien n'est encore décidé ; mais si Rignac me demande, je dirai oui.

— Comment ! Comment ! protestèrent-ils tous. Une servante ! Nous sommes tous les serviteurs les uns des autres. As-tu jamais manqué ici de quoi que ce soit ?

— Oui. D'un mari et d'enfants.

Quelques jours plus tard, une lettre arriva de l'Aveyron.

Chère Valentine, je suis quasiment décidé à vous prendre pour épouse. Mais je veux votre accord entier. On n'achète pas un âne dans un sac. Je vous invite donc à venir chez moi à votre tour. Vous ferez la connaissance de mes enfants, Élie et Violette, et de ma ferme. Après quoi, nous déciderons ensemble si ce mariage doit se faire. Prenez le train. Descendez à Montpellier. Je viendrai vous chercher dans ma camionnette. Votre bien dévoué. Jean Rignac.

Ce fut pour Valentine un voyage long et compliqué. Elle dut d'abord se rendre à Clermont. De là, prendre le train, traverser une centaine de tunnels, longer l'Allier jusqu'à sa source. S'arrêter à Issoire, Brioude, Langeac, Alès. Atteindre enfin Montpellier, monter dans la Citroën de Rignac père, traverser Gignac et d'autres villages en *ac*, atteindre Creissels où elle tomba dans les bras de Jean Rignac, serrer dans les siens les deux petits, Élie et Violette.

— Ici, précisa le père, nous vivons uniquement de nos *fèdes*.

La *fède* est la brebis laitière. Son agneau est le *fédou*. Le berger les place dans ses prières : « Mon Dieu ! Sauvez des dents du loup ma douce fède et son fédou. » Le vocabulaire caussenard est riche de nuances moutonnières. Le fédou de printemps est un *regord* ; celui d'automne, un *vassieu*. À dix-huit mois, il devient *bassibo* et le jeune pâtre affecté à son service est le *bassibier*. Les vieilles à réformer sont des *garches* et, s'il leur manque des dents, des *berques*. Valentine se demanda si elle allait apprendre comme il faut cette langue étrangère.

L'espèce la plus couramment élevée dans la zone dite « le rayon de Roquefort » est la race lacaune. Or, paradoxalement, c'est une médiocre laitière, mais une excellente bête à viande. Les éleveurs misent donc sur les deux tableaux, et n'envisagent pas de la remplacer. Habituée à vivre au grand air sur des terrains rocheux à l'herbe rare, elle s'abreuve à des entonnoirs naturels qui retiennent l'eau de pluie, les *dolines*. Rignac possédait trois cents brebis.

— Qu'en faites-vous en hiver ? demanda Valentine.

— Elles restent dans la bergerie, nourries de fourrage. Lorsqu'elles ressortent, je vends leur fumier aux vignerons et aux maraîchers.

— Et leur laine ?

— Les acheteurs préfèrent importer la laine mérinos d'Australie et d'Afrique du Sud. Je m'en défais presque pour rien.

Après quatre jours d'examens et de réflexions, Valentine déclara qu'elle acceptait d'épouser Jean Rignac et d'abandonner l'Auvergne pour venir habiter le rayon de Roquefort. On choisit la date du mariage, l'automne de 1966. Tous les Ferrier firent le voyage de Mondeviolle pour y participer.

L'année 1966 fut donc marquée chez les Ferrier par de grands événements, un heureux et trois malheureux. L'heureux fut, chez Richard et Awa, la naissance en janvier d'un adorable négrillon auquel fut donné le prénom d'Olive parce qu'il avait le teint de l'olive noire. À peine sorti des limbes, il souriait à tout le monde, découvrant ses gencives nues, parlant des doigts et des mains agités comme des castagnettes.

Le premier malheur fut le départ de Sidonie, veuve de Jausion, lorsqu'elle décida de le rejoindre au cimetière d'Orléat, accompagnée par toute la population de Mondeviolle et des hameaux environnants. Le croque-mort qui reçut son cercueil au fond de la fosse trébucha, faillit en être assommé, il fallut descendre à son secours. Quelques présents en rirent dans leur barbe. Elle laissa un grand vide dans la maison qu'elle gouvernait. Ses enfants et petits-enfants considéraient avec tristesse la chaise qu'elle avait coutume d'occuper, ses galoches, sa quenouille, ses coiffes, son écuelle.

Le deuxième malheur fut un autre départ : celui de Valentine pour l'Aveyron. Elle manquait surtout dans la préparation des repas, les soins du ménage. Les Ferrier s'en consolèrent en se disant qu'elle avait trouvé là-bas quelque chose qui ressemblait au bonheur, comme ils avaient pu le constater à ses noces, lorsqu'elle avait mouillé leurs joues de ses larmes au terme de la cérémonie nuptiale. Confirmant, après l'accident du croque-mort, le vieux proverbe auvergnat : « Pas de mariage sans pleurs, pas d'enterrement sans rires. »

Au troisième malheur, peu de personnes furent sensibles. Germain s'aperçut que le carcinome verruqueux dévorait de plus en plus ce qui restait de son oiseau. Le docteur Lamaison observa la chose à travers sa loupe, se redressa, et dit d'un air consterné :

— Faut arrêter la progression du mal. Sinon, c'est le cancer absolu. Faut encore couper.

Germain entendit la gorge sèche cette condamnation.

— Tout couper ?

— La verge seulement. On essaiera d'en garder un petit bout.

— Je serai comme un eunuque ?

— Oui et non. Les eunuques gardaient la verge, on leur enlevait les bourses. Toi, ce sera le contraire. Ce n'est ni mieux, ni plus mal. Si on te laisse assez de verge, tu pourras encore uriner debout. Sinon, tu devras t'accroupir comme font les dames, ou bien t'asseoir sur une cuvette. Il te faudra aussi uriner plus souvent car on t'aura enlevé la fermeture du prépuce. Enfin, tu devras porter des protections anti-fuites.

Germain reçut chacune de ces informations les deux mains sur les oreilles, comme pour s'en préserver. Mais Lamaison, impitoyable, éleva la force de sa voix. Puis il se radoucit pour servir des consolations :

— Beaucoup d'hommes et de femmes vivent sans activité sexuelle. Les vieillards, les moines tibétains, les prêtres catholiques fidèles à leurs serments, les castrats, les impuissants, certains malades. Les animaux castrés connaissent la tranquillité, les bœufs vivent plus longtemps que les taureaux.

— Merci, cher docteur, de me laisser espérer la tranquillité des bœufs. Accordez-moi cependant un délai de quelques mois, peut-être d'une année. Je déciderai moi-même, si vous voulez bien, de ma castration.

Pendant tout l'hiver et tout le printemps qui suivirent, il vécut dans l'attente de sa mutilation, observant chaque jour le progrès du carcinome, constatant qu'il descendait millimètre par millimètre, qu'il allait bientôt atteindre les bourses. « Si j'attends encore, on me les enlèvera aussi. Je prendrai une voix de demoiselle. » Avec un plaisir malsain, il se plaisait à tomber de l'eau encore debout, contre les murs, contre les arbres. « Ah ! quel plaisir, quel plaisir de pisser debout ! » chantonnait-il sur un air d'Offenbach.

Il essaya d'arrêter ce désastre en consumant avec une lame de couteau chauffée à rouge ces divagations. Le mal rôtissait avec une odeur de cochon qu'on flambe, du sang coulait, il fallait envelopper le membre, le soin était pire que le mal. Il revit son médecin.

— J'accepte, je veux, je demande, j'exige une seconde opération.

Il retourna à La Châtaigneraie qui nourrissait les chats de penailles humaines. Une infirmière saisit de ses doigts gantés le bout de son organe et tondit au rasoir électrique la toison de son oiseau. Puis elle le fit passer sous la douche, l'enveloppa d'un peignoir. On le coucha sur un chariot, l'emmena sous la lampe scialytique qui éclaire sans produire d'ombre.

— On va vous enlever la tête, *caput, capitis*, dit le chirurgien qui était un farceur, comme on l'est dans cette profession désopilante.

La dame en blanc lui fit une piqûre à l'avant-bras, disant :

— Comptez jusqu'à dix.

À sept, il partit dans les nuages.

Lorsqu'il revint sur terre, il garda de ce séjour aérien le souvenir d'un bonheur inexprimable. Une autre dame blanche se pencha sur lui.

— Pourquoi ? Pourquoi ? demanda-t-il. J'étais si bien !

— Vous êtes monsieur Germain Ferrier, expliqua-t-elle. Vous vous trouvez en réanimation. Cela s'est très bien passé. Ne parlez plus. Reprenez des forces.

Elle s'éloigna. Se palpant par-dessus le drap qui le recouvrait, il constata que plusieurs liens le retenaient à la terre. La mémoire lui revint. Portant la main à l'endroit où nichait habituellement son oiseau, il y trouva un pansement volumineux. Un tube en sortait et descendait jusqu'à une poche. Il rappela la dame blanche :

— S'il vous plaît… qu'est-ce que c'est que ce truc ?

— Une évacuation de vos urines.

— Je vais la garder longtemps ?

— On vous l'enlèvera quand vous nous quitterez.

Il replongea dans une demi-inconscience. Vos urines ? Pourquoi ce pluriel ? Avait-il plusieurs sortes d'urines ? Une jaune, une rouge, une verte ? Une autre heure passa. On lui apporta une tasse de tilleul qu'on lui fit boire à la petite cuillère. Il se rendormit.

Le lendemain, l'infirmière changea son pansement.

— Je peux voir ?

— Rien ne presse. Ne bougez pas.

On le rechargea sur un chariot. Sans le débarrasser de sa poche, on le transporta dans une chambre ordinaire. Il s'y trouva en compagnie d'un autre opéré qui se présenta lorsqu'ils furent en tête à tête :

— On m'a enlevé l'aorte. La nouvelle est en matière plastique.

Ils furent nourris de pomme purée et de compote. La nuit, Germain dormait mal, son compagnon ronflait par saccades comme une batteuse.

Ils eurent ensemble quelques courtes conversations. Le désaorté travaillait à la SNCF : *Sur Neuf, Cinq Feignants*. Et de rire tous les deux. Puis le voisin ne ronfla plus, le tuyau de plastique s'était détaché. On recouvrit sa tête d'un autre drap, on l'emporta vers les vacances éternelles. Germain survécut. Il osa se promener dans le jardin aux cerisiers, aux chats innombrables. Il reçut la visite de sa mère Alice, de son frère Richard, de sa belle-sœur Awa et de son petit neveu Olive qui lui monta sur le ventre et le piétina joyeusement malgré les protestations de la parenté.

— Laissez, laissez, dit Germain. On m'a réparé.

Trois jours plus tard, la tuyauterie réparatrice lui fut enlevée. Avec consternation, il constata que toute la verge lui avait été retranchée, excepté un centimètre ; qu'il ne pourrait plus pisser debout.

— Tenez-vous propre, lui recommanda-t-on. Lavez-vous souvent. Avec, dans le slip, une protection contre les fuites. En voici un paquet.

Il lui fallut apprendre à vivre différemment. Supporter de fréquentes précautions urinaires. Lorsqu'il travaillait aux champs, rien ne lui était plus insupportable que de devoir soudain abandonner la pioche ou la charrue et de rentrer à la ferme pour s'asseoir sur la cuvette pissomerdique. Parfois, il s'y prenait trop tard, l'urine ruisselait le long de ses mollets jusqu'aux chaussettes. Le paquet de Tena fut bientôt épuisé. Il se dit qu'il n'allait pas chaque semaine renouveler sa provision à la pharmacie de Lezoux. Que penseraient les vendeuses ? Peut-être devineraient-elles sa mutilation. Au lieu des serviettes, il employa des mouchoirs. Un seul par jour lui suffisait. Il le lessivait, le faisait sécher au soleil sur une branche, les merles moqueurs lui chiaient dessus.

— Tu te mouches beaucoup ! s'étonna le petit Olive qui parlait déjà comme un avocat.

— Oui, je suis enrhumé du cerveau.

— C'est quoi, le cerveau ?

— Ce que nous avons dans la tête.

— Ça ressemble au cervelas ?

— À peu près.

L'abbé Roumel vint lui parler, disant qu'il lui avait trouvé un emploi non agricole puisqu'il prenait la terre en dégoût.

— Quel genre ?

— Dans la céramique. Dans la manipulation et la cuisson de l'argile. Tu sais que Lezoux – Letosus – fut à l'époque gallo-romaine la capitale de la céramique, de la poterie, de la tuilerie dans notre pays. Elle eut le privilège de recevoir, envoyé par le pape Étienne, Stremonius, ou Austremoine, avec pour mission d'évangéliser l'Auvergne et ses environs.

— Je sais cela.

— Pour le bon exemple, il brisa de son bâton de pèlerin un grand nombre de ces vases ornés de Cupidons, de Dianes et de dieux imposteurs. Il dut fuir sous la huée des potiers et céramistes, et s'en aller prêcher ailleurs. Il mourut martyr à Issoire en des circonstances incertaines. Voilà, cher Germain, où je t'ai trouvé un emploi : dans la ville de Letosus.

— Aurai-je les bonnes compétences ?

— Tu seras un simple manœuvre. Un petit détail seulement : la tuilerie n'est pas située à Lezoux même, mais à Ravel, distant de quelques kilomètres. Ce bourg est riche d'un magnifique château, propriété jadis de l'amiral d'Estaing, compagnon de La Fayette.

— Je connais son histoire. Je ferai n'importe quoi, hors l'agriculture. Tout ce qui me sera proposé, d'avance je l'accepte.

Il alla visiter les lieux, admira la petite bourgade de Ravel, l'église, le château, la demeure la plus somptueuse de l'Auvergne au temps de l'amiral, avec son parc orné de statues de marbre. La pièce dite « la niche » était ornée de miroirs du haut en bas, de sorte que l'image du visiteur s'y reproduisait onze fois. Il vit la fenêtre d'où le seul enfant de l'amiral était tombé en jouant avec son père.

On employa Germain comme terrassier, à extraire l'argile ferrugineuse, substance même du tchernoziom limagnais. Il le fit en toute humilité et tout repentir, lui qui s'était brouillé avec elle à cause du phosphate. Extraite l'hiver, on la laissait geler afin de pouvoir la briser au printemps. Deux machines assuraient ensuite l'une le concassage et le broyage, l'autre le profilage par pression, ce qui donnait aux tuiles leurs dimensions et leurs courbures. Le séchage sur des claies durait deux jours entiers. La cuisson s'opérait au feu de bois dans des fours de briques pareils à ceux qu'employaient les Romains, à une température de 1 200 degrés. Le refroidissement exigeait deux jours encore. À la sortie des fours, un autre tuilier les recevait au moyen d'une pelle en bois, tel le boulanger qui sort les miches. Un tri était nécessaire pour éliminer les tuiles cassées. Les bonnes se présentaient d'un rouge vif, certaines presque noires. Roumel les comparait aux créatures humaines qui proviennent toutes de la même glaise entre les mains du Seigneur : certaines ont la peau rose, d'autres l'ont bronzée, d'autres l'ont jaune.

Le dimanche, Germain enfourchait sa bicyclette et se rendait à Mondeviolle. N'ayant lui-même aucun enfant et n'étant pas susceptible d'en avoir, il s'intéressait spécialement à son neveu, le petit Olive, qui poussait tel un champignon. Germain lui apprenait des devinettes, lui racontait des histoires, le faisait chanter des ritournelles populaires.

Ils jonglaient ensemble avec les verbes et les conjugaisons. La mère-grand dit au loup : « Tire la chevillette et la bobinette cherra… » Cherra, futur du verbe choir. « Il tira la chevillette et la bobinette chut. » Chut, passé simple du même verbe. Olive répétait à satiété cette syllabe mystérieuse qui lui gonflait les lèvres :

— Chu… chu… chu…

Ainsi, le tonton s'exerçait au métier de père de famille qu'il n'occuperait jamais, dépourvu de l'oiseau procréateur. Puis il retournait modeler des tuiles plates et des creuses.

À Ravel, il donnait son linge à une lavandière, Marie-Jeanne, qui l'étendait sur l'herbe les jours ensoleillés. Une jolie personne divorcée qui gagnait son pain quotidien dans la lessive et le raccommodage. Elle demanda un jour à Germain de l'aider à plier les draps. Les voici tous deux face à face, bras écartés.

— Tirez ! Tirez fort !

Ils plient le drap en deux, puis encore en deux, encore en deux. Maintenant dans l'autre sens : le voici réduit à la moitié de sa longueur, puis au quart, puis au huitième. Leurs deux visages se touchent par les bouts du nez. Marie-Jeanne lâche le drap qui retombe sur l'herbe, saisit Germain par la nuque, colle ses lèvres aux siennes, enfonce sa langue dans sa bouche comme une sucette. Dieu du ciel ! Que lui arrive-t-il ? Il lâche aussi le drap. Elle insiste, elle se colle à lui, elle le dévore. La bobinette ne cherra point. Il n'a pas droit à ces félicités. Maudite mutilation ! Maudit carcinome verruqueux ! Au lieu d'embrasser Marie-Jeanne, il la repousse doucement, mais fermement.

— Pourquoi ? Pourquoi ? demande-t-elle. Viens chez moi.

Il se protège d'une main sur sa propre bouche. Elle devient rouge de honte et de colère :

— Tu… tu es garçonnier ?

C'est le terme qu'on donne en Auvergne aux homosexuels.

— Non, non… Je suis mutilé. Je ne sais où, j'ai attrapé une sorte de cancer. On m'a châtré.

La fureur de la lavandière tombe, fait place à la compassion. Elle reprend le *vous* :

— Pardonnez-moi… Je ne savais pas.

Elle l'embrasse sur les deux joues, comme un frère. Ils relèvent le drap froissé et le plient comme il doit l'être.

Il travailla quatre ans à la tuilerie, de 1967 à 1971, donnant entièrement satisfaction à ses employeurs. Au bout desquels, il rencontra de nouveau l'abbé Roumel :

— Je suis fatigué des tuiles et des briques. Il me semble que je pourrais être plus à l'aise, peut-être plus utile dans une autre activité.

— Cherchons ensemble.

— J'ai déjà cherché. Je voudrais devenir prêtre comme vous.

L'abbé n'en fut point estomaqué. Il connaissait aussi Germain Ferrier, son désir de donner un sens à sa vie.

— Vous ne serez pas le premier à entrer dans une vocation tardive. Avez-vous des raisons particulières ?

— À Mondeviolle, nous ne disposons pas de surface suffisante pour faire vivre beaucoup de monde. Mon frère Richard est plus que moi attaché au service de la terre. Alors je lui en laisse toute la disposition. Y a autre chose. J'aurais aimé fonder une famille personnelle, avoir une femme et des enfants. Ce n'est pas possible.

Il raconta son carcinome, sa mutilation.

— Beaucoup de prêtres font parler d'eux dans le mauvais sens. Les rapports inavouables qu'ils ont avec leur servante ou avec d'autres femmes. Moi, je serai à l'abri des médisances.

C'est alors que sa sœur Valentine et son beau-frère Jean Rignac, le croyant disponible, l'appelèrent à leur secours :

— Viens t'occuper de nos gamins, de mon beau-père invalide, pendant que nous allons défendre le Larzac.

10

Ils vivaient à Cressels, à proximité d'un camp militaire de trois mille hectares, établi en 1912 sans résistance de la population, alors respectueuse de l'ordre établi. Chaque régiment venu en manœuvres y était acclamé. En 1945, y furent internés des « collaborateurs pétainistes » ; en 1956, des Algériens du FLN. En 1970, l'armée anglaise vint à son tour et se fit détester : elle saccageait les champs, défonçait les routes, installait des hommes sur les toits, bivouaquait dans les cours des fermes, assourdissant de jour et de nuit les habitants avec ses hélicoptères.

— Nous avions l'impression, racontaient les paysans, d'être devenus des Irlandais.

Ils demandaient aux Britiches pourquoi ils ne manœuvraient pas chez eux. Réponse : « Nous n'avons pas l'envie d'abîmer nos campagnes. Les fermiers ne le toléreraient pas ! »

Malgré ces importuns, malgré la télévision, les anciennes coutumes subsistaient. Les veillées aux châtaignes. La *solenco*, fête des moissons. Le ramassage scolaire transportait aux écoles les enfants des fermes disséminées. Certes, le Larzac était une des régions de France les moins peuplées ; mais ce n'était pas un désert. Et puis il y avait tous ces troupeaux de fèdes, les laiteries, les fromageries de Roquefort, les gants de Millau et de Graulhet, les tapis de Lodève et les matous qui chantaient à leurs belles : « *Te compraré ouna rauba verde, miaou* ! »[1]

Sur ce milieu pastoral tombe un jour la décision de Paris : l'extension du camp de Larzac sera triplée dans l'intérêt supérieur de la nation et de son armée. Les missiles antichars, les chars AMX, les mortiers, les engins à chenilles, les mille deux cents véhicules nécessaires à une division blindée ne peuvent se déplacer en toute sécurité que sur un terrain de vingt mille hectares. Ce projet a l'appui de plusieurs notables de la région et l'opposition de nombreux agriculteurs, d'un instituteur retraité, d'un industriel. Ils fondent l'Association pour la sauvegarde du Larzac (ASL) et sillonnent le plateau pour répandre la bonne parole. Bientôt le Larzac est envahi par des milliers de manifestants maoïstes, antimilitaristes, hippies, écologistes, anarchistes, venus combattre l'armée et le pouvoir en place. La presse fait grand bruit autour de l'affaire et plusieurs familles citadines, brouillées avec la société urbaine, viennent s'installer sur le plateau et se convertissent à l'élevage de la brebis. Le premier ministre, Michel Debré, annonce que la décision de l'extension est irrévocable.

— Il a parlé d'hectares, de routes, d'aérodromes, dit Jean Rignac. Il n'a pas eu un mot pour les hommes, les femmes, les vieillards, les enfants, les brebis.

---

1. Je t'achèterai une robe verte, Millau !

Autour du Larzac se cristallisent toutes les oppositions politiques, philosophiques, sociales, religieuses, toutes les revendications que suscite la Vᵉ République. L'ASL reçoit l'appui des antinucléaires représentés par un prêtre, Jean Toulat : un vrai chrétien ne doit pas se faire le complice de la fabrication des armes, atomiques et autres. Un philosophe disciple de Gandhi, Lanza del Vasto, fondateur d'une communauté végétarienne, commence, à La Cavalerie, un jeûne auquel participent les évêques de Rodez et de Montpellier, le pasteur de Millau, les ouvriers grévistes de Péchiney et de LIP à Besançon, les viticulteurs du Languedoc, les autonomistes bretons, basques, corses, irlandais, les paludiers de Vendée, les inconsolés de Mai 68, les chevelus de *Charlie Hebdo*.

— Que veux-tu de moi ? demanda Germain Ferrier à son beau-frère.

— Que tu me remplaces, que tu surveilles mes vieux, mes enfants, ma femme, mes brebis pendant que moi et l'ASL poursuivons notre combat. Tu sais traire les chèvres ?... Oui ?... Alors, tu trairas les brebis. Tu surveilleras nos fourmes, tu les brosseras, tu les retourneras, tu les piqueras. Nous avons un grand projet : nous rendre à Paris, sur nos tracteurs, avec nos fèdes dans des bétaillères. Nous les déposerons aux pieds de la tour Eiffel. Nous distribuerons notre roquefort aux Parisiens, afin qu'ils empêchent l'extension du Larzac. Acceptes-tu de me remplacer le temps qu'il faudra ?

— Je suis venu pour ça.

En attendant, les éleveurs présentent à tous leurs bergeries, leurs salles de traite, leurs troupeaux sélectionnés, leurs meules de roquefort. Ils démentent l'affirmation de Michel Debré : le Larzac n'est pas un désert. Devant les portes, des banderoles en parler larzacien : *Gardarem lo Larzac. L'armada de fora ! Farem to petà.* « Nous garderons le Larzac. Dehors l'armée ! Nous ferons tout sauter ! »

Le 25 octobre 1972 commence la longue marche en tracteurs Millau-Paris. En cours de route, elle reçoit de nombreuses marques de sympathie. À Rodez, la bénédiction de l'évêque. À Laguiole, l'aligot collectif. À Massiac, le vin chaud. À Orléans, la réception par le maire et son conseil. Ils arrivent aux pieds de la tour Eiffel, derrière une banderole en langue française : *Jusqu'où faudra-t-il aller ? La lutte continuera.*

Elle continue sous d'autres formes. Par exemple cinquante-deux livrets militaires sont symboliquement renvoyés à leurs expéditeurs. Une bergerie clandestine est construite à La Blaquière avec de l'argent provenant du refus de l'impôt. Jamais aucun combat n'a opposé aussi nettement les purs et les impurs. D'un côté, ceux qui veulent gagner des sous dans l'affaire : les mastroquets, les boutiquiers, les propriétaires d'hectares achetés jadis à bon compte et revendus au décuple, les politiciens et les militaires pleins de mépris pour les culs-terreux. De l'autre, ceux qui donnent leur temps, leur peine, les quatre sous qu'ils ont économisés, les chevelus anarchistes. Les brebis sont des seconds, et aussi l'odeur de la terre, des forêts, de la petite patrie.

Jean Rignac demi-vaincu regagne Cressels en novembre 1972. Germain Ferrier regagne Mondeviolle.

DEUXIÈME PARTIE

1

L'abbé Roumel lui conseilla de se rendre à Clermont et de rencontrer, rue Pascal, Mgr de Béraudy dans son évêché, qui se plairait à connaître les raisons d'une vocation aussi tardive. Il prit donc le train à Lezoux et se rendit dans cette ville qu'il ne connaissait guère. S'orientant sur les flèches noires de la cathédrale, il s'enfonça dans le quartier le plus religieux de la cité. Les rues y portaient de pieuses appellations rappelant des sanctuaires disparus : rue Saint-Esprit, rue Saint-Genès, rue de l'Oratoire ; ou bien des personnalités à soutane : rue Fléchier, rue Grégoire-de-Tours, rue Abbé-Girard, rue Pascal, rue Savaron. Elles aboutissaient toutes place de la Victoire après une courbe en forme d'aorte. Là battit longtemps le cœur de la ville sous le nom de Plateau central. On regrettait les pavés anciens que Blaise Pascal enfant eut l'occasion de fouler, aujourd'hui tartinés de bitume. Il descendait la rue des Gras (rue des Degrés) jusqu'à Saint-Pierre, l'église de son baptême, entourée d'un cimetière, à l'emplacement du marché actuel. Les automobiles s'y aventurent peu. Les piétons doivent quelquefois y marcher à cloche-pied, un pied sur le trottoir, un autre sur la chaussée. Ces voies sont le royaume du silence, de la pensée et du passé, même dans leurs boutiques où fréquente une clientèle rare et choisie. Un antiquaire, un fabriquant de tampons en caoutchouc, un bouquiniste, un horloger myope, un marchand de cierges et de littérature spiritualiste : les *Sermons* de Bourdaloue, *La Perfection chrétienne, Sentiments sur l'amour de Dieu ou les trente amours sacrés pour chaque jour du mois*... Un autre antiquaire. Un troisième antiquaire.

Presque toujours, ces négoces sont vides de chalands. Si l'on pousse la porte, le commerçant paraît étonné, il se dit que cet étranger veut seulement lui demander son chemin. Mais à se perdre ici, on ne court aucun risque. Sauf l'hiver quand souffle un vent barbare qui risque de vous emporter. Les dames rassemblent alors craintivement leurs jupes autour d'elles. Les messieurs se cramponnent à leur parapluie ou à leur chapeau. Il faut voir tous ces passants traverser avec effort les espaces découverts, penchés à 45 degrés contre la « traverse », le vent du nord. La chronique du Plateau central raconte que, vers 1910, une malheureuse laitière, descendue en sabots de Saulzet-le-Chaud avec son bidon, fut soulevée de terre, précipitée dans la vasque de la fontaine d'Urbain II, alors située au milieu de la place Delille, qui se mit à déborder de lait. Il fallut secourir la pauvre Perrette, la transporter jusqu'à la plus proche pharmacie, la frictionner, lui faire boire une tisane au rhum. Elle ne s'en remit jamais complètement et mourut quarante-trois ans plus tard de façon prématurée. Aussi beaucoup de passants, surpris par la turbulence de ces lieux, demandent-ils protection à

Notre-Dame-de-l'Assomption et se réfugient-ils un moment dans sa demeure.

Cette cathédrale fut toujours un raccourci très fréquenté. Pas seulement par les fidèles qui viennent s'y recueillir. À qui veut se rendre à pied en effet de la mairie à la place de la Victoire ou inversement, il n'y a pas de plus court chemin que de la traverser d'une porte à l'autre. La contourner oblige à suivre l'étroite rue des Grands-Jours ou l'incommode rue Verdier-Latour, puis la place de la Bourse, toujours encombrées de voitures et de charrettes. En empruntant le raccourci de la cathédrale, le piéton gagne en fatigue et en tranquillité. Et la Vierge gagne souvent quelque *Je vous salue Marie*.

En haut de la rue des Chaussetiers, une petite surface gazonnée, parsemée de crottes de chien, ornée d'une pierre symbolique, rappelle l'emplacement qu'occupait la maison des Pascal, abattue au début du XIXe siècle pour donner de l'air à la noire cathédrale. Les jours de foire, les paysannes étalaient dessus leurs paniers. Partant de ce repère, Germain Ferrier descendit la rue Pascal – non point la rue Blaise-Pascal, elle rappelait toute la famille du semeur de *Pensées* – et longea à main droite le gracieux hôtel où vécut avant la Révolution le dernier intendant d'Auvergne, le marquis de Chazerat. Il fut plus tard le siège de l'évêché. Les évêques de Clermont ont dû subir tant de déménagements qu'il n'est dans ce quartier guère de maison convenable qui ne se vante de les avoir hébergés un moment. Celle du marquis fut ensuite ravalée en faculté des lettres. Alexandre Vialatte y étudia la littérature française et la germanique dans les années 1920. Et c'est dans sa cour ovale qu'il eut sans doute pour la première fois la vision nocturne d'une lune circulaire, souci permanent de l'homme, nous dit-il. « Il monte sur une chaise de fer pour la mieux observer et profite de cette situation élevée pour regarder Vénus par le trou de la serrure. » Germain Ferrier considéra que, pour sa part, il n'avait jamais de sa vie regardé par un trou de serrure.

Après ces études ovoïdes, Vialatte s'en alla enseigner le français en Égypte. Il en revint fort déçu, n'ayant jamais réussi à faire saisir à ses élèves d'Héliopolis la différence manifeste qui existe entre *Le Cid* de Corneille, le cidre de Normandie et le cid sulfurique. De déchéance en déchéance, l'hôtel de Chazerat tomba par la suite entre les mains des services fiscaux.

Précisons que le petit Blaise naquit le 19 juin 1623 dans cette demeure dont il ne reste plus rien. À sa naissance, il ne pleurait point, il fermait les yeux, on le crut mort-né. Sa nourrice lui souffla dans la bouche et le persuada de respirer. Il y parvint au bout de quelques jours et ouvrit même les yeux. Des yeux d'une profondeur exceptionnelle où flottait une brume bleue. Sa bouche était petite, ses lèvres assez fortes. Le père, Étienne Pascal, se penchait souvent sur son berceau. Dès qu'il eut les mains libres, l'enfant le saisit par la barbe, comme on voit l'ange empoigner celle de saint Joseph sur un chapiteau de Notre-Dame-du-Port. À sa naissance, Blaise ressemblait à un têtard ; mais, allaité par de bonnes nourrices, il ne cessa de croître et d'embellir. Germain Ferrier, au dire de sa grand-mère Sidonie, à sa naissance ressemblait à une grenouille. Telle est la métamorphose habituelle des nouveau-nés.

Redescendant cette rue Pascal, Germain atteignit enfin la porte de l'évêché, ornée d'une croix de bronze, d'un cordon de sonnette et d'un judas de cuivre. Il hésita encore avant de le tirer, sachant que peut-être toutes ses années à venir dépendaient de ce simple geste. Après cinq minutes de méditation, il s'y décida. Il perçut le lointain grelottement d'une clochette. Une voix féminine parla derrière le judas :

— Qui êtes-vous ? Que désirez-vous ?

— Je m'appelle Germain Ferrier. J'ai écrit à monseigneur l'évêque de Clermont. Il m'a demandé de venir le rencontrer aujourd'hui même, à 15 heures.

Clic ! Le judas ferma son bec. La porte s'ouvrit. Parut une religieuse en robe bleue qui lui dit d'entrer. Elle le conduisit dans une salle d'attente.

— Prenez patience. Monseigneur va venir.

— S'il vous plaît. Comment dois-je lui dire : mon père ou monseigneur ?

— Il ne craint pas qu'on l'appelle monseigneur.

Elle disparut. Il resta seul dans la salle qui aurait pu être celle d'un dentiste, sans le moindre ornement. Se demandant s'il faisait bien de s'engager dans cette voie, s'il saurait s'en montrer digne. L'évêque de Clermont était un jeune prélat, Mgr de Béraudy. Le journal *La Montagne* avait présenté longuement sa fulgurante carrière : curé à vingt-cinq ans, chanoine à vingt-huit, vicaire capitulaire à trente, évêque à trente-cinq. Il pratiquait le sport, on le voyait courir très souvent de bon matin, en petite tenue, dans le stade de l'ASM[1]. D'autres sportifs l'appelaient

1. Association sportive montferrandaise.

familièrement Jasmin, car tel était son prénom. Il n'y a pas de saint Jasmin. C'est seulement une fleur blanche au parfum suave.

L'évêque parut, en costume profane, veston, ruban rouge à la boutonnière. Seul le col blanc révélait ses fonctions. Il se présenta la main tendue, disant :

— Béraudy.

— Tous mes respects, monseigneur, dit Ferrier, prenant cette main et baissant le front.

Comme ses yeux semblaient fascinés par le ruban rouge, le prélat jugea bon d'en expliquer la présence :

— Un jour, au large de Biarritz, j'ai eu la chance de participer au sauvetage de six enfants en train de se noyer, ce qui m'a valu cette décoration. Je suis basque, je sais nager. Une chaloupe venait de chavirer. J'ai eu la force de repêcher quelques mômes. N'en parlons plus. Expliquez-moi pourquoi vous avez souhaité me voir. Asseyons-nous.

Ils s'assirent face à face sur des fauteuils de paille à deux places, qui étaient des prie-Dieu égarés. Germain se racla la gorge.

— Pardonnez-moi, monseigneur, de mal savoir me présenter.

— Prenez votre temps.

— Mon père s'est suicidé à cause d'un cancer qui lui dévorait la figure. Un cancer causé par le phosphate qu'il répandait sur ses terres afin d'obtenir de meilleurs rendements. Sans aucune nécessité, car la Limagne est faite d'une terre noire très fertile. L'occupation allemande avait enrichi notre famille. Les fonctionnaires de Vichy enlevaient nos productions sans marchander. Mon père rêvait d'acheter un château, il ne savait plus que faire de son argent. Ensuite est venu le cancer du phosphate. Il s'est suicidé. Mon frère aîné a pris la suite, sans renoncer au phosphate. Pour moi, j'ai décidé de quitter notre exploitation et de choisir la pauvreté. Il m'a semblé que la carrière la plus sûre pour y parvenir serait celle de curé de campagne. Je voudrais être celui dont on dit : « Il est le plus pauvre de la paroisse. »

Mgr de Béraudy écouta ces confidences avec un intérêt qui confinait à la stupeur. Les yeux ronds, la bouche entrouverte, il se pinçait le nez. Lorsque Germain s'interrompit, il répliqua :

— En somme, vous voulez imiter saint François d'Assise ?

— Sans doute.

— Mais quand on a trop d'argent, mon ami, il y a une manière toute simple de s'en débarrasser : la donation. Et notre Sainte Mère l'Église est toute disposée à vous y aider, à accepter les donations que vous voudrez bien lui consentir.

Il fit claquer en l'air les doigts de sa main droite comme s'il voulait démontrer un tour de passe-passe. Le tout accompagné d'un sourire qui laissait entendre la bonne volonté de notre Sainte Mère l'Église, sans trop y croire. Germain confirma ce scepticisme :

— Je ne suis pas le seul propriétaire de nos biens. Ils appartiennent à toute notre famille.

— Vous pourriez toujours réclamer votre part devant notaire.

— Ils m'accuseraient de vouloir les ruiner.

— Vous pourriez aussi, simplement, renoncer à votre part et partir de chez vous rien dans les mains, rien dans les poches. Toujours comme le *Poverello* qui se mit tout nu devant son père.

— Monseigneur, ne vous moquez pas de moi.

En guise de réponse, les doigts de Béraudy se mirent à tapoter sur l'accoudoir du prie-Dieu.

— Croyez-vous que je me moque parce que vous désirez faire vœu de pauvreté ? Combien croyez-vous que je gagne comme évêque du diocèse de Clermont ?

— Je ne veux pas le savoir, monseigneur, car je n'aspire point à l'épiscopat. J'ai d'ailleurs un autre motif pour me faire prêtre. Sans doute est-ce la première fois qu'un candidat vous présente une telle raison.

Il demeura muet quelques secondes, laissant mûrir la curiosité du prélat. Enfin, il ouvrit la bouche :

— Je suis condamné à une chasteté perpétuelle.

— Comment ça ?

— Dois-je accuser l'engrais phosphaté de la Limagne ou une autre origine ? Toujours est-il que je souffre d'un mal appelé carcinome verruqueux. Il peut produire un cancer véritable si on ne l'arrête point, pareil à celui qui a poussé mon père au suicide. Les chirurgiens m'ont enlevé entièrement ce qu'en Auvergne on appelle familièrement l'oiseau. Je suis obligé, pour uriner, de m'asseoir sur un trône, comme font les femmes.

— Ainsi… vous êtes eunuque ?

— On peut dire comme ça.

La réaction de l'évêque fut violente et inattendue. Il quitta soudain le prie-Dieu, leva les bras au ciel et éclata d'un rire irrépressible qui lui secouait les épaules et le ventre. Non point un rire moqueur, mais un rire de joie, un rire de bénédiction, comme si notre Sainte Mère l'Église Catholique venait de recevoir une donation sans pareille. Il se mit même à applaudir.

Puis il se calma, se pencha vers Ferrier et l'embrassa sur le front, s'exclamant :

— Quel privilège, cher ami ! Quel privilège ! Un prêtre enfin que jamais personne n'accusera de commettre le péché de la chair ! Comme je vous envie, ô saint homme !

Germain en resta bouche bée. Il savait bien, l'ayant lu dans des traités scientifiques, que le rire est un mouvement expiratoire renforcé ; que l'excès des expirations sur les inspirations nécessite de profonds soupirs pour rétablir l'équilibre ; ce que le rieur favorise en se tapant sur le ventre ou sur les cuisses. Après quelques minutes, le calme revient, sauf si le rieur crève de rire.

Monseigneur survécut. Il posa encore des questions :

— Vous nous arrivez donc innocent et pur comme la Vierge Marie ?

— Avant ma mutilation, il m'est arrivé de commettre le péché lorsque je faisais mon service militaire en Algérie, dans les années 1956-1957.

— Vous en êtes-vous confessé ?

— Je pense que oui, à l'occasion.

— Même si votre oiseau s'est envolé, le diable vous tentera encore de cent mille autres façons, par pensée, par parole, par action, par omission.

— J'en suis bien conscient.

— Voici un petit conseil que je vous donne. Chaque soir, en fin de journée, faites une récapitulation des heures traversées. Notez sur un cahier les désirs, les tentations immatérielles. Cela facilitera votre examen de conscience et protégera votre chasteté.

Il s'assit. Ses doigts se remirent à faire des castagnettes sur les accoudoirs. Germain l'interrompit :

— Excusez-moi, monseigneur, il faut que j'aille aux toilettes. Le carcinome.

— Au fond du couloir, à gauche.

À son retour, la conversation reprit :

— Cela vous arrive souvent ?

— Cinq fois par jour en moyenne. Et deux fois la nuit.

— C'est une belle pénitence. Venons-en maintenant aux choses sérieuses. Au séminaire Riche-Lieu de Chamalières, vous vous trouverez en compagnie de jeunes garçons qui vous considéreront avec curiosité, sinon avec respect. Il ne sera pas nécessaire de leur expliquer les raisons de votre vocation tardive. Vous pardonnerez à ces étourdis. Vous leur serez toujours un admirable exemple. Votre âge ne vous exemptera point des études traditionnelles. Pendant les deux premières années, vous étudierez les philosophes anciens et les modernes. Les trois années suivantes seront consacrées à la théologie. Vous serez logé, nourri, lavé, habillé, chauffé, à notre charge. Nous vous demanderons seulement, si vous avez des biens, et vous en aurez, de ne pas nous oublier dans votre testament. Allez en paix. Et que Dieu vous protège.

Il ne tendit point sa main droite à serrer, mais sa main gauche ou brillait une bague pierrée d'améthyste que Germain baisa.

2

Dans les années 1970-1976, le grand séminaire de l'enclos de Riche-Lieu occupait entre Chamalières et Clermont une situation très aérée, entourée d'une campagne verte, de vignes, de jardins, de bosquets et d'un grand cimetière ; entourée aussi de maisons bourgeoises ou industrielles. C'était un vaste bâtiment rectangulaire en pierre de Volvic, couvert de plates tuiles rouges, percé d'une centaine de fenêtres sur trois étages, surmonté en son milieu d'un fronton quasi pyramidal qui contenait une horloge en fer et bronze dotée de trois cloches. Construit en 1911, il avait servi deux fois d'hôpital militaire en 1914-1918 et en 1939-1945, échappé aux terribles bombardements de 1943 qui visaient les usines Bergougnan. Dans les périodes de prospérité, une centaine de séminaristes y étaient formés.

En 1976, à l'arrivée de Germain Ferrier, ils n'étaient plus que quarante-deux. Il était question de les envoyer à Lyon, chez Saint-Irénée. Jeunes gens dégourdis, la chemise flottant sur le jean, que l'on voyait souvent errer à pied ou à bicyclette autour de l'austère demeure. Si certains piétons embarrassaient leur course, ils n'hésitaient pas à leur crier :

— Écarte-toi, pauvre abruti !… T'es sourdingue ? T'entends pas ma sonnette ?

Les Chamaliérois souriaient de leur pétulance. Ils ne demandaient qu'à les conserver. Riche-Lieu avait résisté à deux guerres, à la laïcité, à trois républiques… avec l'aide de saint Georges dont la statue d'andésite perçait le dragon d'une lance dans une niche au-dessus de l'entrée principale. La maison était pleine d'escaliers, de voûtes néogothiques, de pièces nombreuses, vastes, appropriées à leur fonction. Elles comprenaient, par exemple, cinq dortoirs où dormaient les philosophes et les théologiens. Un réfectoire unique pour cent étudiants. Deux amphithéâtres où étaient données des conférences. Un atelier où pouvaient être pratiquées toutes sortes d'artisanats, suivant la recommandation de saint Benoît : *Ora et labora*. Prie et travaille. Partout, accrochés aux murs, le cœur de Jésus, sa Sainte Mère, Joseph et une multitude de saints, de saintes, de bienheureux.

La vie quotidienne était assez monacale. Lever à 5 heures. Toilette. Messe basse dans la chapelle expédiée par l'aumônier Valette. Au réfectoire, le petit-déjeuner consistait généralement en une soupe de pain accompagnée d'un morceau de fromage. Chacun consommait sans prononcer une syllabe sous la surveillance du même aumônier. Ils revêtaient ensuite le scapulaire gris qui leur couvrait les épaules et s'en allaient à l'atelier : menuiserie, ébénisterie, serrurerie, peinture, forge, coutellerie, photographie. Travaux infiniment salutaires pour l'âme : en occupant le corps, ils laissaient à l'esprit le loisir de penser à n'importe quoi, de prier, de méditer, de ne penser à rien du tout.

À midi, une écuellée de potage, une assiettée de légumes accompagnée d'une saucisse, un ou deux fruits, le tout arrosé d'un verre de vin que beaucoup refusaient, ne s'abreuvant que d'eau claire. Venaient ensuite les cours de philosophie ou de théologie. Coucher à 19 heures en hiver, à 20 heures en été après le *Salve Regina* :

Salut ô Reine, Mère de miséricorde,
Douceur de notre vie et notre espérance.
Nous crions vers toi,
Nous, pauvres exilés et fils d'Ève,
En cette vallée de larmes.

En vérité, aucun séminariste ne se sentait exilé en cette vallée de larmes. Chacun aspirait à une profession respectée, pas trop fatigante bien que peu lucrative : celle de curé, ou de chanoine, ou d'archiprêtre et pourquoi pas d'évêque comme Mgr Jasmin de Béraudy. Tous dormaient à poings fermés dans la parfaite sérénité de l'esprit. Le carême n'était pas une période de grande pénitence. Il consistait simplement à se priver de chair ovine, bovine ou porcine, remplacée par le poisson, assaisonné d'un sermon.

Dans leur grande sagesse, les autorités épiscopales permettaient à ces jeunes garçons d'oublier leurs études chaque après-dîner du samedi dans une salle de divertissement, qui était en somme leur cour de récréation, appelée « le défouloir ». Peu y manquaient, sauf s'ils préféraient sortir et se promener à pied ou en bécane. Les sédentaires jouaient aux cartes, aux dominos, aux dames, aux échecs. Sur un tableau noir mis à leur disposition, ils dessinaient des caricatures de leurs profs, affublées de cornes ou d'oreilles d'âne, qu'ils bombardaient ensuite avec des balles de chiffon. Par ces jeux, ils se défoulaient. À l'un des murs était exposée la reproduction d'un mémoire d'un artisan de 1841 chargé de nettoyage et de raccommodage dans une église poitevine. Le détail méritait son affichage :

Pour avoir descendu le grand bon Dieu de dessus l'autel, l'avoir lavé, nettoyé et remonté : 6 francs 10 sous

Pour avoir fait un nouveau râtelier à saint Louis, l'avoir lavé par-devant et par-derrière : 3 francs 10 sous

Pour avoir mis un nouveau bras à saint Étienne, lui avoir blanchi le nez et fourni une calotte pour cacher le trou qu'il avait sur la tête : 3 francs 3 sous

Pour avoir corrigé le Pater Noster, lui avoir fait et fourni une main, un bras et deux pieds : 6 francs

Pour avoir lavé la Sainte Vierge et lui avoir refait un enfant Jésus et un bras gauche : 16 francs

Pour avoir nettoyé et peint saint Jean-Baptiste et son bélier, et planté une corne à la bête côté gauche : 5 francs

Pour avoir remis au Saint-Esprit une queue neuve, et un nouveau chapeau à saint Joseph : 4 francs

Pour avoir enlevé les vieux yeux des douze apôtres et les avoir remplacés par des neufs : 7 francs

Pour avoir peint une ceinture, mis un bras et une

trompette à l'ange qui est au-dessus de la chaire : 6 francs 8 sous

Pour avoir lavé et repeint saint Isidore, sainte Barbe, saint Nicolas et sainte Cécile et leur avoir fourni tout ce qui leur manquait : 19 francs 4 sous

Pour avoir fait un diable tout neuf et l'avoir mis sous les pieds de l'archange saint Michel et les avoir peints tous deux : 24 francs

Pour avoir varlopé les derrières de saint Louis et de Charlemagne qui ne voulaient pas entrer dans leurs niches : 8 francs

Total : 108 francs et 11 sous
Payables à votre convenance.

Ainsi les jeunes séminaristes s'ébaudissaient-ils aux dépens de l'entreprise qui allait fournir leur pain quotidien. Plusieurs ne croyaient pas à la vie éternelle de même que beaucoup de médecins ne croient pas à la médecine, que beaucoup de juges ne croient pas à la justice.

Le père Mègemont avait la charge des deux années de philosophie. Il présentait, expliquait ses philosophes préférés, au premier rang desquels il plaçait le divin Platon. S'en entretenant avec son ami Socrate (qui ne sert guère qu'à transformer en dialogues les monologues du maître), Platon professe, à la différence des mythologues, qu'il est plus facile d'inventer des divinités, construites de bric et de broc, que simplement de connaître les hommes. L'âme humaine, prétend-il, est tombée dans un corps où elle est emprisonnée, où elle se fragmente en diverses portions : l'une réside dans le ventre, une autre dans la poitrine, une troisième dans la tête. Il faut que l'homme soumette la partie sensible (celle du ventre) à la partie courageuse (celle de la poitrine) et celle-ci à la partie raisonnable (celle de la tête). Mieux encore : les trois parties de l'âme doivent s'élever, sur les ailes de l'amour, jusqu'au Dieu unique leur Créateur. Où est sa résidence ? Partout, au plus haut des cieux. Aucun poète ne l'a chantée dignement, ne la chantera jamais. Platon condamne beaucoup de monde : les indignes philosophes, bavards incorrigibles. À voir chacun, ne dirait-on pas un forgeron chauve et malingre qui vient de prendre un bain et s'est vêtu d'un manteau neuf pour épouser la fille de son maître ? Il condamne aussi les poètes parce que la poésie invente des balivernes. Les cuisiniers qui ne sont bons qu'à fréquenter les porcs. Les capitaines qui utilisent la géométrie pour installer leurs campements et s'emparer des places fortes. Ceux qui pratiquent régulièrement l'amour d'Aphrodite, le plus délirant, alors que l'amant véritable, embrasé pour une personne, doit s'attacher à elle comme un fils à sa mère, sans pousser autrement leur relation ; sinon, il court le risque d'être étranger aux Muses et de ne pas connaître la véritable beauté.

Accessoirement, il conseille de pratiquer la musique et la gymnastique, l'astronomie et la géométrie pacifique qui tire l'âme vers la vérité, l'oriente vers le haut et non point vers le bas.

Germain Ferrier se frotta par devoir à Aristote dont il lut quelques pensées : « L'espérance est le songe d'un homme éveillé… La vertu est au milieu des extrêmes… Le sage poursuit l'absence de douleur et non pas le plaisir. » Le père Mègemont insista sur une de ses erreurs : la nature aurait horreur du vide. Le baromètre à mercure prouve le contraire.

Que penser de saint Laurent qui sut plaisanter au bord de son supplice ? L'empereur Valérien avait décidé de confisquer les biens des chrétiens jusqu'au moindre denier. Laurent arrive le lendemain avec une kyrielle de misérables, vieilles gens, mendiants, veuves, orphelins, gueuserie de toute espèce.

— Voilà, dit-il, les trésors de l'Église que je vous avais promis.

Valérien entra en fureur, ordonna qu'on dépouillât Laurent de ses frusques, le fit fouetter jusqu'au sang. Puis on l'attacha sur un gril de fer qu'un brasier chauffait par-dessous. Il nargua le bourreau, disant :

— Tu m'as fait cuire d'un côté. Retourne-moi de l'autre pour que je sois bien à point.

Ce supplice lui valut d'être choisi pour saint patron par les rôtisseurs. Germain Ferrier se proposa Laurent pour modèle, comme Laurent s'était proposé les plus misérables.

Après Platon et Aristote, Montaigne était le plus souvent présenté par le père Mègemont. L'auteur des *Essais* condamne ceux qui prient mécaniquement de la main et des lèvres, sans participation du cœur. Il déteste voir certains « croyants » faire trois signes de croix au bénédicité, autant aux grâces – alors que lui-même est très attaché à ces rites, même quand il bâille – tandis qu'aux autres heures du jour, ces pieuses personnes sont tout occupées de haine, d'avarice, d'injustice. Il en tire cette règle qu'il ne faut point faire de tels mélanges : « Aux vices leurs heures, ses heures à Dieu comme par compensation. Que les malfaisants aillent ensuite s'en confesser. »

Parmi toutes les erreurs que commettent ces tristes individus, une est essentielle : la crainte de la mort. Mais si elle nous effraie en permanence, comment nous est-il possible de faire un pas sans fièvre ? Le remède du vulgaire est de n'y point penser. Ou de se donner encore vingt, trente ou quarante ans à vivre pour atteindre Mathusalem. En fait, la mort est l'origine d'une autre vie : l'éternité. Celui qui a bien rempli sa vie terrestre a longtemps vécu. Tant pis pour celui qui l'a gaspillée.

Souvent la mort est précédée de souffrances épouvantables. Si le corps se soulage en se plaignant, qu'il le fasse. Si l'agitation lui convient, qu'il se tourneboule et tracasse à sa fantaisie. Qu'il se garde seulement de gémir et de brailler. Pour sa part, Montaigne est tout disposé à croire en Jésus-Christ et en sa religion jusqu'au bûcher, le bûcher non compris.

Tout en s'en moquant, il admet vingt sortes de croyances ou superstitions qui encombrent l'esprit. Il raconte l'histoire de ces trois farceurs, à deux lieues de sa propre maison, qui se cachaient la nuit sous l'autel de l'église pour lancer le lendemain d'abracadabrantes prophéties.

Où est la vérité dans les diverses opinions religieuses qui se combattent ? Que chacun fasse son choix par les meilleures consolations qui en dérivent, même s'il est seul à y croire. C'est une erreur très dangereuse que de prétendre trouver une vérité dans la multitude des croyants, « en une presse où les fols surpassent en nombre les sages ». Les choses se passent ainsi : une pensée saisit un simple, puis dix simples, puis cent, puis elle s'élève jusqu'aux habiles qui l'acceptent sous l'autorité du nombre et de son ancienneté. Pour illustrer ce cheminement, le père Mègemont présenta le cas de *padre* Pio. Ce franciscain italien qui faisait des miracles aussi quotidiennement qu'un pâtissier fait des croissants. Il obtint le premier en 1917 lorsque le général Cadorna, tenu pour responsable du désastre de Caporetto, manifesta l'intention de se donner la mort. *Padre* Pio le rencontra, le persuada de n'en rien faire. Cadorna vécut encore onze années et reçut le titre de maréchal. D'autres miracles suivirent. Le pouvoir thaumaturgique du franciscain se répandit dans une grande partie de la chrétienté. On vint de toute l'Europe pour le rencontrer à San Giovanni Rotondo dans les Pouilles. Il fut enfin marqué de stigmates, aux mains et à la poitrine comme saint François d'Assise. À travers ses paumes percées, on pouvait distinguer le ciel et les nuages. À son décès, l'Église le proclama bienheureux, titre qui annonce la sainteté. Toutefois, ayant examiné ses mains et sa poitrine, des médecins sérieux affirmèrent qu'ils n'y voyaient aucune trace de stigmates. Une croyance sans preuve multipliée par cent millions peut être fausse cent millions de fois.

Aux séminaristes clermontois, beaucoup d'autres philosophes furent présentés qui tous, il va de soi, soutenaient la véracité de Jésus et de ses apôtres. Certains, comme Blaise Pascal, dans son fameux pari, prétendaient commercialement qu'il est de notre intérêt d'y croire. « Examinons ce point et disons

Dieu est ou il n'est pas. Mais de quel côté pencherons-nous ? La raison n'y peut rien déterminer : il y a un chaos infini qui nous sépare. Il se joue un jeu à l'extrémité de cette distance infinie, où il arrivera croix ou pile[1]... Ne blâmez donc pas de fausseté ceux qui ont pris un choix, car vous n'en savez rien... Il faut parier : lequel prendrez-vous donc ?... Pesons le gain et la perte... Si vous gagnez, vous gagnez tout ; si vous perdez, vous ne perdez rien. Gagnez donc que Dieu est, sans hésiter. »

Le père Mègemont reprenait le fameux pari en termes plus ordinaires.

— Comparez votre vie à la loterie nationale. Si vous prenez un billet, si vous misez sur elle, vous pouvez gagner une fortune. Si vous misez sur un pruneau, vous ne pourrez gagner qu'un pruneau, c'est-à-dire rien. En un autre endroit, Pascal dit encore : « Abêtissez-vous, et vous croirez. »

Pareillement, Mègemont présentait un Voltaire plein de contradictions. D'une part, il montre la religion liée à la géographie : « J'eusse été près du Gange esclave des faux dieux. Chrétienne dans Paris. Musulmane à Jérusalem. » Ailleurs, le bon sens lui ouvre les yeux : « L'univers m'embarrasse et je ne puis songer/Que cette horloge existe et n'a point d'horloger ». Chez lui, à Ferney, il fait construire une chapelle à son propre usage, signée *Voltaire fecit*, et il a à sa disposition un confesseur particulier tout porté à l'indulgence. Il affirme que si Dieu a créé l'homme

1. Pile ou face.

à son image, nous le lui avons bien rendu, en créant un Dieu infiniment rancunier (voyez le péché originel), porteur d'une longue barbe et vêtu d'une chemise de nuit à toute heure de la journée.

Germain Ferrier s'intéressa médiocrement à ces philosophes peu transparents, ne comprenant pas toujours leurs doctrines et leurs contradictions. Il s'éprit davantage de François de Sales et de ses conseils : « Comment il faut conserver la bonne renommée en pratiquant l'humilité. De la douceur envers le prochain et du remède contre la colère. Des amourettes. Des jeux défendus. Comment il faut pratiquer la pauvreté en demeurant néanmoins riche si possible. Afin de préserver l'honnêteté du lit nuptial, suivre l'exemple de l'éléphant, qui n'est qu'une grosse bête, mais la plus digne qui vive sur la terre, qui n'a qu'une femelle et aime tendrement celle qu'il a choisie ; avec laquelle il ne s'accouple que tous les trois ans et pendant chaque fois seulement cinq jours. »

Le plus transparent de tous était François d'Assise. À son frère Léon, François enseigna en quoi consiste la félicité parfaite. « Si un pauvre moine frappe à la porte d'un couvent et si le portier refuse de le recevoir, le rejette, l'injurie, le couvre de coups de poing et de bâton, si le moine reçoit ces épreuves en bénissant celui qui le frappe, là est pour lui la félicité parfaite. » Fils d'un riche bourgeois, il se dépouilla de cet héritage encombrant, se mit tout nu devant l'évêque d'Assise et rendit à son père les vêtements qu'il portait. L'évêque emprunta le manteau de son jardinier et en couvrit François qui traça dessus une croix à la craie et s'éloigna en chantant. Il rencontra un jour un oiseleur qui portait des tourterelles au marché. Il le supplia de les lui donner. François les reçut dans son sein et leur parla doucement : « Ô mes sœurs tourterelles ! Pourquoi, comme dans un nid, vous êtes-vous laissé prendre ? Mais je veux vous sauver de la mort et vous construire une cachette afin que vous puissiez vous fructifier et vous multiplier selon le commandement de votre Créateur ! » Puis il les laissa s'envoler, elles dessinèrent une croix dans le ciel. François fut le premier des écologistes et fut choisi par l'Italie comme saint patron.

Ferrier s'intéressa moins à Benoît-Joseph Labre, disciple du précédent, qui vivait dans la solitude. Il la chercha toujours, la trouva sur les routes, hirsute, vêtu de haillons, grouillant de vermine, ne se souciant ni du vivre ni du couvert. Muni d'une écuelle de bois et toujours le dernier de la file, il allait recevoir à la porte des couvents, chaque jour, la portion des pauvres qu'on y distribuait. Il dormait sous une meule de foin, au creux d'un fossé. Un jour qu'un passant venait de lui faire l'aumône d'un denier de bronze, il le donna à un autre pauvre. Le passant crut voir dans ce geste une marque de mépris et il en fut tellement irrité qu'il le frappa de sa canne : « Croyais-tu donc que j'allais te donner un sequin ? » Labre reçut ces coups sans se plaindre et il connut, comme le proposait son maître, une heure de parfaite félicité.

Germain sortait de ces leçons éberlué, n'en comprenant que le quart de la moitié. En tenue profane, il se promenait dans Clermont ou Chamalières. Il regardait au loin les deux flèches de la cathédrale ;

le vide qui les séparait formait un V majuscule. Il y eut naguère un acrobate qui commit l'exploit d'en faire l'ascension. Une foule énorme l'admirait de la place de la Victoire. Quand il redescendit, la police lui mit la main au collet. On reconnut en lui un assassin recherché depuis longtemps. Après quelques formalités, on lui coupa le cou. Il ne faut pas toujours regarder vers le haut.

Ces promenades l'amenaient à réfléchir, à remuer dans sa tête des pensées contradictoires. Pourquoi le mal est-il si répandu dans l'univers, plus visible que le bien ? Pauvreté, famine, violence, épidémies, inondations, tremblements de terre, éruptions volcaniques… Ces mystères l'empêchaient de dormir. Dans sa cellule de Riche-Lieu, que d'interrogations recevait son polochon !

3

De temps en temps, Germain enfourchait sa bécane et pédalait jusqu'à Mondeviolle pour rendre visite à ce qui lui restait de famille. Richard et sa Sénégalaise avaient produit deux jolis enfants qui riaient du matin au soir en découvrant des dents blanches comme des dominos. On ne pouvait les dire chocolat comme leur mère ; un peu moins foncés qu'elle, ils étaient caramel.

Valentine habitait toujours le Larzac. Elle en écrivait des nouvelles et se sentait une âme de Jeanne Hachette. À partir de 1971, une nouvelle tactique avait été employée : l'occupation par les éleveurs ovins des fermes achetées par l'armée, mais encore inhabitées. Dans cette guérilla, chaque partie avait ses armes : d'un côté l'expulsion, la destruction des bâtiments, les fils de fer barbelés ; de l'autre, des chèvres, des moutons, des femmes, des enfants, les charrues qui labouraient les terrains militaires, la bénédiction des prêtres, la non-violence. Une université populaire fut installée à la ferme de Montredon. On y apprenait l'histoire des « fous de Dieu », des huguenots résistants des Cévennes, la cuisine, les danses, la musique aveyronnaises. Les affrontements devinrent parfois directs. Les défenseurs du plateau mirent leurs tombereaux, leurs charrettes devant la gueule des canons et les empêchèrent de tirer. Les tracteurs en convois barrèrent les routes. À Millau, le 92e régiment d'infanterie de Clermont-Ferrand, en pleine débandade, dut défiler sur les trottoirs.

Au récit de cette résistance, grand-mère Alice, la veuve du malheureux Annet, applaudissait à pleines mains, répétant les mots qu'avait prononcés à Verdun un certain maréchal :

— On les aura ! On les aura !

Germain Ferrier entra dans la première année de théologie et d'apologétique confiée au père Vrance. Elle avait pour but et pour premier chapitre celui de la certitude. Certitude d'abord de l'existence de Dieu qui est le fondement de toute religion. Cette existence est-elle démontrable ? Elle l'est par l'existence du monde. C'est l'argument avancé par Voltaire de l'horloge et de l'horloger. Réfutation : le monde, ou plus exactement la matière qui l'a formé, a toujours existé, affirment les matérialistes, rien ne se perd, rien ne se crée, tout se transforme. Contre-réfutation : c'est là une pure hypothèse ; l'indestructibilité de la matière ne prouve pas son éternité. Contre-contre-réfutation : Dieu aussi est une hypothèse.

Opinion de Iouri Gagarine, le premier homme qui a rendu à l'espace une courte visite :

— Je n'ai pas vu Dieu là-haut. Il n'existe pas.

Réponse du chanoine Kir, maire et député de Dijon, non répétée par le père Vrance :

— Et mon cul, l'a-t-il vu ?… Pourtant je pourrai quand il voudra lui prouver qu'il existe.

Seconde preuve d'existence de Dieu : l'ordre du monde. Il nous apparaît comme un vaste système parfaitement ordonné, où tout est à sa place comme l'a voulu le Créateur. Scrutez l'immense profondeur des cieux et vous resterez muet devant le spectacle qui s'offre à votre regard. Votre étonnement grandira quand l'astronome vous aura appris que ces astres innombrables, situés à d'énormes distances de notre planète, se déplacent à des vitesses vertigineuses, avec une régularité qui nous permet de déterminer quand l'astre se lève et quand il se couche, en ne produisant que de très rares accidents de parcours.

Réfutation : plusieurs se sont heurtés en effet ; d'autres menacent de le faire. Cet ordre vrai ou faux est le fruit du hasard, affirment Démocrite, Épicure et Lucrèce. Le résultat des innombrables combinaisons par lesquelles l'univers est passé. Obéissant à des forces aveugles, inconscientes et fatales, les atomes dispersés dans l'espace se sont rencontrés, se sont accrochés, donnant des milliards et des milliards de produits durables ou éphémères, insectes, oiseaux, poissons, plantes, « homoïdes ». Les durables ont persisté, ont évolué ; les autres ont disparu. La variété infinie des résultats s'explique par l'évolution de Charles Darwin.

Selon le déroulement des jours et des saisons, les séminaristes de Riche-Lieu recevaient, apprenaient, assimilaient les preuves de l'existence de Dieu. L'argument de saint Anselme : « L'homme de bonne volonté conçoit Dieu comme un être muni de toutes les perfections. Donc Dieu existe nécessairement, faute de quoi il ne serait point parfait. » L'argument de Descartes : « Je conçois l'idée d'un être parfait. Cette conception ne peut naître de moi-même car je me sens plein de bornes et d'imperfections. Elle ne peut me venir que d'un être infini et parfait qui l'a mise en moi comme la marque de l'ouvrier sur son ouvrage. » L'argument de Bossuet : « Pourquoi l'être à qui rien ne manque n'existerait-il pas, puisque l'être existe à qui manquent tant de choses ? »

— Compris ? Pas compris ? demandait le père Vrance. Je vois qu'il faut que je recommence.

Il recommençait. Le soir, après complies et avant de s'endormir, Germain demandait à Dieu :

— Seigneur, pardonnez-moi d'être si obtus. Je n'entends rien aux discours du père. J'ai l'impression de rouler sur une bécane boiteuse. Je crains de me casser la figure.

— Il n'est pas nécessaire que tu entendes tous ces discours. Tu ne te casseras point la figure si ta bécane a deux roues : l'amour et l'humilité.

— Quel amour, Seigneur ? Vous savez bien qu'on m'a mutilé !

— L'amour de tous tes frères, les blancs, les noirs, les jaunes, les musulmans, les huguenots, les déistes, les animistes, les athées, les sourds, les aveugles. Ils sont tous mes créatures. Quant à l'humilité – le mot vient du latin *humus* qui désigne la terre – je crois qu'elle te convient bien. Tu viens de la terre. Tu y retourneras le moment venu.

Ayant démontré l'existence de Dieu, réfuté l'éternité de la matière et de l'énergie, le père Vrance s'en prit à l'origine de la vie et tourna en ridicule ceux qui croyaient à la génération spontanée. Notamment ce célèbre chimiste français et son expérience du chapeau. Il avait laissé dans une pièce absolument hermétique son chapeau gibus où dormaient quelques grains de blé. Pendant huit jours, le chapeau était demeuré stérile. Au bout desquels, il y avait trouvé une minuscule souris. Sa conclusion : inspirée par les grains de froment, la souris était née sans papa ni maman. Pur exemple de génération spontanée. Tous les membres de l'Institut en rirent à gorges déployées. Réfutation du père : la souris est une créature de Dieu de même que les autres créatures vivantes. Elle ne peut naître sans papa ni maman. Si ses parents n'étaient pas dans le chapeau, c'est qu'ils étaient ailleurs. La souris a senti de loin l'odeur du blé, elle a quitté le domicile familial et utilisé un trou de souris.

Question accessoire : les souris ont-elles une âme comme nous ?

Réponse : il est possible que Dieu leur ait donné une âme minuscule, qui disparaît avec elles. On ne peut imaginer un paradis habité par des milliards d'âmes animales aux côtés des âmes humaines. Dieu a simplement créé les animaux pour que les hommes s'en servent dans leurs travaux ou s'en nourrissent.

— Pour leur apporter aussi leur affection, grommela Germain, en songeant au chien Victor décédé sur la tombe de son maître.

Vint l'importante confrontation du catholicisme et des « fausses religions » que le père Vrance démolit avec une criante partialité. Il s'en prit d'abord au paganisme, créateur de dieux multiples et concurrents, paillards, ivrognes, violents, assassins. Souvent monstrueux, pourvus de plusieurs têtes ou de bras innombrables. Les Égyptiens adoraient des êtres hybrides, quoique merveilleusement représentés, corps d'homme ou de femme, tête de faucon. Une chatte fut même proclamée déesse.

Vint ensuite le bouddhisme des peuples orientaux. Il conçoit la métempsycose. À la mort d'un homme, son âme passe dans le corps d'un animal ou d'un monstre suivant ses vertus. Bien que la morale de cette doctrine contienne de sages préceptes contre les passions, elle est muette sur le devoir de charité cher aux chrétiens. « Ne mangez pas trop, nourrissez-vous d'herbes et de fruits sauvages, ne pratiquez pas trop les plaisirs de la chair », recommanda le fondateur, Bouddha. Il n'empêche qu'il mourut à quatre-vingts ans d'une indigestion. Le Tibet possède des bouddhas vivants, aux ordres d'un dalaï-lama qui consacre sa vie à la contemplation, à la mendicité, à ne rien faire de ses doigts. Leur morale n'interdit ni le divorce ni la polygamie. Ils préparent leur élévation vers le nirvana, le bonheur éternel, sans se soucier des autres hommes.

Le père cribla de flèches les réformés ou huguenots, leur reprochant essentiellement de ne pas reconnaître le pape, successeur à Rome de saint Pierre, comme souverain directeur du christianisme, oubliant le propos de Jésus : « Tu es Pierre, et sur cette pierre je bâtirai ma maison. » Après ce péché mortel, ils en commettent de véniels : leurs pasteurs ont le droit de se marier et d'avoir des enfants, ce qui les retient de consacrer toutes leurs pensées, toutes leurs activités à la seule religion qu'ils enseignent. Pendant leurs cultes, ils communient sous les deux espèces ; le calice passe d'une bouche à l'autre ; ils recommandent aux communiantes de ne pas se farder les lèvres, ou bien d'employer le *rouge baiser*. Les Anglais ont remplacé le souverain pontife par leur roi ou leur reine. Les Américains se sont divisés en une multitude de sectes plus ou moins originales. Certaines interdisent à leurs adhérents de porter le chapeau ; d'autres au contraire l'imposent.

Pour finir, Vrance combattit l'islamisme, la religion la plus dangereuse par le nombre de ses croyants, souvent fanatiques. Son fondateur, Mahomet, naquit en 570 après J.-C., à La Mecque. Il fut d'abord commerçant, épousa une riche veuve, Khadidja, bien qu'elle eût quarante ans et lui vingt-cinq. Elle lui donna quand même quatre filles et quatre fils ; ces derniers moururent tous en bas âge. Vers la trentaine, il commença à se préoccuper de religion et se livra à de longues méditations. C'est alors que, dans une caverne, il eut la vision de Djibraïl, l'archange Gabriel. Celui-ci le proclama prophète, le prit dans ses bras et imprima sur son corps nu le texte de l'*Alcoran* (le Livre) composé de cent quarante-quatre chapitres, sourates, écrits en prose rimée. La plupart n'expriment que l'adoration due à Allah. Quelques-uns soulignent même la parenté de la religion musulmane, de la chrétienne et de la judaïque. « De tous les hommes, je suis le plus proche de Jésus, fils de Marie, en ce monde et je le serai dans l'autre. Mais si certains s'opposent d'une manière ou d'une autre au culte d'Allah, déclenchez contre eux le *djihad*, la guerre sainte. Tuez-les là où vous les rencontrerez, expulsez-les d'où ils vous auront expulsés. Si l'ennemi vous offre la paix, acceptez-la. Celui qui pardonne à son ennemi trouve sa récompense en Allah, car en vérité Allah n'aime pas les méchants. Quiconque tuerait une personne innocente sera jugé comme s'il avait tué tous les hommes de la terre. » Si une fille musulmane commet le péché d'amour avec un jeune chrétien, elle mérite la mort par lapidation. Si des ouvriers sans religion, mais un peu farceurs, poussent un camarade musulman à manger avec eux du saucisson, par gourmandise, lui aussi mérite la mort.

— Quel est le plus horrible des péchés, demandait le père Vrance, le péché d'amour ou l'infanticide ?

Il égratigna faiblement la religion des Juifs dont l'Ancien Testament, leur livre sacré, annonce et complète le Nouveau.

— Il faut que nous nous esclaffions ensemble de leur ancienne coutume du bouc émissaire. Ils célébraient chaque année la fête des Expiations qui consistait à se purifier collectivement de leurs péchés. Leur grand prêtre saisissait un bouc sur la tête duquel il étendait ses mains, le chargeant de toutes les iniquités du peuple juif. La bête était ensuite tirée au plus sec du désert où elle mourait de soif et de honte. Très drôle, n'est-ce pas ? Rions ensemble, ah ! ah ! ah !

— Jésus de Nazareth lui-même était cependant Juif de naissance et il mourut en Juif, condamné par le Sanhédrin. Entre la religion juive et la chrétienne, une différence essentielle : eux attendent le Messie, nous le voyons en Jésus-Christ, Sauveur des baptisés.

— De quoi nous a-t-il sauvés au juste ? demanda Germain innocemment.

— De l'enfer.

— Et si l'enfer n'existe pas ? Et le diable non plus ?

— Quelle idée absurde et sacrilège !

Germain n'osa répéter au père l'histoire du diable marchand de cochons que racontait grand-mère Sidonie. Il était une fois un petit garçon, Joselou, occupé à garder un troupeau d'habillés de soie. Une vingtaine. Passe un boucher avec sa grande carriole. Il propose au gamin de lui acheter ses bêtes.

— Elles ne sont pas miennes, mais à mon maître, le diable en personne.

— Est-ce qu'il te traite bien ?

— Il me traite très mal.

— Je te propose une affaire : je t'achète tes porcs, je te les paye, tu diras au diable, ton maître, qu'on te les a volés.

— Il m'a menacé que, lorsqu'il reviendrait, il me tannerait les côtes s'il lui manquait une seule queue de cochon.

— Je vais remédier à ça.

Le boucher coupe la queue des vingt cochons, monte les équeutés dans sa bétaillère et va planter toutes ces queues dans une *sagne*, un marécage des environs. Sortant de la surface humide, elles forment un curieux champ de tire-bouchons.

— Tu raconteras à ton maître que les habillés de soie t'ont échappé et qu'ils se sont tous enfoncés dans la sagne.

Il s'en va. Le diable revient.

— Où sont mes cochons ?

— Ils m'ont échappé. Ils se sont tous enfoncés dans la sagne. Voyez leurs queues.

Le diable s'y précipite. Il tire une queue. Elle lui reste entre les mains. Il en tire une deuxième. Même chose. Une troisième. Même résultat. À la vingtième, il sort du marécage, tout boueux, tout furieux.

— Vous n'avez pas à vous plaindre, dit Joselou. Il ne vous manque pas une seule queue !

Germain Ferrier sortait tout étourdi des leçons d'apologétique. Heureusement, dans ses conciliabules nocturnes, le Seigneur le maintenait en équilibre d'une seule main sur les deux roues de sa bicyclette.

4

En 1981, le grand séminaire de Riche-Lieu procéda à l'ordination de trois nouveaux prêtres. Puis il ferma ses portes, faute d'effectifs suffisants. Ses derniers élèves durent aller terminer leurs études à Lyon, au séminaire Saint-Irénée. Germain Ferrier fut un des trois privilégiés. Ils bénéficièrent l'un après l'autre du même dimanche ordinatoire.

Dans son lit étroit, il resta toute la nuit précédente les yeux fermés, les mains jointes, se demandant s'il aurait vraiment la force et la constance d'exercer la fonction ecclésiastique. « Célébrer la messe ne signifie rien, pensait-il. Baptiser, communier, marier, enterrer signifient moins encore. Qu'attendront de moi ceux qu'on appellera mes ouailles, c'est-à-dire mes brebis ? J'aurai affaire à des riches, à des pauvres, à des misérables. À chacun son dû, son espérance. Saurai-je les satisfaire ? Saurai-je les guider chrétiennement ? »

Après son lever, il vomit le café qu'il avait bu. « Mais qui suis-je ? Berger, qui me guidera ? » Il suivit les pas de ses deux jeunes confrères.

La cérémonie était prévue dans l'église de Chamalières. Curieux édifice romano-gothique surmonté d'un clocher octogone. Mais le temple le plus respecté de cette ville bourgeoise est l'immeuble édifié de briques rouges où sont imprimés et signés les billets de la Banque de France et ceux de plusieurs banques étrangères. De temps en temps, on y brûle les billets démonétisés dans des fours crématoires spécialement conçus. L'odeur de leur combustion rappelle celle du bois punais. L'argent a une odeur.

Les familles des ordinands étaient invitées à la cérémonie. Avec une immense émotion, Germain y vit venir sa grand-tante Méline, marchant entre deux cannes, sa mère Alice, son frère Richard, sa belle-sœur chocolat et ses neveux caramel. Et même sa sœur Valentine montée de l'Aveyron. Ses parents furent, par les soins du sacristain chamaliérois, installés aux premiers rangs de l'assistance, juste derrière les trois ordinands revêtus de l'aube, ceinturés du cordon. L'atmosphère était embaumée par la fumée de l'encensoir d'argent que le thuriféraire balançait. C'était un autre parfum que celui des billets consumés ! L'église était pleine de Chamaliérois et de Clermontois venus par curiosité assister au spectacle d'une triple ordination.

Une sonnette carillonna. Chacun se mit debout. On vit sortir des coulisses l'évêque de Clermont, Mgr Jasmin de Béraudy, coiffé de sa mitre, porteur de sa crosse. Il prit place sur un fauteuil en avant de l'autel, tout le monde se rassit. Il couvrit ses genoux du grémial de toile brodée. Alors commença, par le supérieur du séminaire, la présentation de chaque ordinand. En commençant par le plus âgé :

— J'appelle Germain Ferrier.

Et Germain se levant :

— Me voici.

Il s'avança vers l'évêque, le salua en s'inclinant. Le supérieur reprit :

— La Sainte Église vous présente son fils Germain Ferrier et demande que vous l'ordonniez prêtre.

Et l'évêque de s'enquérir :

— Savez-vous s'il a les aptitudes indispensables ?

— Les chrétiens qui le connaissent ont été consultés et ont donné un avis favorable. Aussi j'atteste qu'il est digne d'être ordonné.

— Avec l'aide du Seigneur Jésus-Christ, notre Dieu et notre Sauveur, nous le choisissons donc comme prêtre. Fils bien-aimé, il convient que vous déclariez devant cette assemblée votre intention de recevoir cette charge.

— Oui, je le veux.

— Entendez-vous célébrer avec foi les mystères du Christ selon la tradition de l'Église, pour la louange de Dieu et la sanctification du peuple chrétien ?

— Oui, je le veux, avec la grâce de Dieu.

L'ordinand s'approcha de l'évêque pour placer ses mains jointes entre les siennes.

— Promettez-vous de vivre en communion avec votre évêque dans le respect et l'obéissance ?

— Je le promets.

— Que Dieu lui-même achève en vous ce qu'il a commencé. Demandons-lui de répandre sur Germain Ferrier les dons de son Esprit.

L'ordinand se prosterna devant lui, à plat ventre sur le dallage nu, les bras en croix, tandis que tous les présents chantaient *Veni Creator Spiritu*... « Viens, Esprit Créateur. Pénètre la pensée de ceux qui t'appartiennent. Comble de ta grâce suprême les cœurs que tu as créés… » Les chantres commencèrent alors les litanies, priant Marie et une multitude de saints et de saintes de s'unir pour protéger le nouveau prêtre. Il le devint réellement lorsque monseigneur imposa sa main sur la tête de l'ordinand agenouillé ; lorsque, ensuite, il oignit ses paumes du Saint Chrême, mélange d'huile d'olive (symbole de force) et de baume (symbole de douceur) ; lorsqu'il le revêtit de l'étole et de la chasuble en proclamant :

— Tu es prêtre à jamais, selon l'ordre de Melchisédech !

(Qui était Melchisédech ? Les ordinands en avaient été informés. Ce roi juif et prêtre du Dieu Très-Haut vint au-devant d'Abraham, lui offrit le pain et le vin. En compensation, Abraham lui donna la dîme sur toutes les récoltes. Ce qui, aux temps ultérieurs, conférait aux prêtres de Jésus le droit d'être nourris par les fidèles.)

Enfin, il lui confia le pain sur la patène et le vin dans une coupe. Les deux autres ordinands subirent les mêmes épreuves. Au terme de cette interminable cérémonie, la messe fut célébrée par l'évêque et par les nouveaux prêtres.

Toute la famille Ferrier regagna Mondeviolle autour du nouveau curé. Celui-ci en soutane, bénissant à tour de bras le long du chemin ceux qui se présentaient. Les garçons avec qui il avait jadis joué aux gobilles dans la cour de récréation, le cafetier disposant des parasols, le facteur sur sa bécane. Le paysage profita de ses bénédictions, et aussi l'étang et ses roseaux, les étables où l'on entendait ruminer les ruminants, les champs et les prés. Donnant le bras à grand-tante Méline, il poussa la porte non fermée à clé où résidaient les Ferrier depuis cinq générations et il en bénit le seuil très usé, frotté par tant de semelles, qu'avait franchi son père d'un pas tranquille pendant soixante-neuf ans. Les anciens répandaient du sel sur le seuil de leurs maisons comme une offrande aux dieux. Il embrassa Jeannette, sa marraine impotente :

— Mon *filhat* ! Est-ce bien toi ?

— Je suis prêtre maintenant, curé, si tu préfères. Je n'ai pas encore de paroisse. L'évêque m'en donnera une.

— Pas possible ! Comment as-tu fait ?

— On m'a formé pendant cinq ans.

— De ce garçon !

Il ajouta en se mordant les lèvres pour ne pas rire :

— Si tu veux, marraine, je pourrai maintenant t'entendre en confession.

— En confession ? Oh non ! Pas toi ! J'ai commis tant de péchés, des petits et des gros, que je n'oserais pas te les dire.

— Il vaut mieux, en effet, que tu t'adresses à quelqu'un d'autre.

Il monta dans sa chambre, ouvrit la fenêtre, regarda le jardin où les pissenlits et les doucettes poussaient librement entre les lignes de topinambours. Il se rappela les années où il piochait la terre avec une sorte de dévotion parce qu'elle nourrit les plantes, les animaux, les hommes. « En attendant ma paroisse, se dit-il, il faudra que je m'y remette. J'ai divorcé du phosphate, mais pas du tchernoziom. » La Limagne – terre de limon – s'en allait très loin vers l'Allier peuplé de saumons, qui serpentait comme un ivrogne pour abreuver des villages viticoles, Pont-du-Château, Layat, Joze, Tissonnières, Bassinet, Pont-Picot, Luzillat, Charnat, La Jonchère, Limons. Les riverains avaient construit jadis leurs demeures en galets de rivière noyés dans la terre sèche. Devant les portes, il aperçut des vanniers ou des rempailleurs de chaises. Lorsqu'il vit l'horizon rougir, il redescendit. Sa belle-sœur et Valentine préparaient la soupe familiale.

— Me voici, répéta-t-il comme devant l'évêque.

— Tu t'es un peu reposé ?

— J'ai dit au revoir à la terre d'ici.

— Tu la retrouveras aussi souvent qu'il te plaira.

— J'en emporterai un peu sous mes semelles.

Un peu plus tard, Marie mit la soupière au milieu de la table. Il en sortait une vapeur parfumée aux choux et aux raves dont toutes les narines déjà palpitaient. Les convives allaient prendre place sur leurs chaises ou sur leurs bancs lorsque le nouveau prêtre, agenouillé contre une chaise retournée, les retint :

— Faites-moi la grâce de répéter après moi le bénédicité tout entier. Bénissez Seigneur, cette nourriture que nous devons à votre aimable Providence…

— … cette nourriture que nous devons à votre aimable Providence…

— Et faites-nous la grâce de n'user de vos dons…

— Et faites-nous la grâce de n'user de vos dons…

— … que pour votre gloire et pour notre salut. Ainsi soit-il.

— … que pour votre gloire et pour notre salut. Ainsi soit-il.

Chaque présent répéta, bredouillant quelque peu, les paroles sacrées sans bien comprendre ce qu'elles signifiaient. Chez les voisins de Mondeviolle, oublieux des anciens rites, le bénédicité se résumait maintenant à des traductions familières : « On démarre ! » Ou bien : « À table, Tribunal de Dieu ! »

Au cours du repas, Germain demanda aux enfants caramel ce qu'ils apprenaient à l'école d'Orléat. Ils y étaient confiés à une institutrice qui portait l'étrange nom de Mlle Désarménien. Originaire sans doute de l'Arménie où l'on fabrique du papier parfumé. Quand on en brûle un morceau, il chasse les mauvaises odeurs et les mauvaises pensées.

— Qu'apprenez-vous en ce moment ?

— Maître corbeau sur un arbre perché.

Tante Méline, pas au courant, demanda ce qu'était « un arbre perché ». Olive la renseigna.

Après ces bavardages, on alla se coucher. S'étant déshabillé, Germain ouvrit son bréviaire où il trouva et prononça la prière nocturnale interrogative : « As-tu remercié Dieu de t'avoir éloigné des préoccupations terrestres afin de te consacrer uniquement à son service ? As-tu songé à te préserver des inclinations déréglées ? Mon Dieu, gardez-moi de tout péché durant cette nuit, de tout rêve impudique. Ainsi soit-il. » Malgré cette prière, il arrivait à son esprit pendant le sommeil de secréter des images immodestes, inspirées par le diable. Il en éprouvait une telle secousse qu'elle le réveillait. Il se giflait le front et les tempes, s'enfonçait la tête au plus profond de son oreiller, essayait de se rendormir. Il n'y parvenait pas toujours. Il ouvrait les yeux avant le chant des coqs.

Il resta plusieurs jours en compagnie de sa famille. Protégeant sa soutane d'un tablier bleu, il aidait son frère dans les travaux agricoles, sans prendre garde aux phosphates. Quelques habitants de Mondeviolle, incroyants et malveillants, détournaient la tête à leur rencontre, disant :

— Je te saluerai quand tu t'habilleras en homme.

Il suivit leur suggestion et renonça à la robe.

5

Le 11 novembre, jour de la Saint-Martin, était la date traditionnelle où les métayers changeaient de métairie, où les fermiers changeaient de ferme, parce qu'elle marquait la fin des moissons et des vendanges. Elle amenait généralement quatre ou cinq jours de beau temps, appelés l'été de la Saint-Martin. En Amérique, on dit l'été indien. Beaucoup de grandes foires se tenaient le 11 novembre. L'armistice de 1918 n'était point parvenu à les faire oublier. Trois cents communes portent chez nous le nom de ce saint qui, d'un coup d'épée, partagea son manteau avec un misérable. C'est sans doute pour toutes ces raisons que l'abbé Ferrier reçut en 1981 une lettre de l'évêché le nommant, en remplacement de l'abbé Coustignol, curé de la paroisse de Montvianeix, nichée parmi les monts du Forez, aux confins du Puy-de-Dôme et de la Loire. Couverts de bois épais qui s'enracinent dans le granit hercynien, plusieurs de ces sommets atteignent ou dépassent en altitude le vieux puy : la Pirouse, 1 347 mètres ; le puy Gros, 1 434 mètres ; Pierre-sur-Haute : 1 674 mètres. Un monastère s'était établi au milieu de ce désert vert, l'Hermitage, consacré à la Mère de Jésus. Des retraitants venaient y partager quelques jours ou quelques semaines la vie monastique. Autour de Noirétable, des brodeuses, les grenadières, tricotaient à domicile les grenades des gendarmes et les habits des académiciens. Plus au sud, autour de Saint-Germain-l'Herm, des piocheurs fouillaient la roche pour en extraire l'améthyste que les tailleurs de Royat disposaient sur des bagues épiscopales ; elles protégeaient de l'ivresse leurs propriétaires. Cet esprit d'extrême piété se voit partout dans la population livradoise. Notamment chez ses *menettes*, ces bigotes aux gants de fil noir qui s'introduisent dans les églises avec la même discrétion que si elles allaient pécher. Et il s'entend par l'interminable olifant de fer, sorte de trompe marine dans laquelle souffle le sacristain d'Ambert pour appeler aux offices durant le temps pascal, quand les cloches sont à Rome. Cette piété explique encore l'ouvrage que pratiquaient alors les bergères. Tout en surveillant leurs chèvres, elles fabriquaient des chapelets qui honoraient tous les habitants du ciel. À l'usage des mahométans, formés de 99 grains représentant les 99 qualités d'Allah. Des brahmaniques, des hindous, des fétichistes, dans ces cas chargés d'amulettes. Des catholiques aussi naturellement : sur les gros grains on récite l'*Oraison dominicale*, sur les petits l'*Ave Maria*. Ces grains étaient faits de bois tourné et creusé, d'os, d'ivoire, d'ambre, de jais ou d'azédarac, un arbre cultivé en Orient et qu'on nomme là-bas « arbre à chapelets ». Ils portaient alors de jolies appellations : rocailles de Venise, larmes de Job, perles de la nuit. Mais quelques-uns, à cause de leur trou obturé, se méritaient le nom patois de *tcheü boutsa* (culs bouchés). Les bergères réunissaient cette grenaille au moyen d'une pince coupante et d'un fil d'archal. Les chapelets d'Ambert étaient à l'image de la foi auvergnate, naïve mais honnête. Les bergères y comptaient soigneusement les *Je vous salue* afin que la Sainte Vierge ne fût pas lésée d'un seul. Les bons comptes font les bons amis.

En 1912, s'estimant dérisoirement rétribuées, les chapeletières lancèrent une grève implacable qui dura six mois et priva la France catholique de chapelets en pleine saison des grands pèlerinages. Comble de l'abomination, certaines brandissaient des drapeaux rouges ! Lourdes, Le Puy, Paray-le-Monial, Saintes-Maries-de-la-Mer lancèrent des appels au secours. L'exportation s'arrêta vers le Canada, les États-Unis, les Antilles, l'Afrique. Pendant six mois, la France bigote en appela au Ciel. À la fin des fins, le gouvernement laïque s'émut. Un délégué arriva de Paris. Il reçut les patrons, les grossistes, les monteuses. Après une semaine de discussions, elles obtinrent 20 centimes de plus à la grosse, c'est-à-dire aux douze douzaines de chapelets. Le paradis appartient aux pauvres.

Lorsque l'abbé Ferrier atteignit, par un chemin montant et malaisé, le hameau de Montvianeix, poussant son vélo chargé de bagages, c'était le dimanche qui suivait la Saint-Martin. La cloche de l'église appelait aux vêpres les fidèles. Il fit comme eux, se dirigea vers l'église romane. Il laissa son équipage derrière l'abside. De cette muraille courbe montait une puanteur ammoniaquée. Manifestement, certains fidèles avaient coutume de pisser contre l'église, sans émotion, comme un chien lève la patte. Il traversa la ganivelle, ce porche qui en Auvergne protège l'entrée. Il vit au milieu du triforium un très vieux prêtre blanc dans son aube, blanc de ses cheveux qui couronnaient son crâne chauve. Il surveillait les mouvements du sonneur, un gamin de treize ans que les oscillations de la cloche soulevaient de terre ou l'y redescendaient. Les menettes entraient, portant des chaises, si bien qu'avec tous ces pieds en l'air on eût cru un troupeau de bêtes à cornes. L'église étant pauvre de sièges, il fallait en apporter si l'on voulait s'asseoir. Par-derrière, les hommes se hissaient jusqu'à un balcon garni de bancs, leurs sabots et leurs godillots faisaient grand tapage en montant l'escalier. Germain Ferrier resta au fond, derrière le bénitier. Il chanta le *Magnificat* avec tout le monde : « Mon âme magnifie le Seigneur. Et mon esprit exulte dans le Dieu de mon salut. Parce qu'il a regardé l'humilité de sa servante, voici que désormais en effet toutes les générations me diront bienheureuse. »

Après l'office, les sabots des montagnards redescendirent l'escalier et leurs propriétaires s'en allèrent boire chopine au bistrot d'en face. Les menettes reparurent, portant leurs chaises. Le sonneur de cloche rejoignit ses copains. Le père Coustignol sortit le dernier. Germain se découvrit et s'avança.

— Mon Père, je suis Germain Ferrier, votre successeur.

Ils s'embrassèrent. Le curé s'étonna :

— Vous n'êtes pas en soutane ?

— Pour pédaler sur mon vélo, ça n'est pas très pratique. Elle se prend dans les rayons. Je viens de Mondeviolle, près d'Orléat, à côté de Lezoux.

— Quelles autres paroisses avez-vous servies avant Orléat ?

— Aucune autre. Celle-ci sera ma première. Je suis une vocation tardive. J'appartiens à une famille d'éleveurs-agriculteurs. Mais j'ai renoncé à la terre et choisi la carrière ecclésiastique pour diverses raisons.

Il y eut un silence. Coustignol attendait l'énoncé de ces raisons. Elles ne vinrent pas. Ils n'étaient point dans le confessionnal.

— Avez-vous pris un déjeuner ?

— Oui, oui, je m'étais muni d'un casse-croûte.

— Allons au presbytère. Nous nous rafraîchirons.

L'été de la Saint-Martin les y invitait. La cure ressemblait aux fermes de Mondeviolle en plus décrépie. Une toiture de tuiles barbues protégeait les murs de pisé, une maçonnerie de terre argileuse comprimée entre des planches de sapin, dont on distinguait les couches superposées par des lignes plus denses mêlées de cailloux ; les angles seuls contenaient un peu de chaux. La plupart des maisons de Montvianeix étaient bâties de même. On se demandait pourquoi les anciens avaient édifié ces gourbis en un pays de granit. Sans doute parce que la pierre exige de vrais maçons et que n'importe quel cul-terreux peut faire des abris de mortier comme les hirondelles. Germain posa la question : pourquoi le pisé ? Le père Coustignol expliqua que les murs d'argile peuvent durer des siècles à condition d'être bien couverts ; ils protègent aussi mieux du froid que les murs de granit.

— J'ai vu en Pologne des châteaux construits tout en pisé.

— Vous êtes allé en Pologne ?

— Je suis polonais par ma mère.

Il lui présenta sa maison, mi-demeure humaine, mi-demeure animale car il élevait une vache qui lui donnait son veau et son lait. Elle s'appelait Roussette.

— Vous me la laissez ? s'enquit Germain avec un peu d'inquiétude.

— Je vais habiter une résidence de prêtres retraités à Mozac près de Riom. Je ne pense pas qu'on y accepterait Roussette. Restent deux solutions : ou je la vends, ou bien vous la gardez.

— Je saurai la traire. Mais elle a besoin de foin, de paille.

— Émilienne s'occupera d'elle. Ma sacristine et ma servante. Elle connaît ici tout le monde. Elle est l'âme du village, veuve sans enfant. Nous formions pour ainsi dire un trio inséparable, elle, la vache et votre serviteur. Réfléchissez.

— Ma foi, c'est tout réfléchi. Je ne peux séparer trois créatures que le bon Dieu avait réunies. Je garde la vache et la servante.

Coustignol lui fit visiter les aîtres de la maison. La chambre où il couchait. La chambre d'ami où Germain dormirait les trois ou quatre jours de son conviviat, juste au-dessus de l'étable. Au milieu, un fauteuil à bascule où il prenait sa sieste hors les jours de vêpres. Le bureau-bibliothèque où il lisait, écrivait, préparait ses homélies sur une table, une vieille machine à écrire Remington. Il la désigna et déclara :

— J'y tape mes poèmes.

— Vous êtes poète ?

— Nous le sommes tous. Certains, qui ont fait des études, arrivent à exprimer leur poésie. D'autres la gardent dans le ventre. Écoutez cette anecdote. Un jour, je me promenais à Pierre-sur-Haute, le point culminant de la région. J'étais allé à la fête de la Myrtille au col du Béal, j'avais mangé une tarte, mes lèvres en étaient restées violettes. De là-haut, par temps clair, le regard parcourt l'espace, plane sur nos forêts, sur nos genêts, sur nos bruyères. On distingue au loin les tours jumelles de La Tour-d'Auvergne, le clocher de L'Hermitage, le trapèze du Mézenc, les neiges du Sancy, le Plomb du Cantal et même, plus loin encore, le sommet du mont Blanc. Or écoutez bien ceci. Près de moi, se tenait un groupe de conscrits venus comme beaucoup consommer les airelles. Et tous contemplaient ces paysages, ces rochers, ces étendues verdoyantes. Ils regardaient, la bouche ouverte, ne trouvant pas de mots pour exprimer leur admiration devant cette œuvre de Dieu. Et ils s'exclamaient (pardon de répéter ces vocables maladroits) : « Oh putain ! Oh merde ! Oh cent dieux ! » Voilà comment une vision si poétique leur sortait de la bouche.

Ils rirent tous deux. Coustignol s'essuya les lèvres pour enlever la trace du blasphème. Germain demanda au vieil homme s'il voulait bien lui montrer un de ses poèmes.

— Ça ne vaut pas cher.

— J'en jugerai.

— En voici un inspiré par le conscrit de Louis Aragon qui dit adieu à cent villages du Livradois où vous irez un jour. J'arrive seulement à vingt-six. Il m'en manque soixante-quatorze.

Tours-sur-Meymont Granval Clavières
Collanges La Chaux Pavagnat
Saint-Anthème Arlanc Valcivières
Saint-Germain-l'Herm et Bertignat

Cunlhat Saint-Éloy-la-Glacière
Echandely Le Monestier
Aix-la-Fayette Montgolfier
D'où sont parties les montgolfières

Béal où l'airelle foisonne
Le Brugeron La Chabrerie
La Richarde et ses jasseries
Ambert Saint-Pierre-la-Bourlhonne

Viverols dont les tours culminent
Arlanc, ses fuseaux diligents
Et près de Saint-Amant La Mine
Où mûrissaient l'or et l'argent...

La suite la prochaine fois.

Ils descendirent dans la cuisine-salle à manger où Émilienne leur servit une vraie liqueur de gentiane, transparente et dorée.

— Nous appelons ça une *aïgo de pitreno*, une eau de poitrine, à cause de ses bons effets sur les tuberculeux. Ceux qu'Alexandre Vialatte appelle les « Auvergnats absolus » ne boivent pas d'autre apéritif. Dans le Cantal, elle porte le nom de Salers et l'on y prétend que toute peine mérite Salers. La plante dont elle provient ne pousse qu'au-dessus de neuf cents mètres d'altitude. Elle vient donc aussi chez nous, dans le Haut-Livradois, où elle est le plus bel ornement de nos montagnes. En plein épanouissement, elle dresse ses cierges parmi les pâtures. Ses feuilles, opposées deux à deux, ressemblent à des mains ouvertes offrant à Dieu l'or de ses fleurs. Elle doit son nom, affirme Ambroise Paré, à Gentius, roi des Illyriens.

— Connais pas.

— Moi non plus.

Émilienne expliqua comment elle la composait en laissant macérer des racines fraîches, hachées menu, dans un bon vin blanc, légèrement sucré.

Et Coustignol :

— C'est un vrai métier que d'arracher ces racines qui descendent jusqu'à deux mètres de profondeur. Le gentianier se sert d'une pioche à très long fer, à très long manche, raffermi par un étai d'acier. On dirait l'arc d'Ulysse. Il faut avoir les reins solides.

Il versa la liqueur dans deux verres à pied. Ils la burent avec dévotion.

Germain passa l'après-midi de ce 13 novembre à transporter, à installer son saint-frusquin dans la chambre où désormais il allait dormir, prier, rêver. Quand vint l'heure du souper, Émilienne, qui avait trait Roussette, lui offrit un bol de lait bourru. Dès la première gorgée, le lait lui conféra une moustache blanche. Vinrent ensuite la soupe aux raves, des saucisses, de la fourme bleue, dite « fourme d'Ambert ».

— Elle nous vient d'une proche jasserie, dit le père, que nous irons voir ensemble avant que je ne me retire.

— Qu'est-ce qu'une jasserie ?

— Une maison d'altitude où des femmes produisent le fromage. Dans le Cantal, on dit buron. Et il appartient à des hommes. Voulez-vous dès demain ?

— Volontiers.

On récita le *Pater noster* et chacun gagna sa chacunière. La nouvelle chambre de Germain jouissait d'un double parfum : celui du foin et celui de la bouse qui s'insinuaient à travers les lattes du plancher.

L'abbé Ferrier se mit en pyjama, s'introduisit entre les draps de métis raides comme l'injustice, ferma les yeux et s'endormit, épuisé par son voyage à bicyclette. Au milieu de la nuit, des grignotements le réveillèrent. Au-dessus de sa tête, des souris consommaient des épis de maïs. « Heureuses les maisons, se dit-il, où les souris trouvent leur nourriture. »

Il se réveilla au chant du coq. Il disposait pour ses ablutions d'une cuvette, d'un broc d'eau claire et d'un miroir brisé. Il profita largement de toutes ces commodités. Il était monté de Mondeviolle en pantalon. Il hésita à revêtir la soutane. La plupart des prêtres l'abandonnaient sauf pour les cérémonies. De même qu'ils avaient abandonné depuis longtemps le chapeau et le rabat. Il parut donc en braies devant le vieux Coustignol. Celui-ci le regarda de la tête aux pieds, mais lui fit signe de s'asseoir.

— Prenez la soupe d'Émilienne.

Une soupe épaisse de légumes et de pain gris. Lorsqu'il ne resta au fond du bol que du bouillon constellé d'yeux, Coustignol saisit un flacon de vin rouge et chantonna : « Les Auvergnats sont pas si sots/De manger soupe sans chabrot ! » Et il y ajouta cette bonne lampée qu'on appelle selon les terroirs chabrol, ou chabrot, ou tsabrot, sans en connaître l'étymologie. Germain l'imita. Ils se léchèrent les badigoinces.

Après cette collation, Coustignol proposa de monter rendre visite à une de ces jasseries d'où sortait la fourme d'Ambert, même quand elle venait de Montbrison. Cylindrique de forme, haute d'une coudée, elle se présente habillée d'une croûte grisâtre qu'il faut gratter à la pointe du couteau. On l'attaque par la cime. La lame ne doit pas y découper des tranches verticales, mais des horizontales. En sorte qu'au bout d'un certain temps, on arrive au « cul de la fourme » qui en est le fond et le meilleur. On dépose ces tranches sur le pain. La pâte est persillée de moisissures bleues que les savants appellent le *penicillium glaucum*.

Les deux prêtres prirent place dans la Deuche de Coustignol, l'un en soutane, l'autre en braies. Ils visitèrent une demi-douzaine de jasseries alignées le long des montagnes du Forez. (Dites « Foret », car le nom vient de Feurs, qui vient de Forum, qui fut un temps chef-lieu du département de la Loire. Les sommets portent le nom de « cheix » : cheix Chapeau, cheix Pointu, cheix Pavé, cheix du Renard, cheix de l'Aigle, Petit Cheix, Grand Cheix.) Ces résidences temporaires, habitées seulement l'été par des femmes et des marmots, étaient rangées à mi-pente, sous l'autorité de la *fourmière* et de la *vachère*. Les hommes restaient en bas, à la ferme, s'occupant des travaux lourds, montant une fois par semaine pour apporter du ravitaillement et des consolations. Elles fabriquaient la présure avec une caillette de veau mise à macérer dans des tisanes. Une fois démoulées, les fourmes cylindriques encore friables étaient couchées côte à côte sur des rayons de bois fixés aux solives. La dernière couchée était calée par un rondin qui empêchait la file de rouler. Plusieurs fois par jour, la fourmière venait tourner chacune d'un quart de tour, puis moins souvent à mesure qu'elles séchaient. Après trois semaines, elles étaient assez fermes pour se tenir debout. Il n'était pas nécessaire d'ensemencer les pâtes au *penicillium*, il se trouvait partout, poudrant de glauque les rayons, les murs, les outils. Pour activer le développement du bleu, les femmes perçaient les fourmes tendres au moyen de broches d'acier et le leur inoculaient.

Des biefs amenaient l'eau à la jasserie. Lâchée chaque matin, elle balayait d'un flot l'étable et s'en allait fertiliser les prairies de contrebas.

Restait la formation du caillé. Les jassières en firent la démonstration devant les deux curés, en plein air. Dans des cylindres à oreilles, elles pistonnèrent le lait emprésuré, se servant de *menoles* en forme de gouvernails qui séparaient le petit-lait de la pâte. Elles invitèrent les deux visiteurs en langue livradoise à faire *merenda* avec elles, de pain, de fourme et de mûres qu'elles avaient cueillies sur les buissons. Ils burent de l'eau claire et du café sans sucre. En compensation, ils jouèrent aux dominos avec les gamins pas encore d'âge scolaire et leur laissèrent gagner les parties. Perdre sans laisser découvrir qu'on le fait exprès est un art des plus subtils.

— Ces dames, dit Coustignol, nous parlent un latin tout pur : *invitant nobis ad merendam.*

Puis, il donna une petite bénédiction à la jasserie, éparpillant ses signes de croix sur les meubles, sur les ustensiles sur les fromages, sur les lits où elles couchaient, sur les femmes elles-mêmes et les enfants qui se signèrent dévotement.

Ils regagnèrent Montvianeix à la tombée de la nuit. Ils trouvèrent Émilienne, un seau de bois et une éponge à la main, se préparant à traire.

— Je commençais, dit-elle, à me faire du souci.

— Nous avons vu et fait tant de choses.

— Si Émilienne veut bien, proposa Germain, je voudrais traire Roussette. À Mondeviolle, je trayais chaque jour.

La servante y consentit. Ils entrèrent dans l'étable. Roussette tourna la tête, dévisagea Ferrier, se demandant qui était ce pèlerin qu'elle voyait pour la première fois. Il lui caressa l'échine comme s'ils se connaissaient depuis la Saint-Glinglin, l'empoigna par une oreille.

— C'est une ferrandaise pie-rouge, dit-il avec compétence. Bonne laitière, bonne travailleuse. Vous avez l'occasion de la faire travailler ?

— Le jardin est notre seul bout de terre. Elle ne travaille pas plus qu'une princesse.

Germain prit le seau, l'éponge mouillée, s'assit près d'elle sur un tabouret, coinça le seau entre ses genoux, lava les tétines minutieusement. Elle se laissa faire sans bouger, comprenant qu'elle était entre de bonnes mains. Pour réveiller le lait endormi, du dos de la droite, il donna des gifles mesurées dans le pis. Il tira sur un trayon. Le lait gicla dans le seau en faisant *pschitt*. Même travail avec le deuxième trayon. Puis avec le troisième. Puis avec le quatrième. Le seau fut très vite demi-plein, non point de lait, mais de crème Chantilly. Émilienne le transporta dans la *souillarde*, la pièce la plus fraîche de la maison.

Comme l'horloge sonnait 8 heures, après le traditionnel bénédicité, ils se mirent à table et consommèrent la soupe. Ils se dirent enfin bonne nuit. Avant de trouver le sommeil, Germain s'étonna de constater que les bovins tinssent si peu de place dans les Évangiles. Des moutons, des agneaux, d'accord ; mais pourquoi pas de vache, cette fidèle servante, cette bonne nourrice ? Il a fallu attendre François d'Assise pour que soient représentés, non pas des vaches, mais des bœufs autour de la crèche. Mais où étaient les vaches au temps du Christ[1] ? Ne pouvant répondre à cette question, Germain tomba dans le sommeil du juste.

1. Il n'y avait pas de vaches en Asie Mineure.

6

Coustignol prépara son transfert.

— Je laisse ici tous mes meubles dont quelques-uns me viennent de mon prédécesseur. À la maison de retraite où je vais, je trouverai tout le nécessaire. J'emporte seulement mon linge de corps, mes soutanes, mes chaussures, quelques livres. Si certains vous intéressent, je peux vous les laisser. Par exemple, les sermons de Bossuet, de Massillon, de Bourdaloue.

— Merci, mon père. Je me passerai des sermonneurs.

— Moi-même, je n'en ai pas fait grand usage. Mes fidèles de Montvianeix préféraient que je les entretiennent des récoltes, des bestiaux, des maladies, de leurs parents décédés. N'oubliez pas, durant la messe dominicale, de répéter toujours la liste des *Obits*, vous la trouverez dans un tiroir de la sacristie. « Mes très chers frères, ayons une pensée pour… » Et en avant la musique. Terminez par : « Je suis à votre disposition pour célébrer une messe d'anniversaire… » Je vous abandonne seulement les Évangiles en un seul, par le chanoine Alfred Weber, ce qui épargne de les connaître mot à mot tous les quatre. Gare aux trous de mémoire !

Ils continuèrent de manipuler des livres défraîchis. Germain eut la surprise d'y trouver des auteurs depuis longtemps mis à l'index : Beaumarchais, Voltaire, Blaise Pascal, Émile Zola.

— Vous avez même lu Zola ?

— Je regrette. Ce n'est pas un auteur sérieux, quoiqu'il prétendît avoir minutieusement observé et décrit la vie de ses personnages, ouvriers, paysans, mineurs. Dans *La Terre*, voici deux lignes que j'ai encadrées : « Il examinait de près la vache. Il se baissa, s'assura de la longueur des pis et de l'élasticité des trayons placés carrément et bien percés. » Il écrit *des pis*. Il n'a pas remarqué que la vache n'a qu'un pis, alors que la femme en a deux.

Ils rirent de Zola. Coustignol remplit sa Deuche de bouquins et autres babioles. Coiffé de son béret toujours enfoncé jusqu'aux oreilles, il embrassa Émilienne, caressa Roussette, serra la main de son successeur.

— Venez me voir à Mozac, un village que le diable voulut détruire par un tremblement de terre, sans y parvenir tout à fait. Vous y verrez, sculptés dans un chapiteau survivant, quatre vendangeurs à genoux cueillant des grappes. Dans un autre, sur une face, les Saintes Femmes au tombeau du Christ tenant dans leurs mains des vases de parfums. Sur une autre face, trois soldats dans leurs cottes de mailles, endormis près de ce tombeau qu'ils devaient surveiller. Vous n'aurez pas besoin de lever la tête, les chapiteaux sont par terre. Échec à Lucifer.

— Je viendrai, promit Germain.

— Je vous laisse aussi Filou, le chat, ce sera pour vous un bon compagnon. Je ne dois pas l'enlever à cette maison où il est né. Ailleurs, il crèverait de mélancolie. Vous voulez bien l'adopter ?

— De tout cœur.

Afin de ne pas être emporté de force, Filou s'était dissimulé dans les combles du presbytère. La Deuche s'éloigna en produisant une quantité de *prout prout prout*.

— Nous voici seuls tous les deux, dit Germain parlant à la sacristine.

— Nous ne sommes qu'un et demi, répondit-elle. Je ne couche jamais au presbytère. Sauf si le père est malade, si je dois être son infirmière. Dans ces cas, je dors sur une chaise.

— Je vous comprends. Nous ne nous connaissons guère. Vous êtes veuve. Parlez-moi de votre mari.

— Fernand faisait le sacristain. Il fallait l'entendre quand il chantait *Dies irae dies illa*. Il faisait trembler les vitraux de l'église. À part cette fonction, il travaillait dans la maçonnerie. Éventuellement, il faisait le puisatier. Un matin, en se levant, il est tombé sur le plancher, frappé d'un coup de sang. Il est mort à l'hôpital d'Ambert. Nous n'avons pas eu de descendance. Quand je serai morte aussi, personne n'apportera une fleur sur ma tombe. Aucun curé ne se souviendra de moi.

— Il ne faut pas que la main droite sache ce que fait la gauche, nous dit l'Évangile. Le moment venu, le Seigneur, lui, se souviendra.

Elle haussa les épaules, habituée à entendre des sermons qui ne lui faisaient ni chaud ni froid.

— Revenez quand vous voudrez. Toujours vous serez la bienvenue.

Elle sortit. Germain dit ses messes, aidé de Jantouni, son enfant de chœur, qui faisait aussi la quête dans un corbillon, l'argent récolté était envoyé une fois chaque mois à l'évêché. Il confessa des pénitents et des pénitentes. Il bêcha une partie du jardin pour le préparer aux semailles printanières. Il rendit visite à Joannès Charmasson, un maître d'école retiré à Montvianeix qui, après une existence bien remplie, dévoré par un cancer au foie, se sentait près de partir pour un autre monde. Ils restaient souvent sur deux chaises, côte à côte, se donnant la main, partageant le même silence. Si le malade en sortait, c'était pour poser des questions embarrassantes :

— Qui a inventé le cancer du foie ?

— Les causes en sont nombreuses : le tabac, l'alcool, les engrais phosphatés.

— Rien de tout ça ne m'a concerné. C'est un cadeau. À qui le dois-je ?

— Nous ne sommes pas immortels. Il faut bien partir de quelque chose.

Une servante espagnole veillait sur lui, Aurora. Il ne la payait point, mais avait promis de la faire son unique héritière. *Unica heredera.* Elle protestait mollement :

— Vous n'allez pas mourir. Vous êtes encore jaune.

Elle disait jaune pour jeune. Et lui de répondre :

— Je suis encore jaune. Mais bientôt je serai bleu. Ou peut-être noir.

Elle ne comprenait rien à ces couleurs. Elle retenait généralement Germain au déjeuner. Ayant l'autorisation d'acheter tout ce qu'elle voulait, excellente cuisinière, elle préparait de merveilleuses *paellas*, d'indicibles *tortillas*, de délicieuses *guindas en almibar* (guignes en sirop). Après le repas, Joannès s'offrait une petite sieste. Aurora le protégeait des mouches. Germain feuilletait des livres ou des revues, se retenant de respirer. Lorsque Joannès se réveillait, la conversation reprenait sur les sujets les plus variés. Mais un se répétait souvent :

— Tu crois réellement en l'existence de Dieu ?

— Je crois à l'existence d'un artiste incomparable qui a créé les roses, les pissenlits, les hirondelles, les nuages, les étoiles, les coccinelles, les flocons de neige. As-tu examiné un de ces flocons lorsqu'il tombe sur ta main ? J'en ai trouvé de vingt et une sortes géométriques : étoiles à six branches, étoiles à branches multipliées, ou feuilletées, avec un hexagone en leur centre, en feuillage, en bobines, en cubes, en étoiles réunies. Le chiffre six est partout. Te sens-tu capable de faire de pareils dessins ? Dieu est l'auteur parfait de ces chefs-d'œuvre.

— Peut-être que ces merveilles se sont faites toutes seules, par un pur hasard.

— Considère aussi les êtres vivants. Ils ont une ressemblance de constitution qui prouve leur fraternité d'origine. Les fleurs respirent comme nous, elles sont mâles ou femelles comme nous, elles se nourrissent comme nous de l'eau, de la terre, des rayons du soleil. Elles se reproduisent comme nous. Ce qui se fait par pur hasard est toujours horrifique : les éruptions volcaniques, la foudre, les tremblements de terre, les raz-de-marée.

— Ces horreurs seraient-elles tolérées par ton artiste lorsqu'il se met en colère ? Comme l'instituteur lorsqu'il donne des gifles aux perturbateurs ?

De temps en temps, Charmasson s'affaissait sur son siège, cherchait à la fois du souffle pour respirer et des mots pour s'expliquer. Puis il repartait :

— Comment peux-tu croire en un Dieu parfait, mais si rancunier qu'il exige notre baptême, c'est-à-dire l'ablution d'un péché que nous n'avons pas commis, mais celui d'un ancêtre, d'un grand-père et d'une grand-mère qui vécurent il y a des millions de siècles ? Quelle perfection dans la rancune ! Quels traits lui donnes-tu ? Barbu ? Chevelu ? Habillé d'une chemise de nuit ?

— Je ne me le représente pas.

— Dans la chapelle Sixtine, Michel-Ange n'a pas osé le représenter. Il ne lui donne qu'une main. Moi, je lui donnerais bien une canne, des lunettes, des gants, un tablier de forgeron. Écoute, si je te survis, lorsque tu goûteras le repos éternel, je te demanderai de me décrire son signalement. Mais je ne te survivrai pas.

Aurora leur apporta du thé. Ils le burent assaisonné d'un nouveau silence. Puis Joannès reprit le fer rouge qu'il forgeait depuis des années :

— J'ignore s'il existe un paradis où sont reçues les âmes qui sur terre n'ont fait que de bonnes choses. Pour moi, instituteur laïque, j'ai éduqué des générations d'enfants. Je leur ai toujours appris la différence entre le bien et le mal. J'ai combattu les envahisseurs en 1939-1940 et participé plus tard à la Résistance. J'ai soigné ma pauvre femme aussi bien que j'ai pu contre ses maladies. Je ne vais jamais à la messe. Alors je te pose cette simple question : s'il existe un paradis, penses-tu que j'y serai reçu quand même ?

Et Germain sans hésiter :

— J'en suis certain. Je m'y engage devant Dieu.

— Sacré farceur ! Et s'il n'existe pas non plus ?

Tout était remis en cause.

Le crabe qu'il avait dans le ventre continuait de lui ronger le foie. Vint un jour où il eut de la peine à parler.

— Ça ne fait rien, murmura-t-il. Je te demande de parler quand même à ma place. Que notre dialogue devienne un monologue.

Germain se trouva la gorge sèche. Après un autre silence, renonçant aux immenses sujets qu'ils avaient traités, il se contenta d'évoquer sa propre existence, sa propre carrière. Il évoqua la Limagne, la ferme de Mondeviolle où il avait vu le jour, la terre noire qui produisait de magnifiques récoltes sans avoir besoin de phosphate. Il présenta son frère Richard, le maître des lieux, son épouse chocolat Awa la Sénégalaise, leurs deux enfants caramel, Olive et Théa. Il expliqua pourquoi sa sœur Valentine avait quitté le Puy-de-Dôme pour l'Aveyron, où elle défendait le plateau du Larzac contre l'armée française qui préparait la Troisième Guerre mondiale. Contre qui ? Elle ne savait pas encore. Il lui restait beaucoup de choses à dire lorsqu'il s'aperçut que Charmasson s'était assoupi. Il oublia de se réveiller.

Sa dépouille fut conduite au cimetière de Montvianeix sans passer par l'église. Suivie d'Aurora, de ses anciens élèves, de tout le conseil municipal, de quelques anciens combattants ou anciens Résistants autour de leur drapeau, et de l'abbé Germain Ferrier en costume profane, en queue de cortège. Pas d'oraison funèbre. Des âmes pieuses se signèrent et s'embrassèrent. En pensée, Germain se fit l'avocat du mort auprès du Seigneur afin de tenir sa promesse. Aurora devint riche, et regagna l'Espagne.

Puis vint l'hiver avec ses neiges épaisses et persistantes sur les monts du Forez. Outre leur calendrier des PTT, les paysans suivaient le calendrier des saints :

Le 17 janvier, saint Antoine donne l'œuf à la poule qui jusque-là avait le cul cousu.
Le lendemain, le 18 du même mois, à la Saint-Pierre, l'hiver s'en va ou se resserre.
Le 22, pour Saint-Vincent, l'hiver perd une dent, mais il lui en reste encore cinq cents.
Eau qui coule à Sainte-Agathe, le 5 février, met du lait dans la baratte, la neige devenant pluie.
Sinon, le 8, à la Saint-Blase (Blaise), neige jusqu'à la queue de l'ase (de l'âne).
À la Sainte-Véronique, le soleil à l'hiver fait la nique.
À la Saint-Benoît, le coucou chante au bon endroit, sinon c'est qu'il est mort de froid.
Pour la Saint-Paul, le 29 juin, l'hiver se coupe le col.

Émilienne préparait les soupes de son nouveau maître ; puis elle rentrait chez elle, occupant ses doigts à faire de la dentelle ou des chapelets. Les pieds allongés vers le feu de bûches, Germain caressait Filou installé sur ses rotules. Parfois, pour mieux exprimer ses sentiments, le chat laissait à l'étage inférieur son arrière-train et sa queue, se redressait, se collait à la poitrine de Germain, enfonçait le museau sous son aisselle gauche. Lui l'entendait ronronner pendant des minutes et des heures. Lorsqu'il devait quitter le siège, il constatait que Filou avait laissé sous son aisselle un demi-litre de bave et d'amour.

Le caressant d'une main, il feuilletait de l'autre un des livres abandonnés par son prédécesseur. Celui-ci s'intéressait aux poètes que personne ne nomme. Humbles noueurs de rimes qui ont quelque chose à dire, qui le disent à eux-mêmes, puis disparaissent dans les cendres des années consumées. Il découvrit Pierre Moussarie dont le nom embaume comme un mousseron. Il venait de mourir et avait prévu son départ. Qui se souviendrait de ce Cantalien employé des postes qu'on pourrait appeler le facteur Moussarie comme on dit le douanier Rousseau ?

Mourant qu'on me porte au soleil
Sur un brancard, sur une claie,
Pour ce miracle du réveil,
Les merles dans la cerisaie.

Passés les espoirs du matin,
J'accepterai mieux la disgrâce
De m'abandonner au destin
Qui veut pour un autre ma place.

Passé le débat des oiseaux,
Passé le cap des repentailles,
Saurai-je enfin d'un cœur nouveau
Consentir à mes funérailles[1] ?

---

1. Pierre MOUSSARIE, *Fin de saison*, Aurillac, Éditions Gerbert, 1976.

Germain savourait déjà le plaisir qu'il y a d'être oublié de tout le monde comme Pierre Moussarie, comme il le serait lui-même un jour, excepté du Souverain Créateur, s'il existe. Moussarie fut connu de son vivant parce qu'il jouait au rugby avec le Stade aurillacois, parce qu'il fut maire de Saint-Simon sur la Jordanne. Lorsqu'il travaillait à Paris au bureau du XVe arrondissement, il eut sous ses ordres un jeune poète rejeté par sa famille. Ce garçon se laissa tenter par les mandats qui lui passaient entre les mains, en détourna un certain nombre, ce qui lui valut de purger quelques mois de prison. Que l'on vole un peu d'argent quand on est dans la dèche, passe encore. Mais, rapine bien plus grave, cet homme de plume débutant osa voler à son collègue postier une métaphore :

Et l'éclair dans les nues
Ouvre son mètre d'or.

Le jeune chapardeur de mandats et de métaphore devint par la suite un illustre romancier, couvert de gloire et de droits d'auteur. Où est le plus grand talent, chez le volé ou chez le voleur ? Mais n'est pas volé qui veut.

À Montvianeix, une vieille femme, Mme Gagnadre, recevait une modeste pension de veuve de guerre que lui avait obtenue son mari en tombant à Dunkerque. Ajoutée aux légumes de son jardin, aux pissenlits qu'elle cueillait dans les prés, les plus tendres, les moins verts, dans les taupinières, aux fruits de ses deux pommiers, elle parvenait à vivre. De ses pommes, elle tirait du cidre et des marmelades.

Malheureusement, des galopins grimpaient dans ses arbres au risque de se briser la margoulette, faisaient tomber beaucoup de fruits, redescendaient, choisissaient les plus beaux et disparaissaient. Elle prit une mesure de sagesse. Elle en remplit deux paniers qu'elle laissa au pied des arbres avec cette inscription : *Pommes à la disposition de ceux qui n'en ont point. Servez-vous.* Peu de ces fruits furent ramassés. Il y manquait le plaisir du maraudage.

Germain se rappelait que son séminaire était plein de séminaristes peu certains de l'existence de Dieu. Alors, que venaient-ils y faire ? Se préparer à une profession honorable, à l'abri du chômage, des délices et des tourments de l'amour charnel, assurés du pain de chaque jour et d'une retraite modeste mais sans aléas ? Ces peu croyants étaient-ils des maraudeurs de la foi ? Et lui-même ? Et lui-même ?

7

Les hirondelles de Montvianeix tinrent congrès sur les fils électriques. Et ce fut un concert de *pia pia pia*. Avec leurs ailes noires et leurs ventres blancs, chacune habitait un nid héréditaire construit par ses ancêtres, où elle revenait au printemps, chaque année, très fidèlement, où elle pondait des œufs jaunes tachetés de brun qui donnaient naissance à de minuscules hirondeaux dont on voyait les têtes émerger des nids, les petits yeux regarder au loin. Maintenant, elles préparaient leur migration vers le Maroc, la Mauritanie ou l'Afrique du Sud qui conviennent mieux à leur frilosité.

Puis vinrent la Toussaint et le jour des Morts qui conduisirent au cimetière Germain Ferrier en soutane, accompagné de Jantouni et de sa corbeille. Il bénit les tombes, récita un *De Profundis*. Jantouni recueillit quelques pièces jaunes. Quatre jours plus tard, on livra au presbytère une charretée de bois que Germain débita à la scie, à la hache, à l'huile de coude. La vieille demeure en fut toute parfumée.

En novembre, il célébra deux enterrements. Se trouvant seul après le départ des familles, il se rendit sur la tombe de Charmasson, couverte de fleurs fanées. Le temps favorable l'encouragea à parler à son ancien ami, non des lèvres, mais de la tête.

— Eh bien, lui dit-il. Te voilà fixé. À présent, tu sais si la vie éternelle existe. J'aimerais bien que tu m'en informes, comme tu avais promis de le faire.

Il se pencha vers les fleurs, attendant une réponse précise. Il lui sembla ouïr un souffle de voix, incompréhensible. Il se pencha tellement qu'il faillit tomber.

— Veux-tu répéter ? Parle plus fort. Si oui, comment est le visage de Dieu ? A-t-il des mains et des pieds puisqu'il nous a faits à son image ?

Il plongea le nez parmi les chrysanthèmes, sans rien entendre. Il en éprouva une certaine irritation :

— C'est toujours la même histoire avec vous, les trépassés. Vous connaissez les secrets, mais vous refusez de nous les communiquer.

Après cette épreuve, il rentra à la cure et sirota un verre de malaga qu'Aurora lui avait légué, comme il aurait bu un verre de certitudes.

Sa servante-sacristine n'en manquait point.

— Y a le robinet de l'évier qui fuit, révéla-t-elle. Il a besoin d'un tour de clé anglaise.

Ou bien :

— Faut ramoner la cheminée. Le père Coustignol s'en occupait jamais. Un de ces jours, nous allons flamber comme une allumette. Appelez le ramoneur.

Par principe, pour économiser, Germain n'appelait jamais aucun artisan. Il se vêtait de guenilles, montait sur le toit, récurait la cheminée. Émilienne recueillait la suie, bonne pour le jardin. Il ne restait plus ensuite qu'à laver les sols, les planchers, les combles, les meubles, qu'à prendre un bain dans une bassine, qu'à se réjouir :

— Vous avez économisé 50 francs. Ils nous serviront à autre chose.

Il raccommodait le robinet, le dévissait, changeait le joint, mastiquait la jointure. Il réparait les charnières des portes ; les serrures ; changeait les lames des planchers. À Mondeviolle, son père lui avait enseigné tous les métiers, même la coutellerie qui se pratique aux environs de Thiers ; la cisaillerie, la taillanderie. Un jour, il posa une devinette à sa servante.

— Dites-moi, chère Émilienne, quel est selon vous le plus ancien de tous les métiers du monde ?

Et elle, embarrassée :

— Métier d'homme ou métier de femme ?

— Métier pratiqué par l'un comme par l'autre.

Elle resta muette, une rougeur partit de son menton, couvrit toute la figure, s'enfonça dans les cheveux.

— Ben… Vous savez bien ce qu'on dit. Que le plus vieux de tous les métiers est féminin, que c'est celui de la putasse.

— Vous voulez dire de la prostituée ?

— Oui, de la femme qui se vend.

— Vous vous trompez, chère Émilienne. Le plus vieux métier du monde n'est pas celui-là parce qu'on peut se passer des services de la prostituée. Beaucoup d'hommes s'en passent toute leur vie. Le plus vieux métier du monde est celui de coutelier. Les premiers hommes fabriquaient des couteaux avec des pierres très dures, ils leur donnaient du tranchant pour découper leur gibier, leurs peaux de bête, leurs manches. On ne peut pas se passer de couteaux.

Il se plaisait à corriger les erreurs universelles.

Peu de jeunes venaient aux offices religieux. Il organisa pour eux une « soirée artistique » où chaque garçon, chaque fille pourrait présenter son talent en chantant, en grattant une mandoline, en soufflant dans une clarinette, en récitant un monologue. Comme Montvianeix ne possédait aucune salle publique, il offrit de recevoir la fête simplement dans l'église, maison du Père et de ses Fils. La première fois, ils vinrent une douzaine. La deuxième, une trentaine. La troisième, une cinquantaine. Lui-même, en habits profanes, chanta « Le conscrit du Languedoc » :

Je suis un pauvre conscrit
De l'an mille huit cent dix.
Faut quitter le Languedo
Avec le sac sur le dos.

Le maire et aussi le préfet
N'en sont deux jolis cadets.
Ils nous font tirer au sort
Pour nous conduire à la mort…

Parlant comme aurait fait Charmasson, il apporta des explications qui permirent aux jeunes gens d'apprécier la supériorité de la République sur l'Empire napoléonien. Après lui, tous les talents se déployèrent. Au clair de lune, on joua aux quilles sur le parvis. Deux équipes se mesurèrent au tirage d'une corde. L'opinion des Montvianeisans devint unanime :

— Ce curé vaut de l'or.

Il n'oubliait pas de participer aux veillées qui réunissaient autour de la cheminée hommes, femmes et enfants, jeunes et vieux. Les petits devant, près du feu, les dames au milieu, les vieux derrière. Chacun racontait son passé simple ou son passé composé. Les très anciens évoquaient Verdun, la Champagne, le chemin des Dames. Les moins anciens évoquaient l'Indochine ou l'Algérie. Les autres admiraient ces héros, maintenant ridés et blanchis. Il arriva un incident qu'il serait grand dommage de ne pas raconter. Un soir, vers la minuit, on entendit des coups de klaxon impertinents qui coupèrent les discours. Le maître de la maison, Firmin Tourlonias, sauta sur son fusil, ouvrit la porte, et vit monter dans la nuit un homme les bras levés qui criait :

— Ne tirez pas ! Je suis en panne ! Ma bagnole n'a plus d'essence. J'arrive de Paris.

— Montez doucement, ordonna Tourlonias, que j'examine votre figure.

L'étranger obéit, l'air tout à fait inoffensif.

— Asseyez-vous, dit Firmin. Laissez-nous finir la veillée. On verra ensuite ce qu'on peut faire pour vous.

Les confidences reprirent. L'horloge sonna douze coups.

— À ma montre, dit le Parisien, j'ai une heure du matin.

— Nous vivons toujours à l'heure vieille. Nos vaches ne comprendraient pas les changements. Pour nous, il est minuit.

Un garagiste se trouvait parmi les veilleurs. Il proposa :

— Je peux vous fournir un bidon de cinq litres d'essence. Ça vous irait ?

— Parfaitement.

— Je m'en vais vous le chercher.

Le Parisien prit place derrière les gens, regardant autour de lui avec étonnement, se demandant où il se trouvait. On lui offrit un verre de vin violet qu'il accepta et qu'il but à petites gorgées en faisant la grimace. Il servit ce mensonge :

— Merci. Il est très bon.

Le garagiste revint avec son bidon. Le Parisien paya, remercia et dit quelques mots avant de repartir :

— J'ai remarqué… Vous m'étonnez. Mais j'ai remarqué une chose incroyable. Les hommes de votre veillée… pas tous, mais presque tous… en écoutant ceux qui parlent, ont baissé leurs culottes… par-derrière. Pour quelle raison ?

L'assemblée éclata de rire. Puis Tourlonias fournit des explications.

— C'est pour motif d'économie, parce que les fonds de culottes s'usent facilement. Chacun s'arrange pour ne pas se montrer aux dames ni aux gamins. Retenez seulement une chose : les fesses des Auvergnats sont inusables.

Tous les matins, après sa messe, Germain Ferrier enfilait une salopette, chaussait des sabots, se coiffait d'un chapeau de paille les jours ensoleillés, et travaillait au jardin de la cure. Il bêchait, piochait, ensemençait, transplantait, regardait pousser les choux et les salades, cueillait les doucettes. Il aimait cultiver des plantes qui étonnaient les agriculteurs professionnels. Des raiforts à la longue racine noire. De l'herbe-aux-chats dont les chats raffolent. De la moutarde dont sénevé est le nom officiel, haute de un mètre, rude et poilue, à fleurs jaunes ; il n'en tirait point de condiment pour le pot-au-feu, mais l'enfouissait comme engrais. Allusion à une célèbre parabole : « Le royaume des Cieux est comparable au grain de sénevé qu'un homme a pris pour le semer dans son champ. C'est la plus petite des semences qu'on met en terre. Mais dès qu'il a cru, il domine toutes les plantes légumières. C'est un arbre. Il étend si loin ses rameaux que les oiseaux du ciel viennent se reposer sous son ombre. »

Qui eût vu Germain sans le connaître l'aurait pris pour un paysan forézien. Certains jours, il partait derrière sa brouette, à l'exemple de Félicien Roumel, le curé d'Orléat, et ramassait à la pelle le long des chemins les bouses abandonnées par les vaches. Ajoutées à celles que Roussette produisait dans son étable, elles servaient d'engrais à ses légumes. Ce qui lui donnait la pensée de maudire une fois encore le phosphate marocain qui avait conduit son père au suicide. Ses cultures l'en remerciaient par leur prospérité. « Vous êtes le sel de la terre. Or si le sel vient à s'affadir, avec quoi la salera-t-on ? Il n'est plus bon qu'à être jeté et foulé aux pieds[1]. »

Il ne menait guère sa vache aux pâturages car les prés ne lui appartenaient point. Les paysans la fournissaient en foin après leurs confessions en guise de pénitence :

— Tu réciteras cinq *Je vous salue Marie* et tu m'apporteras vingt kilos de luzerne sèche pour Roussette.

À d'autres, il prescrivait du bois, du boudin, du fromage suivant la saison. Aucun pénitent ne protestait.

1. Évangile selon saint Mathieu.

Un soir, il vit venir, poussant une bicyclette, une personne qui boitait, mal protégée de la pluie dans un imperméable à capuchon. Depuis longtemps, Germain nourrissait pour les boiteux une instinctive sympathie. « D'où vient, se demandait Blaise Pascal, qu'un boiteux ne nous irrite pas et qu'un esprit boiteux nous irrite ? » Lorsque la bécane fut plus proche, il regarda mieux la boiteuse.

— Pourriez-vous, demanda-t-elle, me trouver un abri pour que je puisse réparer au sec une crevaison ?

— Entrez chez moi.

— Vous vivez seul ?

— Non point. J'ai une vache et un chat.

Elle le suivit dans la remise où il rangeait son outillage agricole et sa propre bécane. La voyageuse enleva son imper. Habillée en homme, boueuse jusqu'aux genoux, les cheveux coiffés d'un large béret alpin, c'était une femme agréable à regarder.

— J'ai l'habitude des crevaisons, dit-il. Je vais vous aider.

Ils renversèrent le vélo, les roues en l'air, dévissèrent les papillons. Il fallut sortir le pneumatique, dégager la chambre, chercher la trace de la crevaison, râper le caoutchouc tout autour, coller dessus la rustine, assurer la parfaite adhésion, regonfler la chambre, la plonger dans un bassin d'eau claire pour vérifier qu'aucune autre fuite n'était à colmater, remonter la roue, revisser les papillons.

— Voilà qui est fait ! s'écria Germain en se tapotant les paumes, telle Émilienne quand elle avait pétri des *guenilles*.

Les *guenilles* sont une pâtisserie de pauvres gens, composée seulement de farine, d'un œuf ou deux, d'un peu de beurre. On les prépare au temps du carnaval. Et aussi en n'importe quelle autre circonstance. La cuisinière malaxe tout cela à pleines mains. Cela donne une pâte qu'elle étale finement, sur une table farinée, au moyen d'un rouleau, ou simplement d'une bouteille vide. À la pointe d'un couteau, elle y découpe des figures variées, losanges, carrés, triangles, cœurs. Elle les fait frire à la poêle dans un bain d'huile très chaude. Avec l'écumoire, elle les retire gonflées et dorées sur les deux faces, les superpose dans un plat, les saupoudre de sucre cristallisé. Les Lyonnais emploient du sucre en poudre et les appellent des *bugnes*. Les Cantalouses se servent de farine de sarrasin, de graisse, ne sucrent pas et les disent des *bourriols*. Ailleurs, on les appelle *merveilles* ou *oreillettes*.

Je m'écarte, mais il n'est pas possible de parler des guenilles sans raconter l'histoire des deux apprentis papetiers ambertois. Ils apprenaient à faire la feuille blanche sous la direction de maître Chevaleyre. La moitié des Ambertois sont des Chevaleyre parce qu'ils ont jadis élevé des chevaux. La moitié de l'autre moitié est faite de Chabrier, anciens éleveurs de chèvres. Ce qui reste est composé de Vorilhon ou de Tournebize. Les deux gamins, Charlot et Joselou, étaient également nourris par leur maître et dormaient dans la même chambre côte à côte, eux dans un lit, M. et Mme Chevaleyre dans un autre. Un soir de carnaval, la papetière avait préparé des guenilles et chacun s'en était régalé. Il restait un peu de pâte fraîche conservée au frais dans le placard de la cuisine.

— J'en ferai d'autres guenilles demain soir, avait promis la maîtresse.

Après le souper, chacun regagne son lit. Cette année-là, le carnaval tombait en avril, avec une chaleur exceptionnelle. Les quatre papetiers avaient écarté leurs couvertures. Or Joselou n'arrivait pas à trouver le sommeil. Moins à cause de la température que parce qu'il songeait trop à la pâte à guenilles qui restait dans la pièce voisine.

— Je me lève, finit-il par décider. Faut que j'aille m'occuper de cette pâte. Je t'en apporterai une poignée.

— Ne fais pas ça ! dit Charlot. Si la dame s'en aperçoit, ils nous mettront à la porte.

— On accusera le chat.

Il finit donc par se lever en pan de chemise, traverse la chambre sans lumière, arrive déchaux à la cuisine, trouve le bol de pâte, s'en gave à pleines cuillerées, en emporte un peu pour Charlot. Il revient dans la chambre aux deux lits, distingue la tache blanche que forme le visage de son frère. Il s'en approche, s'agenouille :

— Me voici, chuchote-t-il. Ouvre la bouche.

Pas de réponse. Alors, tout furieux, il lance la pâte molle dans cette tache claire. Mais quelque chose ne va pas. Ce qu'il avait pris pour le visage de Charlot était le postérieur de Mme Chevaleyre qu'elle avait découvert à cause de la chaleur. Le contact de cette marmelade la réveille. Elle y porte la main.

— Ô Sainte Vierge ! s'écrie-t-elle effrayée.

Son mari ronfle toujours près d'elle à pleins tuyaux. Elle le secoue :

— Réveille-toi, Émile ! Émile, réveille-toi, nom d'un chien !

— Ben quoi ?... Qu'est-ce qu'il y a ?

— Si tu savais ce qui m'arrive !

— Et quoi donc ?

— Les guenilles m'ont donné la foire. Pauvre de moi ! Je m'ai chié dessus !

— Tu t'as chié dessus ? Eh bien, essuie-toi. Et laisse-moi dormir.

Maître Chevaleyre n'entendait pas perdre une minute de sommeil pour si peu de chose. Voilà ce qu'on raconte dans l'Auvergne forézienne au temps du carnaval. *Di carnevale ogni scherzo vale*[1] ! disent les Italiens.

Revenons à la boiteuse à bicyclette.

— Vous venez de loin ? demande Germain en se tapotant les paumes.

— De Genève. Je suis Helvète. Suissesse, si vous préférez.

— Je l'avais deviné à votre accent. Vous venez visiter l'Auvergne ?

— Non. Je vais en Périgord. En Dordogne.

— Le pays des truffes et du bergerac.

— Vous connaissez ?

— Non. Je ne suis pas d'humeur voyageuse. Vous y avez de la parenté ?

— Je vais dans un monastère bouddhiste. Pour me laver l'esprit. Des ennemis intérieurs. On y pratique le zazen.

---

1. Au temps du carnaval, toute farce est régal.

— Le quoi ?

— C'est la gymnastique de l'immobilité. Elle consiste à demeurer assis ou assise sur un coussin, le dos droit, les jambes croisées, les genoux touchant le sol, immobile pendant une heure au moins, sans bouger, sans parler. Au début, c'est assez douloureux. Mais lorsqu'on parvient à dépasser le stade de la douleur, le zazen permet vraiment de faire le vide. On oublie tout. L'expérience de Bouddha est de s'éveiller après, de comprendre son ego pour mieux se tourner vers celui des autres. Le résultat est parfois un peu long à venir.

— C'est là toute la cure ?

— Bien sûr que non. On se réunit ensuite sous l'autorité d'un maître à qui l'on pose mille questions. Viennent enfin des activités multiples et communautaires de jardinage, de dessin, de musique, de danse, de cuisine. Ce qui me plaît dans le bouddhisme, c'est qu'il ne juge pas les gens, qu'il ne leur dicte pas ce qu'ils ont à penser. Nous sommes loin des religions chrétiennes et de leurs rituels, signes de croix, messes, confessions, pénitences.

— Au séminaire, j'ai quelque peu étudié les dogmes du bouddhisme…

— Comment ça au séminaire ?

— Je suis prêtre. Curé de Montvianeix. Vous êtes dans mon presbytère.

— Un presbytère avec une vache ?

— Pourquoi pas ?

— Le bouddhisme enseigne la transmigration des âmes. Après son décès, le défunt renaît, selon ses mérites, dans le corps d'un animal supérieur ou d'un inférieur. À vrai dire, je m'y perds un peu.

— La vache est un animal supérieur.

— Je veux bien vous croire.

— Dehors, il pleut toujours. Si vous voulez bien, je vous invite à souper avec moi et à coucher dans la chambre du dessus.

— Je ne veux pas vous déranger.

— Vous ne me dérangez pas. Vous m'arrangez. Je déteste la solitude.

Ils entrèrent dans la salle. Voyant cette inconnue, le chat Filou se dissimula sous l'horloge.

— Comme j'ai dit, je ne suis pas tout seul puisque j'ai une vache. Il va falloir que bientôt je la conduise au taureau, son lait commence à se tarir. C'est une ferrandaise pie-noire. Comme une pie. Et j'ai un chat, mais il n'aime pas les visites. Aimez-vous la soupe ?

— J'en raffole.

Il déposa au milieu de la table une soupière dans laquelle il laissa tomber des tranches de pain gris, puis des tranches de fromage, puis du bouillon tenu au chaud sous la cheminée.

— Asseyez-vous.

Signe de croix. Bénissez Seigneur… La Suissesse écouta sans broncher. Chacun prit deux fois de la soupe.

— Est-ce qu'on en mange aussi dans votre pays ?

— Beaucoup chez les catholiques. Moins chez les protestants qui préfèrent la fondue au gruyère. Vous connaissez ?

— De réputation.

— Ils font chauffer du vin blanc dans un *caquelon* – un poêlon en terre cuite – dont ils ont frotté le fond avec de l'ail. Ils y versent le fromage en lamelles, brassent bien le mélange. On parfume si l'on veut avec une goutte de kirsch. On pose le caquelon sur un réchaud bien réglé. On déguste en y trempant des cubes de pain piqués au bout de longues fourchettes. Gardez-moi chez vous un jour ou deux, achetez le gruyère et le kirsch, et je vous préparerai une fondue.

— On en reparlera. Il faudra la préparer sous les yeux d'Émilienne, mon aide-ménagère.

Ils bavardèrent deux heures encore. Le chat Filou voulut bien sortir de sa cachette pour laper un peu de lait tiède. Germain accompagna la boiteuse jusqu'à son étage.

— Nous avons oublié de nous présenter l'un à l'autre. Je m'appelle Germain Ferrier. Montvianeix est ma première paroisse.

— Et moi, je suis Artémise de Reynold. Mais appelez-moi simplement Artémise. Bonne nuit.

— Bonne nuit.

Il redescendit, entra dans son bureau. Intrigué par le prénom de la voyageuse, il le chercha dans le Larousse, apprit qu'une Artémise grecque avait épousé son frère, le roi Mausole, à qui elle avait élevé un mausolée. L'inceste lui souleva le cœur. Heureusement, l'artémise est aussi une plante aromatique au parfum citronné. Il dormit peu, comme il lui arrivait chaque fois qu'un incident heureux ou malheureux venait perturber son existence.

Émilienne consacrait ses samedis à sa sœur et à ses neveux. Germain dut traire le peu de lait qui restait à Roussette, préparer un petit-déjeuner : café au lait, beurre, pain, confitures. Comme Artémise ne donnait pas signe de vie, il monta jusqu'à sa chambre, cogna du poing à la porte :

— Venez déjeuner.

— Vous pouvez entrer.

Ce qu'il vit faillit le renverser. Sous la lucarne capucine d'où tombaient les rayons du soleil, la Suissesse se tenait dans la position du zazen tibétain : assise sur la descente de lit, les jambes croisées, le dos droit, les mains réunies sur la poitrine, le visage grave, nue comme un ver.

— Approchez-vous ! ordonna-t-elle. Ne craignez rien.

Il fit quelques pas en avant en tournant la tête de côté, les yeux fermés.

— Suis-je horrible à voir ?

Il ouvrit les yeux. Son corps se mit à trembler comme d'une fièvre. Elle écarta les bras, découvrant des seins petits, ornés de deux mamelons pourpres pareils à deux fraises des bois.

— Ce qui est essentiel dans le bouddhisme, révéla-t-elle, c'est qu'il permet à ses adeptes toute liberté du corps et de l'esprit. Il ne leur dicte pas ce qu'ils doivent faire ou ne pas faire. Avez-vous peur de moi ?

Il secoua la tête, la sueur aux tempes.

— Donc, vous avez le droit de me regarder… Ne vous en privez pas… Vous pouvez même me toucher… où vous voudrez… Ne soyez pas timide. Évacuez vos ennemis intérieurs.

Ses ennemis intérieurs le paralysaient. Dans sa bouche, la langue n'arrivait pas à prononcer une syllabe. Artémise lui saisit une main, l'obligea de se promener sur toute sa personne à elle, à caresser les endroits les plus doux, les plus intimes, les plus peccamineux. Soudain, il poussa un grognement, retira sa main. En reculant de quatre pas, il faillit tomber à la renverse dans l'escalier. La boiteuse éclata de rire. Non point d'un rire apitoyé comme celui de l'évêque lorsque Germain lui avait révélé sa mutilation, mais d'un rire moqueur, diabolique, la lucarne capucine en vibra.

— Raté ! Raté, mon cher père ! cria-t-elle. Je croyais bien vous amener à oublier un moment votre maudite condition ecclésiastique. Mais vous êtes un inébranlable ! Inébranlable ! Jamais vous ne deviendrez bouddhiste comme moi ! Jamais vous ne pratiquerez le zazen !

Germain regagna sa cuisine. Le lait avait débordé sur le fourneau, la salle sentait la friture. Au bout d'un moment, Artémise redescendit. Elle avait repris sa tenue de cycliste, ses bottes, son capuchon.

— Déjeunons quand même, dit Germain.

Elle accepta deux tartines et une tasse de lait brûlé. Puis elle remonta sur son vélo et repartit en direction de la Dordogne sans dire merci. La journée s'annonçait belle et lumineuse.

8

Profitant de la belle saison, Germain Ferrier enfourcha sa propre bécane et prit la route qui conduit à Vollore-Ville. Petit bourg dont les habitants portent le sobriquet de Brûle-Morts. Dû à l'incendie qu'ils allumèrent un jour pour incinérer les habitants de leur cimetière afin d'établir sur l'espace ainsi dégagé une place publique nécessaire au commerce local. Germain savait trouver dans cette paroisse un de ses anciens professeurs du grand séminaire, le père Vrance. Libéré par la fermeture dudit séminaire, il avait accepté la paroisse de Vollore-Ville dont il était originaire. C'est pour se confesser à lui que Germain pédalait.

Il le trouva dans sa bibliothèque. C'était un homme de grand savoir et opposé aux changements. Hors de la cure, on ne le voyait jamais sans la soutane. Une robe un peu élimée, dont le noir par places tournait au violet. Le père l'embrassa, l'appelant « mon cher garçon ».

— Comment vont les choses à Montvianeix ?

— Assez bien, mon père. Chaque dimanche, mon église est pleine. Mes fidèles savent que je suis un ancien paysan comme eux, qui a mal tourné. Les vieux me parlent en patois. Ils me demandent des nouvelles de ma vache. Une vache que mon prédécesseur m'a laissée. En pénitence, après confession, je les condamne à m'apporter des bottes de paille ou de foin. Le fumier va dans le jardin.

Il en vint à l'objet précis de sa visite :

— Je voudrais à mon tour être entendu en confession.

Vrance disposa un coussin pour les genoux de son ancien élève, une chaise pour lui-même, vêtit son étole. Tous deux firent le signe de croix. Germain récita le *Confiteor* en latin. « Je confesse à Dieu Tout-Puissant, à la bienheureuse Marie toujours Vierge, au bienheureux Michel archange… » À quoi le confesseur répondit *Misereatur*, puis :

— Je vous écoute.

— Pardonnez-moi, mon Père. Au préalable, je dois me rendre aux toilettes.

— Quel rapport… ?

— Aucun. Une certaine mutilation m'y oblige plusieurs fois par jour. Le carcinome.

Il revint. Le père Vrance répéta :

— Je vous écoute.

Germain raconta sans fournir trop de détails la visite de la Genevoise bouddhiste qu'il avait surprise en position de zazen, mais sans aucun vêtement sur elle.

— Passons, passons.

Et comme le pénitent restait bouche close, il exigea la suite.

— Il n'y a pas eu de suite, avoua Germain.

— Alors pourquoi vous confesser ?

— Je n'ai pas obéi à ses avances. Elle a pris le petit-déjeuner, elle est partie pour la Dordogne. Ce que je confesse, ce sont mes pensées. Les élans, les tentations que j'ai éprouvés. J'aurais succombé si j'en avais été capable.

— Tous mes compliments pour cette résistance aux tentations. Rien de grave. Ça mérite à peine une pénitence.

— Ce qui est grave, mon père, c'est que ces pensées ne me quittent pas. Elles m'empêchent de dormir. Elles m'empêchent de vivre.

— *Diabolicum est.* Il y a la vieille méthode de la flagellation. Ou celle de Tartuffe : « Laurent serrez ma haire avec ma discipline. » La haire est une chemise en poil de chèvre. Difficile à trouver dans le commerce. Je propose la flagellation. Elle consiste à se donner des coups de fouet ou de verges sur la poitrine, dans le dos, voire sur les organes honteux afin de chasser les idées impures. On dit à Rome que le pape actuel la pratique. Son avantage est que vous pouvez l'arrêter quand lesdites pensées se sont évanouies. C'est un peu comme l'aspirine : on y renonce quand elle n'est plus nécessaire. Vous réciterez ce soir dix *Je vous salue Marie.* Allez en paix et ne péchez plus. Amen.

Pour réconforter son ancien élève, le père Vrance lui offrit un petit verre de verveine du Velay. Lorsqu'ils eurent trinqué, Germain remonta sur son vélo et regagna Montvianeix l'oreille basse.

De retour dans sa paroisse, son premier soin fut d'aller cueillir et composer un bouquet de verges. Il parcourut les bois environnants, essayant de l'une, de l'autre sur sa jambe, la trouvant trop dure ou trop molle. Il se décida pour une plante aux usages multiples, l'arnica, aux feuilles larges et nervurées, aux tiges fortes et élastiques. Il en fit deux touffes, l'une pour remplacer l'autre. Il les emporta et les employa le soir même dans la chambre où Artémise avait pratiqué le zazen, où il trouva le lit encore bouleversé et parfumé de bouddhisme. Troublé par les draps et les couvertures, il enleva sa chemise, se fouetta la poitrine, les épaules, le dos. Il en éprouva un plaisir cuisant, mais les souvenirs importuns s'envolèrent. La méthode s'avérait efficace. On ne peut rêver d'amour quand on souffre des dents, ou du ventre, ou de l'échine.

Il redescendit dans la salle-cuisine, consomma sa soupe, récita la prière du soir : « Ô mon Dieu, je me repens de mes péchés, je les déteste car ils offensent votre Majesté infinie… » Il revêtit son pyjama, monta à sa chambre, se glissa dans son lit, ferma les yeux. Il dut attendre longtemps le sommeil qui entra enfin chez lui comme un voleur. D'abord porteur d'images bucoliques, de merles, d'écureuils, d'agasses. Effacées peu après par des souvenirs érotiques, par les mains et les lèvres d'Artémise qui se promenaient sur son corps à lui. Il en éprouva une telle émotion qu'elle l'arracha de ses limbes. Il se réveilla en sursaut, chercha et trouva une touffe de verges, s'en flagella ce qui subsistait de ses organes honteux. Essoufflé, il redescendit dans la cuisine, but une gorgée d'eau de prunelle, puis regagna sa couche.

Le traitement dura une semaine. Il se flagellait tantôt le jour, tantôt la nuit, il en eut le corps tout zébré. Émilienne ne s'apercevait de rien. Dans ses errements, elle tomba sur un bouquet de verges.

— Qu'est-ce que c'est que ça ?

— Une touffe de tiges d'arnica, répondit-il par un demi-mensonge. Je la mets près de mon oreiller. Elle favorise mon sommeil.

Roussette ne pouvait plus attendre. Elle ne sécrétait plus une goutte de lait, meuglait, appelait le taureau. Un taureau ferrandais, si possible. Germain interrogea Maurel, le bistrotier-restaurateur, alors qu'il servait deux jeunes Parisiennes, ses nièces en vacances à Montvianeix.

— Peut-on trouver par ici un taureau ferrandais pour ma vache Roussette ? Elle meugle au taureau.

— Pas très loin, à l'Usclade, chez Robin. Il n'élève que des ferrandaises.

Les deux nièces dressèrent l'oreille, une vache au taureau, elles n'avaient jamais vu ça, pas même à la télé. Elles demandèrent si Roussette était facile à mener.

— Elle est aussi docile qu'une communiante, dit l'abbé. Accompagnez-moi.

— Nous aimerions mieux la mener seules puisqu'elle est obéissante.

Germain se gratta le front. Maurel se pinça l'oreille. Elles finirent par obtenir gain de cause.

— Soyez prudentes, recommanda tonton Maurel.

On attacha une muserole et une corde à la figure de Roussette. Et les voici parties toutes trois en direction de l'Usclade, les Parisiennes chantant quelques paroles patoises qu'elles avaient apprises :

— Bègne, bègne, bègne, brabounette !

Ferrier considérait avec tendresse ce trio exceptionnel : une vache et deux charmantes Parisiennes. Roussette balançait sa queue. Les jolies fesses des demoiselles remplissaient bien leurs culottes. Elles disparurent derrière une haie d'aubépine. Germain retourna vers son jardin où il sema trois lignes de pois gourmands. Pois sucrés dont on mange la gousse aussi bien que les grains. En pensée, il suivait la marche de Roussette, imaginait sa rencontre sportive avec le taureau de Robin. Puis il songeait à d'autres choses, indéfinissables. Son chat Filou vint lui tenir compagnie, il le caressa des oreilles jusqu'au bout de la queue.

La vache et les Parisiennes revinrent enfin. Toutes rouges et tout ébouriffées les deux dernières.

— Qu'est-ce qui se passe ?

— Il nous en est arrivé une belle. Près de la ferme de Robin, nous avons vu le taureau seul dans un pré, retenu à un gros piquet. Nous lui avons amené Roussette. Nous avons essayé de la coucher sur le dos. Impossible. Elle n'a jamais voulu. Alors nous vous l'avons ramenée. On n'a pas réussi.

Voilà pourquoi, le lendemain matin, après sa messe, l'abbé amena lui-même la vache au taureau.

Le bistrot de Maurel était un autre point de rencontre. Là venaient chaque soir les retraités, les paysans des environs taper la belote autour d'une pinte. Arriva un jour un homme se disant peintre qui avertit Maurel et sa femme de ses intentions particulières :

— J'aimerais demeurer ici trois ou quatre semaines en villégiature. Mais je n'en ai pas les moyens. Si vous acceptez de me coucher, de me nourrir pendant cette période, je peindrai des toiles à l'huile qui orneront les murs de votre auberge. De l'art contre du lard. Qu'en pensez-vous ?

— Faut voir, dit Maurel.

— Faut examiner, dit sa femme Jocelyne.

Le peintre dressa son chevalet au milieu de la salle et entreprit, sous les yeux ébahis de la clientèle, de dessiner au fusain le portrait du bistrotier. Il y travailla tout juste un quart d'heure. Et ce fut si ressemblant que Maurel accepta la proposition malgré les réticences de son épouse. L'artiste signa *Miguel Villamandos* et s'installa dans l'auberge.

Les jours suivants, on le vit sur la place du village, devant l'église, au bord de l'étang, à l'orée du bois. Il peignait, il peignait, il peignait, entouré d'admirateurs, parmi lesquels Germain Ferrier. Celui-ci remarqua qu'il avait très bien représenté la fontaine, les vieilles maisons, l'auberge de Maurel.

— Je ne vois pas le monument aux morts. Un oubli ?

— C'est parce que je déteste les guerres. En Espagne, mon père a été fusillé par les franquistes, deux de mes oncles fusillés par les républicains.

— *Heureux ceux qui sont morts dans une juste guerre,*

Heureux les épis mûrs et les blés moissonnés.

— Qui a dit ça ?

— Un de nos plus grands poètes, Charles Péguy, tombé lui-même sous les balles de l'envahisseur.

— Il n'y a pas de blés moissonnés si les moissonneurs tombent d'abord.

Tel fut le commencement des longs entretiens qu'ils eurent ensemble par la suite. Ils arrivèrent vite au tutoiement comme font les Espagnols. Miguel raconta que son père et son grand-père étaient ouvriers agricoles au service d'un évêque. Ils vivaient dans un taudis, sans eau courante, sans électricité, s'éclairant aux lampes à huile. Le dimanche, toute la famille se rendait à la messe. Le curé, originaire des Asturies, était roux de poil comme un écureuil. Dans leur village de la vieille Castille, au contraire, tout le monde était brun comme le putois. Quelques années après l'installation de l'Asturien, on s'aperçut que des enfants roux s'étaient mis à naître dans les alentours. Inutile de rapporter les médisances qui en résultèrent.

— Si bien qu'un certain dimanche, monté en chaire, il eut le courage de combattre ces propos : « Mes chers frères, mes chères sœurs, je sais que depuis quelque temps un certain nombre de *niños* rouquins sont nés dans notre paroisse. Et l'on prétend, parce que je suis roux moi-même, que j'en suis le père. Il y a là beaucoup d'exagération. De quelques-uns, peut-être, mais pas de tous ! » Imagine l'éclat de rire qui a suivi. Les mères des enfants roux ont dû ensuite avoir du fil à retordre. En 1936 sont venus la guerre civile, les bombardements, les massacres. Je me suis trouvé orphelin à la charge de trois religieuses que j'appelais maman toutes les trois. Elles voulaient faire de moi un prêtre. J'ai appris presque par cœur l'Évangile. C'est un roman. Un magnifique roman, plein d'action, de poésie, de fantastique.

— Que veux-tu dire par roman ? demanda Germain.

— Une histoire inventée. Inventée par qui ? On ne sait pas. Remplie de miracles, de résurrections, de montées au ciel, d'eau transformée en vin, de pain multiplié. Balivernes toujours invraisemblables.

— Par exemple ?

— Qu'est-ce que ce Père souverainement bon qui sacrifie son fils unique, le laisse accuser et martyriser dans des douleurs épouvantables ? Et qui donc pouvait sauver les pécheurs, les voleurs, les assassins repentis avant la naissance de Jésus ?

— Je ne suis pas assez informé pour te répondre. Ainsi tout est mauvais pour toi dans les Saintes Écritures ?

— Pas tout. Les leçons de morale chrétienne sont bonnes à entendre sinon à suivre. « Vends ce que tu possèdes et donne-le en aumônes. » Elles condamnent la répudiation, l'avarice, la femme infidèle. Rien contre le mari. Elles recommandent, lorsqu'on est invité à un banquet, de prendre la dernière place.

— Les Américains ont fait une étude scientifique prouvant que les prières ne guérissent pas toujours, mais qu'elles atténuent la maladie.

— Oh ! les Américains ! Un peuple d'illuminés !

— Pourquoi t'es-tu éloigné de tes trois mères religieuses ?

— J'étais fou de dessin et de peinture. Élève instinctif de Pablo Picasso que les franquistes détestaient et que moi j'adorais. L'art était mon idée fixe. *Cada loco con su tema*. Chaque fou a sa marotte. J'ai peint des toiles plus ou moins picassiennes dont personne ne voulait. Je me rabattais sur des travaux de plâtrier-peintre. Je barbouillais des façades, des voitures, des boutiques, des hôtels. Un jour, j'ai décidé de faire comme Pablo, de quitter l'Espagne, de me réfugier en France. Mais Franco venait de crever, de se faire enterrer dans une sépulture monumentale. Avant de partir, j'ai décidé d'aller cracher sur sa tombe.

Construite entre Madrid et Ségovie, au cœur de la sierra de Guadarrama, c'est un monument grandiose élevé à sa gloire et à celle des quarante mille soldats franquistes ou républicains morts pendant la guerre civile : *El Valle de los Caïdos*. La vallée de ceux qui sont tombés. Inutile de dire que les saints, les saintes, les quatre évangélistes y ont été annexés. Au-dessus, se dresse une croix presque aussi haute que la tour Eiffel. Du marbre et du bronze partout. Il faisait très chaud, j'étais venu en espadrilles. Je suis entré, ébloui par tant de faste. Devant moi, mais à cinq ou six marches plus bas, j'ai vu la dalle funéraire. Je me suis avancé sans prendre garde aux marches dans mon éblouissement. Soudain, je me suis envolé comme une cigogne. J'ai atterri sans dommage auprès du sépulcre, me disant que j'avais failli être la dernière victime de ce salopard. Sauvé par mes chaussures de pauvre, à semelles de corde. Tombé sur les genoux, je me suis relevé. Sans regarder autour de moi, j'ai réuni tout ce que j'avais de glaire et de salive puis j'ai craché trois fois sur le monument. Ma chance a voulu qu'aucun garde civil ne fût à proximité.

Pendant quatre semaines, Miguel et Germain eurent de longs débats dans Montvianeix, sans qu'aucun des deux pût ébranler les convictions de l'autre.

— Si Jésus avait été véritablement un fils direct de Dieu, il aurait rendu tous les hommes sains de corps et d'esprit, sages et vertueux.

— Il les a rendus libres de faire le bien et le mal. Le paradis n'est pas sur terre. Si tous les hommes étaient parfaits, je devrais changer de profession.

— Sois un homme toi aussi. Débarrasse-toi de ce collier blanc.

— Ce collier blanc me protège quelque peu.

— Contre qui ?

— D'abord contre moi-même.

Les murs et la façade de l'auberge furent garnis de toiles champêtres ou forestières. Naturellement, l'église y eut sa place avec sa girouette et son coq. Maurel et Jocelyne s'en montrèrent satisfaits. Un dimanche matin, Miguel assista à la messe. Il ne fit aucun signe de croix, mais se leva et se rassit comme faisaient les christicoles. Lorsque Germain sortit de la sacristie, ils s'embrassèrent et se dirent :

— Bon courage.

— Bon courage.

Ensuite, Miguel s'éloigna à pied, tel un pèlerin, son fourniment sur le dos, vers un destin dont il se souciait peu. Ce même soir, Germain consomma la soupe au lait qu'Émilienne lui avait préparée. La servante-sacristine était une croyante idéale. Elle pratiquait les rites que ses parents lui avaient enseignés, sans se poser de questions, sans en poser à personne. « Heureux les pauvres en esprit, le royaume des Cieux leur appartient. » Assis sur sa couche en pyjama, Germain se reprocha d'avoir été troublé quelquefois par les arguments de Miguel. Il se leva, ôta sa veste, chercha une touffe d'arnica pour s'en flageller les épaules et le dos jusqu'au sang.

9

Entre deux dimanches, toujours pédalant, il se rendait à Mondeviolle. Il ne manquait pas de pousser jusqu'à Orléat, de s'incliner et de réciter un *De Profundis* sur la tombe où dormaient les restes de son père suicidé. Sa mère Alice se portait encore bien quoiqu'elle eût dépassé la huitantaine. Elle racontait à ses petits-enfants caramel des histoires auvergnates. Celle, par exemple, des deux perce-oreilles :

— Il était une fois deux perce-oreilles, un oncle et son neveu, qui s'en allaient en pèlerinage. Un soir, ayant beaucoup marché, ils arrivent très fatigués dans une auberge. On leur sert à boire et à manger. Puis ils disent « Bonne nuit messieurs, mesdames ! » et montent à leur chambre. Là, sans plus attendre, le neveu se déchausse et jette au loin ses trois paires de souliers car il avait six pattes. *Broum, broum, broum, broum, broum, broum !* L'oncle gronde son neveu : « Jeune homme, respecte un peu le sommeil de nos voisins. Fais preuve d'une bonne éducation. » Ils se couchent. Mais voici que, sur leur tête, d'autres cognements font résonner le plafond. « Tiens, dit le tonton, encore un malélevé qui se déchausse ! » Et ça continue, ils renoncent à compter les *broum-broum*. « À quel jeu ridicule se livre notre voisin du dessus ? Monte à l'étage, regarde par le trou de la serrure pour voir de qui il s'agit. » Ainsi fait le neveu. Il monte, il lorgne, il redescend, il s'écrie : « Adieu sommeil ! Nous ne fermerons pas l'œil de la nuit. Notre voisin du dessus est un mille-pattes ! » Ils réussirent quand même à somnoler un peu. Mais voici qu'à 5 heures du matin, ils sont réveillés par un nouveau tohu-bohu.

— Qu'est-ce que c'est un tohu-bohu ? demandèrent les enfants.

— Un bruit interminable. C'était le mille-pattes qui rechaussait ses souliers ! Les deux perce-oreilles se sont rattrapés plus tard en faisant la sieste comme fait tonton Germain.

Il est vrai que l'abbé, qui dormait peu la nuit, s'offrait chaque jour une heure de méridienne. Son corps avait besoin de cet anéantissement bienheureux. Les moissonneurs prenaient le leur sous un arbre, un chapeau sur la figure.

L'histoire des forficules eut une suite dramatique. Pour célébrer l'anniversaire de la petite Théa, grand-mère Alice lui fit cadeau de pendants d'oreilles qu'elle ne portait plus. À l'arrivée de tonton Germain, la fillette se jeta dans ses bras tout en larmes et criant :

— On m'a percée ! On m'a percée ! Regarde ! Regarde !

Alice avait dû, en effet, munie d'une aiguille, percer les deux lobes pour y suspendre les boucles. Elle s'en consola vite.

Il rencontra aussi sa sœur Valentine et son beau-frère Jean qui poursuivaient encore un peu leur combat en faveur du Larzac. Le 10 mai 1981, ils avaient obtenu satisfaction. François Mitterrand, à peine élu à la présidence de la République, avait déclaré que le projet d'extension du camp était abandonné définitivement. Les végétariens, les écologistes, les autonomistes, les paludiers de Vendée, les inconsolés de Mai 68, passablement déçus, cherchèrent ailleurs d'autres problèmes sociaux à résoudre. En septembre de cette même année, on apprit que l'Aveyron ne manquait pas non plus de farceurs. Bien qu'il eût obtenu satisfaction et obligé les militaires à rester dans leurs cantonnements, le Larzac, inspiré par un prétendu berger, José Bové, qui arborait des moustaches empruntées à Clemenceau, décida d'abandonner une partie de son territoire à la communauté kanake de Nouvelle-Calédonie, dirigée par Jean-Marie Tjibaou. Ainsi les Kanakes pourraient coloniser une partie de la France, eux que la France colonisait depuis 1853. On s'attendait à les voir débarquer sur le Larzac pour y établir leurs moutons cornus. À chaque peuple esclave son Rédempteur.

Roussette avait le sien. Elle ne supportait plus le confinement dans son étable, elle avait besoin d'air pour bien préparer le veau qu'en son ventre elle sentait bouger. Germain l'emmenait en promenade pour la faire marcher, pour l'intéresser aux petites choses. « Les petites choses n'ont l'air de rien, mais elles donnent la paix. C'est comme les fleurs des champs. On les croit sans parfum et toutes ensemble elles embaument. La prière des petites choses est innocente. Dans chaque petite chose il y a un ange[1]. » Les paysans, voyant passer le curé et sa vache, se mordaient les babines pour ne pas rire.

Un jour qu'il l'avait laissée seule au milieu d'une pâture communale pour lui permettre de brouter l'herbe verte au lieu du foin pénitentiaire, un orage soudain éclata. Il n'osa braver l'averse pour aller la secourir. Il la retrouva une heure plus tard étendue tout de son long, morte, foudroyée. Avec l'aide de ses voisins, il fallut l'ensevelir. Filou fit de son mieux pour le consoler en imprégnant de bave ses aisselles.

Au presbytère, une nouvelle vie commença, en l'absence de Roussette, de sa patience, de sa chaleur, de ses bouses, de son lait. Germain employait la maigre prébende que l'évêché lui adressait chaque mois à se nourrir de pain et de fromage, à satisfaire les besoins d'Émilienne, qui elle-même aidait à vivre sa sœur veuve et mère de deux enfants : Jacob, dix-huit ans, et Bruno, douze ans. Alors que le second faisait de bonnes études à l'école publique, l'aîné, simple d'esprit, ne s'intéressait qu'à la musique que lui déversait un poste de radio. Il occupait ses jours à répéter les chansons qu'il entendait, airs et paroles, faisant mine de s'accompagner d'une guitare idéale. Sa mémoire était prodigieuse, mais uniquement nourrie de cette substance. Il ignorait combien font 3 fois 4, l'année de sa naissance, n'avait aucun souvenir de son père tombé d'un arbre et enterré en 1975 bien qu'il l'eût fréquenté douze ans. Il perdait ses vêtements. Sans l'aide de sa mère, il se serait habillé

1. Georges Bernanos.

cul par-dessus tête. Germain eût aimé lui apprendre des cantiques qu'ensuite il aurait chantés pendant les messes ; mais la radio n'en émettait point. Sans en comprendre une syllabe, Jacob chantait devant sa porte en français, en espagnol, en anglais, en portugais, applaudi, ricané de beaucoup.

La mère de Bruno et de Jacob vint à mourir à son tour d'une congestion cérébrale. Pour se consacrer entièrement à ses neveux, Émilienne dut abandonner son maître.

— Tout ce que je peux faire maintenant pour vous, c'est la lessive de votre linge et de vos draps une fois par mois, en même temps que la nôtre.

Il resta seul avec Filou. Il aurait pu écrire le journal d'un curé de campagne, mais Bernanos l'avait déjà fait. Il continuait son jardinage. Suivant les saisons, il cueillait au creux des haies des mûres, des prunelles, des cynorhodons, vulgairement appelés gratte-culs, qu'il cuisait en compotes. Les gratte-culs atteignaient parfois la grosseur d'un abricot. Verts dans leur jeune âge, ils rougissaient à leur maturité. Il fallait alors les ouvrir au couteau, enlever la multitude de pépins cotonneux dont ils étaient remplis, ne conserver que les enveloppes, les découper, les réduire en marmelade, refusant d'y ajouter du sucre à confiture. De même il buvait son café sans sucre. Par économie, et pour ne pas commettre le péché de gourmandise.

— On peut croire, prêchait-il, que c'est le moins grave des péchés capitaux. La gourmandise enfantine est bien pardonnable. On peut pourtant considérer que c'est elle qui poussa Ève et Adam à goûter au fruit défendu parce qu'il était appétissant. Sans la gourmandise, nous habiterions encore le paradis terrestre, tout nus et immortels. Quant à l'ivrognerie, lisez votre journal et voyez tous les accidents, les crimes, les malheurs qu'elle engendre chaque jour.

Invité à la table d'autrui, il acceptait un verre de vin, mais posait la main dessus pour empêcher le second. À l'exemple de son prédécesseur, l'abbé Coustignol. Dans les bistrots foréziens, il devinait que les malicieux auraient eu plaisir à le voir tituber pour rentrer chez lui.

Malgré toutes ces préventions, Ferrier succombait de temps en temps, sans danger pour personne, au péché de gourmandise. N'élevant pas de poules, il devait se procurer des œufs. Article ainsi nommé, comme chacun sait, parce qu'il est parfaitement ovale. Son principal fournisseur était Jean-Marie Lhoste, habitant de Rochemulet, au pied du Grun de Chignore, un sommet de 1 074 mètres qui servait de baromètre à la population environnante, selon sa tête coiffée ou décoiffée de nuages. Les œufs de Lhoste étaient particulièrement riches en albumine. Germain s'en rendait compte en les mirant au soleil. Il les consommait aux fines herbes. Deux par repas lui suffisaient. Il connaissait leur origine et le secret de leur production. Lhoste avait combattu en Indochine et rapporté de là-bas une poule cochinchinoise et son coq. Ces volailles s'étaient multipliées en Auvergne. Il les laissait libres de gratter la terre autour de sa ferme, de trouver elles-mêmes leur nourriture, insectes, larves, lombrics, grains et graines.

— Nous avons perdu l'Indochine, mais j'y ai gagné mes poules et mes coqs.

Il les appelait en faisant *pchoc, pchoc, pchoc*, qui sont des syllabes cochinchinoises. En bécane, Germain montait jusqu'à Rochemulet. Ce matin-là, Jean-Marie leva les bras au ciel.

— Pauvre de moi ! Hier dimanche sont venus des cousins, ils m'ont pris tous mes œufs. Revenez dans une semaine. Gardez-moi votre clientèle.

Pour le consoler, il lui offrit un verre de pouzin, qu'on ne boit jamais par gourmandise. Germain repartit bredouille. Comme il passait devant une ferme voisine, que vit-il ? Un œuf qu'une poule cochinchinoise avait déposé sur le bassoir de l'arrière-fenêtre. Il le mira. Un œuf de première qualité. Il le mit dans sa musette et repartit sans le payer. Qui vole un œuf vole un bœuf. « Je le confesserai, se promit-il, au père Vrance de Vollore-Ville. Je ne vais pas me flageller pour si peu. »

Chaque chasseur a son gibier. Germain pourchassait les œufs cochinchinois. D'autres chassent le lièvre ou le sanglier. D'autres la célébrité. Ou le pouvoir politique. D'autres encore les millions. Bruno, le frère de Jacob, était chasseur de papillons. De *parpalhous,* comme il disait dans son patois forézien. Un jour, il montra sa collection à Germain. Elle remplissait une vitrine. Sous chacun, le nom de l'espèce, écrit de sa main. On y pouvait reconnaître le plus commun, apollon, aux ailes blanches marquées de quatre cocardes rousses. Le plus petit, aracynthe, aux ailes brunes tapissées d'olives pâles. L'aurore qui, malgré son nom, avait des ailes vertes. Le cléopâtre, tout en or. Le grand nymphale, tout en miel. Le laurier-rose au cul pointu. Le sphinx tête de mort, dont le buste s'orne en effet d'un petit crâne reposant sur deux pieds. Le plus gros : la lichenée bleue.

— Comment fais-tu pour les attraper ?

— Le jour, je les poursuis avec un filet manché. Parfois, seulement avec mon chapeau. Je les guette lorsqu'ils viennent aspirer le suc des fleurs avec leur trompe. Le soir, je laisse la lampe de la maison allumée. Ils voltigent autour.

— Ensuite, qu'en fais-tu ?

— Je les anesthésie dans une boîte parfumée au camphre. Après quoi, je les cloue au carton avec une épingle.

— N'as-tu pas pitié de leur vie ?

— Je la raccourcis simplement. Intacte, elle ne dure que quelques jours. Au bout desquels ils tombent en poussière, ou bien ils sont mangés par les merles. Moi, je leur procure une mort parfumée.

Germain Ferrier se dit qu'il employait un peu la même pratique. Sans la religion qu'il enseignait aux hommes et aux femmes, sans l'espoir qu'il leur donnait d'aller au paradis, de connaître un bonheur éternel, les malades mourraient dans la souffrance et le désespoir. Il leur procurait aussi, autant qu'il le pouvait, une mort parfumée d'espérance.

— Mes copains, poursuivit Bruno, se moquent de moi. Ils m'appellent chenille parce que les papillons ont été chenilles avant de devenir papillons.

Il emporta sa vitrine et disparut, disant qu'il reviendrait, qu'il avait une visite à faire à une certaine personne qui s'intéressait aussi aux papillons. Il revint le jour suivant comme il avait promis.

— Je suis allé voir la Maria Chiboule.

Cette Maria était bien connue. Elle habitait Mazellie et recevait beaucoup de monde. Des hommes principalement. Certains jours, ils étaient plusieurs devant sa porte, chacun attendant son tour. Des jeunes et des vieux. On la disait un peu sorcière, un peu rebouteuse, un peu guérisseuse. Au sortir de chez elle, certains vieillards se sentaient revigorés de quinze ans. Bruno poursuivit son récit.

— Des copains m'avaient raconté qu'elle s'intéressait aux *parpalhous*. Qu'elle en possédait un d'une dimension exceptionnelle et tout noir. À Mazellie, j'ai fait la queue derrière trois autres. Quand mon tour est venu, la Maria Chiboule m'a reçu dans son cabinet. Une femme de trente-cinq ou quarante ans. Assez rondelette. Vêtue d'une robe de chambre comme si elle sortait du bain. Parfumée aussi. Elle m'a considéré un moment sans rien dire. « Qui t'envoie ? – Des gars de Montvianeix. – Et qu'est-ce qu'on t'a dit ? – Que vous aviez un superbe papillon noir. Ils l'ont vu. Est-ce que je peux le voir aussi ? – Quel âge as-tu ? – Douze ans. – Mon *parpalhou* est un papillon de nuit. Il dort encore. Faut pas le réveiller. Tu es trop jeune. Je le montre pas aux gamins. Reviens plus tard, quand tu auras quelques poils de moustache. » Qu'en pensez-vous, mon père ?

— Je pense comme la Maria Chiboule. Contente-toi des petits papillons qui viennent tourner autour de ta lampe.

10

Et puis il y eut l'affaire de Pierre-sur-Haute.

Le curé de Vollore-Ville, René Vrance, et Germain Ferrier conçurent un projet ébouriffant. Il faut dire que Pierre-sur-Haute est une montagne granitique qui offre, avec ses 1 640 mètres d'altitude, un immense panorama sur les monts d'Auvergne, du Lyonnais, du Vivarais. Les gazons qui le tapissent sont troués çà et là par d'énormes rochers. Tout autour sont éparpillées des jasseries. Au-delà, les bons yeux discernent le Jura et les Alpes. Chaque été, se célèbre la fête de la Myrtille qui attire des milliers de curieux et de gourmands. Ces petits fruits violets abondent dans les clairières. Les propriétaires du sol autorisent les cueillettes manuelles et familiales, se réservant la cueillette au peigne. Celui-ci était fait jadis d'un sabot éculé dont le talon avait été découpé en longues dents. Vers 1885, le peigne de bois était devenu peigne de métal, beaucoup plus efficace. En une journée, le peigneur professionnel pouvait cueillir un quintal de myrtilles. Comme la récolte ce faisant était mêlée d'une multitude de petites feuilles déchiquetées, elle devait passer à la soufflerie mécanique, descendante du van d'autrefois. Le jus de la myrtille, presque noir, a des vertus guérisseuses : il améliore la vue. On l'employa aussi pour teindre la laine et le bois des sabots neufs. D'où le célèbre portrait des Auvergnats par Alexandre Vialatte : « Ils ont des yeux de braise, les cheveux noirs, les dents luisantes et des chandails superposés, les uns marron et les autres aubergine. » L'encre violette des écoliers n'en provenait pas, ils l'auraient toute bue.

Les ramasseurs propriétaires de myrtilles les vendaient aux pâtissiers, aux liquoristes. Les premiers en faisaient des tartes ou des confitures ; les seconds, une liqueur qui mariait la gentiane à la myrtille : la *Gentille*. Les sommets de Pierre-sur-Haute produisent aussi des fraises sauvages qui se dissimulent sous la dentelle de leurs feuilles. À la fête en question viennent des Stéphanois, des Vivarois, des Lyonnais et même des Suisses reconnaissables à leurs voitures marquées *CH*, ce qui veut dire « chocolat ». La fête est purement païenne, gastronomique, bachique, carnavalesque, commerciale. Aucune pensée de ces visiteurs ne s'élève vers Dieu créateur des myrtilles pour l'en remercier. Ils viennent seulement avec l'intention de bien rire, de bien chanter, de bien respirer, de bien manger, de bien boire. Les abbés Ferrier et Vrance pensèrent à y inviter le Seigneur.

Munis des autorisations nécessaires, avec l'aide d'ouvriers ambertois, ils édifièrent avant l'été une cabane de planches surmontée d'une croix, sur la façade de laquelle ils tracèrent cette inscription : *Entrée libre*. Il y vint de nombreuses personnes qui regardèrent les deux prêtres assis sur deux chaises devant la porte, égrenant des chapelets. Chacun avait chaussé le col ecclésiastique, on ne pouvait les prendre pour des prestidigitateurs. Les mangeurs de myrtilles les observaient sans ouvrir la bouche, se demandant la signification de leur présence. Un homme enfin osa leur parler. Un vieillard, tête blanche, dos courbé, soutenu par deux cannes.

— Je voudrais, demanda-t-il d'une voix tremblante, vous demander quelque chose.

— À qui de nous deux ?

Au hasard, il désigna Germain. Celui-ci se leva, glissa le chapelet dans sa poche, prit le vieil homme par le coude, l'introduisit dans la cabane. Expliquant qu'il s'agissait d'une chapeloune édifiée au service des voyageurs venus à la fête de la myrtille. Quelques bancs y étaient disposés devant un autel rudimentaire.

— Avant de converser, si vous voulez bien, veuillez quitter votre casquette. Faisons le signe de croix... Non, de la main droite. Au nom du Père et du Fils et du Saint-Esprit... Sur l'épaule gauche. Ainsi soit-il.

Le vieillard répéta en bredouillant. Un filet de salive descendait de sa lèvre violette. Ils prirent place sur le même banc.

— Expliquez-vous.

— Autrefois, j'étais garde champêtre. Je suis veuf. Je vis chez ma fille Ernestine. Un matin, je faisais la sieste devant la porte. Voici que je sens sur le dos d'une main un chatouillement. J'ouvre les yeux. Et qu'est-ce que je vois ? Un petit oiseau bleu et gris qui me regarde fixement. De loin, Ernestine s'en aperçoit. Elle veut s'approcher. L'oisillon s'envole. Une mésange. Les jours suivants, j'ai recommencé ma sieste. La mésange n'est pas revenue tout de suite.

Seulement au bout de trois jours. « C'est elle ! C'est elle ! a crié Ernestine. Je la reconnais. C'est l'âme de ma pauvre mère qui veut te parler ! »… On a recommencé. La mésange est revenue encore. Vous qui êtes prêtre, dites-moi ce que vous en pensez.

— Votre fille a raison. Peut-être la mésange vous apportait-elle un message de votre épouse défunte. Pourquoi pas ?

— Quel message ?

— À vous de trouver. Prenez le temps d'y réfléchir.

Le vieil homme laboura d'une main son front ridé, se frotta le menton, lâcha enfin :

— Entre ma pauvre femme et moi, il y avait une différence. Elle allait tous les dimanches à la messe. Moi pas. J'allais plutôt au bistrot. À ma naissance, j'ai pas été baptisé. Mon père ne croyait ni à Dieu ni au diable.

— Voilà sans doute le message de votre épouse : « Fais-toi baptiser pour venir près de moi, pour que nous ne soyons pas éternellement séparés. » Elle ne vous a pas envoyé un ange, mais une mésange, c'est presque la même chose. Si vous le désirez, je peux vous baptiser tout de suite, dans cette chapeloune.

— Combien que ça me coûtera ?

— Ça vous coûtera une prière que je vous ferai réciter. Voulez-vous vraiment être baptisé ?

— Oui je le veux, nom de foutre !

— Allons devant la croix de l'autel. Mettez-vous à genoux.

Tout clopinant, le vieux se dirigea vers la croix de cuivre, tomba devant agenouillé.

— J'ai fait, soupira-t-il, beaucoup de conneries dans mon existence.

— Vous voulez dire « beaucoup de péchés ». Le baptême les effacera.

Il tira une étole d'une valise, s'en revêtit. Prit une carafe d'eau qui attendait, en versa un peu sur la tête du vieux con en prononçant :

— Je te baptise au nom du Père et du Fils et du Saint-Esprit. Faites le signe de croix. De la main droite.

Le vieux con obéit.

— Maintenant, récitez après moi : Je crois en Dieu, le Père Tout-Puissant…

Quand ce fut terminé, le vieux con, lavé de ses conneries, se releva, se frotta les genoux, dit « au revoir et merci » et s'en alla, prenant la direction de Chalmazel.

À la fête de la myrtille, les deux prêtres eurent l'occasion de baptiser encore trois enfants ; de confesser une dizaine d'adultes repentis. Les festivaliers ne les laissèrent point sans boire ni manger. La fête se termina par des bourrées dansées sur l'herbe rase en souliers ou en espadrilles, ce qui est une faute notoire, car la bourrée doit être dansée en sabots, sur un plancher, unique moyen de produire des sabotades :

Allons donc !
Remue-toi donc !
On dirait que le cul te pèse !
Allons donc !
Remue-toi donc !
On dirait que tu l'as de plomb !

En fin de journée, quand les deux prêtres virent le soleil couchant rougir le ciel au loin derrière le puy de Dôme, chacun récupérait son véhicule habituel afin de regagner sa cure. Sur sa bicyclette, Germain Ferrier ne prit pas la ligne droite qui devait le ramener à Montvianeix. Il s'égara sur les monts de la Madeleine, s'arrêtant dans les fermes, expliquant d'où il venait.

— Vous êtes un curé colporteur ? s'étonnait-on.

— À peu près. Je colporte ma foi en Jésus-Christ.

— Par ici, vous vous sentirez chez vous : nous sommes une population de pieds-poudreux. C'est ainsi qu'on nous surnomme.

Ceux de La Chambonie colportaient des pacotilles : savons, pipes, calepins, bagues, boucles d'oreilles, colliers, parapluies, merceries. Ceux d'Arconsat étaient spécialisés dans la coutellerie. Ceux de Chalmazel proposaient de la toile venant de Chine, prétendaient-ils. Ou bien d'établissements pénitentiaires, tissée par des prisonniers. Ce qui expliquait son bon marché :

— Vous devez bien avoir une fille à marier ? Il lui faut un bon trousseau, sinon on la prendra pour une guenillarde. En plus, pour chaque paire de draps que vous nous achetez, la maison vous offre six mouchoirs de batiste *gratis pro Deo*.

Eux aussi mettaient Dieu dans leur commerce.

Pays de farceurs, l'Auvergne. Mais aussi, quand il convient, pays de convictions et de foi. Foi et montagnes vont ensemble, la foi brille mieux sur les sommets, elle éclaire plus loin : ô Sinaï ! ô Parthénon ! ô Capitole ! ô mont Doumias ! C'est sur celui-ci, appelé de nos jours puy de Dôme, que fut installé le plus ancien culte de la région, celui de Teutatès, dieu de la foudre et de la guerre, protecteur des chemins, gardien des voyageurs. Sur cette grosse tête ronde, les druides célébraient son culte, lui offraient des victimes, d'abord égorgées, puis enfermées dans des mannequins d'osier, enfin brûlées en plein air. Son successeur fut Mercure auquel les Gallo-Romains bâtirent un temple dont il subsiste de beaux restes.

Après la fête de la myrtille, l'abbé Vrance proposa à son ancien élève d'aller découvrir Notre-Dame de Vassivière, c'est-à-dire Notre-Dame des vassives, des troupeaux transhumants, à l'occasion de la *devalade*, de leur descente. Les bergers autrefois y participaient en sabots, le parapluie en bandoulière. Aujourd'hui, de bonnes routes permettent aux voitures d'atteindre sans effort l'altitude de 1 300 mètres. Les voies du Seigneur suivent le progrès et sont à présent bitumées.

Passant par Issoire et Besse, ils contournèrent le lac Pavin établi dans un cratère volcanique profond de 92 mètres. On raconte que l'ancienne ville de Besse y fut jadis ensevelie par punition divine. Y jeter un caillou déchaîne la fureur des Bessards noyés, d'où son nom de *pavens*, épouvantable. On tourne à droite. On arrive à la chapelle où réside la Vierge noire depuis le 2 juillet, jour de la *montade*. Sur les épaules de porteurs qui se relaient, elle part à la tombée du jour, se faufilant parmi les vaches salers. Ses fidèles en troupeau, Ferrier, Vrance parmi eux, piétinent des heures le sentier, puis la route dont le trafic a été heureusement détourné. À l'aveuglette, pressés les uns contre les autres, à la seule clarté des étoiles ou de sa couronne incrustée d'améthystes. Trois heures de marche dans la nuit. Germain songeait au sermon de Bossuet qu'il avait appris par cœur au séminaire.

« La vie humaine est semblable à un chemin dont l'issue est un précipice affreux. On nous en avertit dès les premiers pas ; mais la loi est portée, il faut avancer toujours. Je voudrais retourner sur mes pas : marche ! marche ! Un poids invincible, une force irrésistible nous entraîne ; il faut sans cesse avancer vers le précipice. Mille traverses, mille peines nous fatiguent et nous inquiètent dans la route. Encore si je pouvais éviter ce précipice affreux ! Non, non ; il faut marcher, il faut courir. Telle est la rapidité des années. On se console pourtant parce que, de temps en temps, on rencontre des objets qui nous divertissent, des eaux courantes, des fleurs qui passent. On voudrait s'arrêter : marche ! marche ! »

À Besse, ville de clochers, de remparts, d'hôtels, de beffrois, la fête votive a rempli les places et les rues, les haut-parleurs hurlent à pleins tubes, les tirs à la carabine crépitent. Nul ne semble se soucier d'elle. Or voici que son approche est signalée par des guetteurs postés à l'entrée du bourg. Un premier coup de fusil éclate, puis un second. Soudain, tout se tait, car la Vierge noire des vassives a ce pouvoir d'arrêter le bruit et le mouvement. Un feu d'artifice lui est offert, projetant des postillons lumineux. L'air maintenant sent la poudre et le carton brûlé. Quand tous les feux sont épuisés, la procession reprend sa marche. Elle passe sous la porte du beffroi. Les cloches de l'église Saint-André s'ébranlent et sonnent de tout leur bronze. Elle y entre enfin, chassant la doublure de plâtre qui a gardé sa place durant l'estive. La voici dans son hivernage, entourée par d'autres habitants du lieu : un mouton à deux têtes, un singe encordé, un minotaure affublé d'une queue en forme d'artichaut, un bœuf sur les épaules de son boucher, un sacrificateur muni d'une jambe de bois. Les Bessards sont aussi farceurs que les autres Auvergnats. Au milieu de cette étrange zoologie, la Vierge attendra le 2 juillet pour reprendre sa transhumance.

11

L'automne finit. L'hiver revint. Comme il rentrait chez lui un soir de décembre, revenant d'une veillée, par une nuit sans lune, une forme plus noire sortit de l'ombre. Avant qu'il pût comprendre ce qui lui arrivait, le ciel lui tomba sur la tête. Estourbi par un coup de trique, il mordit la chaussée et plongea dans une inconscience qui n'était pas sans agrément. Il ne sentait plus ses membres engourdis par le froid, notamment cette douleur rhumatismale à l'épaule droite. Toutes ses pensées habituelles lui étaient sorties par les oreilles. Enfin, ce fut le vide absolu, impondérable.

Les notes d'une cloche qui sonnait les heures le rendirent à lui-même. Des voix bourdonnèrent autour de lui, prononçant des mots qui avaient un sens :

— Il ouvre les yeux… Il se réveille… Il n'aura pas besoin de l'hôtel-dieu. Merci, Sainte Vierge.

Il reconnut le plafond de sa chambre. Quelqu'un s'empara d'une de ses mains :

— Bonjour mon père. Je suis Émilienne. En compagnie de Clotilde Morvan. Vous me reconnaissez ?

— Tout à fait. Que m'est-il arrivé ?

— Presque rien. Quelqu'un vous a assommé pour vous faire les poches. Un voyou mal renseigné. Il a cru s'en prendre à un bourgeois. On vous a trouvé le matin suivant tout raide au milieu de la route. On vous a transporté au presbytère, appelé un médecin qui a dit : « Les coups à la tête, c'est très grave ou bien ce n'est rien du tout. » Il vous a coiffé d'un joli pansement, d'un turban, vous ressemblez à un zouave.

Rires des deux femmes.

— Et qui m'a fait ça ?

— La nuit, tous les chats sont gris.

— Le voleur aurait dû me demander, au lieu de vouloir se servir lui-même.

— À présent, faut vous alimenter un peu. Je vais vous préparer une bonne soupette. J'ai apporté du beurre, du lait, un oignon et des alphabets.

Elle prononçait « alphabés ». Il s'agissait de pâtes à potage très appréciées des enfants qui, en les dégustant, y apprenaient à lire. Assis dans son lit, Germain fut assez fort pour porter à sa bouche, d'une main un peu tremblante, ces minuscules majuscules, *ABCDE*. Encouragé par Émilienne :

— Encore une cuillerée… Encore une autre… Buvez le bouillon.

Le docteur revint, déroula le turban, palpa le crâne.

— Ça n'est rien d'autre qu'une simple bosse, conclut-il. La bosse de l'arithmétique, comme tous les Auvergnats, peut-être… Avez-vous des nausées ?

— Aucune. Je viens d'avaler un potage d'alphabets, il est très bien passé.

— Vous pourrez vous lever quand il vous plaira.

Par précaution, je vous construis un autre bandage. Dans quatre jours, vous pourrez l'enlever.

Germain bénit son assommeur qui lui avait donné l'occasion de récupérer Émilienne. Dès le lendemain, il fut en effet sur pattes. Après avoir fouillé ses vêtements, il constata que ce bienfaiteur inconnu avait emporté son porte-monnaie, son chapelet en noyaux d'olives et sa montre de gousset.

— Les quatre sous de mon porte-monnaie, je m'en moque. Le chapelet a un remplaçant. Mais je regrette beaucoup la montre, héritée de mon pauvre père. Il l'appelait son oignon. Une montre à remontoir. Il avait fait avec elle la guerre de 1914-1918. Son nom était gravé à l'intérieur.

— Nos ancêtres, dit Clotilde Morvan, n'avaient pas de montre. Ils plantaient un bâton dans le sol. Il leur servait de cadran solaire d'après la longueur et la direction de son ombre. En ce temps-là, il n'y avait pas d'heure d'hiver et d'heure d'été.

Le dimanche suivant, il eut le courage de célébrer la messe avec Joselou son enfant de chœur. Les fidèles, jamais très nombreux à Montvianeix, lui en firent des compliments. Il reprit toutes ses fonctions sacrées, célébra baptêmes, communions, mariages, funérailles. Infligeant des pénitences matérielles, un poulet tout plumé, un pot de miel, un chèvreton. En décembre, il répéta la crèche imaginée par saint François. Le premier mercredi du Carême, il incendia des branchettes de buis dont les cendres lui permirent de dessiner une croix sur le front des pénitents, répétant en latin : « Souviens-toi que tu es cendre et qu'en cendre tu retourneras. »

Voici que deux semaines après sa guérison, des gendarmes cyclistes mirent pied à terre devant la cure. L'abbé vint leur ouvrir.

— Vous êtes bien monsieur Ferrier ?

— En effet.

— Nous vous rapportons deux objets qui doivent vous appartenir.

Ils enlevèrent leurs képis, entrèrent têtes nues, déposèrent sur la table un chapelet en noyaux d'olives et une montre de gousset. Germain les prit, les baisa, se confondit en remerciements, demanda d'où ils venaient :

— Des poches d'un vagabond que nous venons d'arrêter. En ouvrant la montre, nous avons trouvé cette inscription gravée dans le couvercle : *Annet Ferrier 1918*.

— La montre est un héritage de mon père. Le chapelet, un cadeau d'un collègue qui l'avait acheté au Liban.

— Le voleur avait bien d'autres butins dans sa musette. Il est à Riom[1], à la maison d'arrêt. Un nommé Imsamm Touré.

— Drôle de nom.

— Il est noir, mauritanien. Il s'exprime assez bien en français. Il passera bientôt en jugement.

Ils lui firent signer une déclaration de propriété, recoiffèrent leurs képis et renfourchèrent leurs bécanes. Quelques jours plus tard, Germain enfourcha la sienne pour se rendre à Riom.

Une phrase naguère faisait peur en Auvergne : « Je

1. Prononcer *Rion*.

vous traînerai à Riom ! » Terrible menace ! On imaginait le coupable résistant des quatre pattes comme un veau qu'on tire à la foire, les cognes autour, le banc d'infamie. Riom est le siège de la cour d'appel et de la cour d'assises. Là règne la justice souveraine. Là, des hommes vêtus de robes noires ou écarlates décident si oui ou non tu mérites qu'on te coupe le cou. En 1985-1986, la peine de mort supprimée, les Riomois regrettaient les anciennes exécutions publiques qui attiraient les curieux des quatre coins du département. La « belle et sombre veuve » se tenait sur le Pré-Madame ou devant la maison d'arrêt. On grimpait aux arbres pour mieux voir les manœuvres de Deibler et de son équipe. Certains Riomois louaient leurs fenêtres ou leurs balcons. La guillotine faisait marcher le commerce. Mise au rancard, il restait la cour d'assises et les grands procès. Riom faisait toujours peur en ses jugements de cour, par leur réputation d'honnêteté et d'indépendance.

On le vit bien en 1942 quand furent jugés Édouard Daladier, Léon Blum, Paul Raynaud, Georges Mandel, le général Gamelin, tenus pour responsables de la guerre de 1939 et de la défaite de 1940. Pour donner plus d'éclat à l'événement, le mobilier national prêta des lustres, des fauteuils dorés, des tapisseries. Avant même que ne fût achevée l'instruction, le maréchal Pétain proclama que lui, chef de l'État français, les condamnait tous aux plus lourdes peines. Étrange procès où les accusés étaient condamnés d'avance. Subséquemment, dès l'ouverture des débats, le président de la Cour suprême affirma que ladite cour n'avait pas à délibérer puisque les condamnations étaient déjà prononcées. Les audiences furent suspendues, les accusés déportés en Allemagne d'où ils revinrent vivants, excepté Georges Mandel, assassiné par la Milice. De cette sinistre affaire, Riom sortit immaculée.

Germain Ferrier s'y rendit par Puy-Guillaume et Maringues. Il franchit l'Allier à Limons, l'Ambène à Ennezat, traversa le faubourg de la Bade, passa devant une fontaine qui ne coulait plus, arriva devant la maison d'arrêt vers les 10 heures. On lui parla à travers un judas :

— Qui êtes-vous ?

— L'abbé Germain Ferrier, curé de Montvianeix. J'ai été agressé par Imsamm Touré. Je voudrais lui parler.

— Revenez à l'heure des visites. Cet après-midi de 14 heures à 18 heures.

Le judas ferma son bec. Il ne restait plus à Ferrier qu'à passer quatre heures à se promener dans Riom qui se crut autrefois capitale de l'Auvergne. Il s'assit sur un banc du Pré-Madame, tira de sa poche un sandwich au fromage et une pomme reinette. Seul sur le banc, malgré la froidure du temps, il avait l'air d'un SDF. Des passants le considéraient d'un air apitoyé. Il erra ensuite dans la ville des enrobés. Vialatte se demande si Riom est riche en jansénistes parce qu'elle est noire, ou si elle est noire parce qu'elle est riche en jansénistes. Autre jugement sans conséquence. En fait, elle est toute construite en pierre de Volvic, ce qui explique sa noirceur. Germain examina surtout l'église Notre-Dame-du-Marthuret qui lui fut expliquée par le sacristain :

— Il y eut ici jadis un couvent habité par des filles de Sainte-Marthe, dévouées aux orphelines filles de martyrs. Avez-vous vu sur la façade, adossée au trumeau, une copie de la Vierge à l'oiseau ? L'authentique est à l'intérieur. Entrez la voir.

Dans la grande chapelle, à droite, sur l'autel, la vraie Vierge à l'oiseau. Adorable sculpture d'un tailleur de pierre inconnu. La légende raconte que cet homme, un mauvais sujet, attendait en prison qu'on le pende. Il eut l'idée de demander un bloc de marbre et des ciseaux pour montrer ce qu'il savait faire. Il se mit à l'ouvrage sans trop se presser. Les gardes admiraient le résultat. Il représenta une Vierge couronnée, vêtue d'une robe à longs plis, tenant dans ses deux mains, la gauche sous ses petons, la droite sous son petit derrière, l'Enfant Jésus, gracieux, potelé. Elle le contemple avec toute la tendresse du monde. Or un oisillon aux ailes battantes s'est posé sur les menottes du *bambino*, dont il mordille un index, il recule un peu. La mère sourit de cet effroi.

— Vous avez là, dit le sacristain, une merveille du siècle gothique. Jean de Berry, le seigneur de Riom, rendit la liberté au tailleur de pierre. Sous la Terreur, l'œuvre fut sauvée par la corporation des bouchers qui la cachèrent dans une cave.

— Pourquoi a-t-elle un double sur la façade ?

— Elle s'y tenait originellement, offerte aux fumées, aux intempéries. Le maire, Étienne Clémentel, l'y fit remplacer par une copie en lave qui résiste à tout.

— Comme les fesses des Auvergnats.

— C'est une bonne comparaison.

Il fut devant la maison d'arrêt avant 14 heures. Il faisait un froid assez vif. D'autres visiteurs, hommes et femmes, attendaient en grelottant l'ouverture des portes. Elles s'ouvrirent enfin.

— Présentez votre autorisation de visite, dit un gardien à casquette.

— Je n'en ai pas, dit Germain. On m'a dit de revenir. J'ai attendu quatre heures.

Une carte lui fut enfin remise l'autorisant à rencontrer Imsamm Touré. Il fut introduit dans le parloir. Une grande salle divisée par des cloisons grillagées en sept espaces parallèles, larges d'une coudée, meublés de deux chaises métalliques. Le tout sous la surveillance d'un gardien à casquette sur une estrade. Après quelques minutes arriva Imsamm, barbu, chevelu, noir comme la suie.

— Je suis Imsamm Touré, dit-il avec son accent africain.

— Et moi Germain Ferrier que vous avez assommé d'un coup de trique, en me prenant ma montre et mon chapelet.

— Faut pas m'en vouloir. J'ai six enfants à nourrir, une femme et un père en Mauritanie. Là-bas, on meurt de faim et de misère. On vous a rendu, je crois, ce que je vous avais pris. Je vous en demande pardon. Est-ce que je vous ai fait mal ? J'essaie de pas taper trop fort. Je savais pas – on me l'a dit ensuite – que vous étiez curé. Faisait trop noir. Mais comment je peux faire pour nourrir ma famille ?

— En travaillant.

— J'ai appris à faire des souliers, des sandales. Mais là-bas, tout le monde va pieds nus. En France, personne a voulu m'engager. Je suis trop noir. Et j'ai perdu la moitié de mes dents.

— Il se pourrait que… peut-être… à Clermont…

Il s'interrompit parce que du bruit venait d'un espace contigu, occupé par un prisonnier et sa femme en train de se manifester leur amour, invisibles au gardien à casquette. Dans cette situation, il était difficile de s'expliquer sérieusement.

— Je chercherai, je m'informerai, je vous trouverai peut-être un travail. En attendant, vous devez être jugé et subir une peine. Je ne vous oublierai pas.

Il regagna Montvianeix en passant par Mondeviolle. En cette période hivernale, le tchernoziom de la Limagne se reposait, le bétail restait au chaud, les appentis des toitures attendaient les hirondelles. Dans la ferme familiale, chaque meuble lui rappelait son malheureux père, la chaise où il avait coutume de s'asseoir et de faire la sieste, le petit miroir dans lequel il se regardait pour affiler ses moustaches, ses sabots sans bride restés près de la cheminée, l'horloge et son balancier dont il remontait les poids chaque dimanche, sa casquette à oreilles encore accrochée aux patères, son portrait en uniforme de chasseur alpin, épreuve obtenue la nuit par *Léon Beltraz, photographe à Grenoble, 2 bis, avenue de la Gare*. Il se rappela ses mains rudes, ses doigts sans alliance, sa voix un peu rauque, son odeur de tabac. Ses tatouages sur les bras, femmes nues tracées en violet. Son œil gauche toujours larmoyant, suite à une blessure superficielle. Ayant choisi, en juin 1918, l'armée d'Orient sous les ordres de Franchet d'Espèrey, il avait combattu les Bulgares, obtenu une décoration en langue serbe encadrée et suspendue sans qu'il en comprît un seul mot.

Germain monta au premier étage, vit la chambre où son père s'était suicidé. Une trace d'éclaboussure restait encore collée aux solives. Il se demanda si la porte du paradis était toujours close à ceux qui avaient refusé la vie et se promit d'en parler à l'abbé Vrance. « Rome, se dit-il, change une virgule au droit canonique tous les cent ans. » Comme il ne trouvait pas le sommeil, il alluma sa petite radio, compagne de ses insomnies. Radio Vatican diffusait les chansons composées par une religieuse guitariste sous le pseudonyme de Sœur Cerise :

Sœur Cerise vous précise
Comment voir le paradis.
Mille choses vous le disent :
Les cloches de nos églises,
Les fleurons qui les déguisent,
Le soleil, l'ombre, la brise,
Les pauvres gueux qu'on méprise.
Oyez ! Suis-je bien comprise ?

Le verbe « déguiser » fut pour lui une révélation. « Il faut que mon Mauritanien se déguise. Qui mieux que l'abbé Pierre le déguisera ? »

Sitôt levé, il se rendit à Puy-Cervier, près de la Dore, où Pierre et ses compagnons avaient un centre Emmaüs.

L'abbé Pierre, pseudonyme d'Henri Grouès, né à Lyon en 1912, était une vedette de la charité. Les journaux, la radio, la télévision, le cinéma parlaient de lui, de son œuvre, de ses prodiges. À dix-neuf ans, comme François d'Assise, il était entré tout nu en religion, donnant tout ce qu'il possédait à des œuvres caritatives. Mobilisé en 1939, il redevint civil en 1940, vicaire à la cathédrale de Grenoble. En 1942, il recueillit des enfants dont les familles avaient été arrêtées. La même année, il participa à la formation de maquis dans le massif du Vercors et de la Chartreuse. Il prit le nom d'abbé Pierre dans la clandestinité, aida de jeunes garçons à échapper au Service du travail obligatoire (STO). Déguisés en bûcherons. En 1944, il rejoignit le général de Gaulle à Alger, devint aumônier de la Marine. Ses actions dans la Résistance lui valurent la croix de guerre avec palme à la Libération. En 1945, dans une conférence donnée au palais de Chaillot, il raconta ses transformations. Après la guerre, approuvé par l'archevêque de Paris, il fut élu député de Meurthe-et-Moselle avec ce programme : « Ni capitalisme, ni collectivisme. » Il abandonna la politique en 1951. Que vient faire Emmaüs dans cette insurrection de la bonté ?

Les Évangiles racontent que deux disciples de Jésus allaient à une bourgade appelée Emmaüs, située à environ soixante stades (dix kilomètres) de Jérusalem et lui tournant le dos. Chemin faisant, ils s'entretenaient de la crucifixion de Jésus et en éprouvaient une tristesse infinie. Or tandis qu'ils marchaient, Jésus lui-même, sorti de son tombeau, se joignit à eux, leur parla, sans qu'ils le reconnussent, car ils avaient comme un voile devant les yeux.

— D'où vient votre tristesse ? leur demanda-t-il.

— Êtes-vous donc tellement étranger dans Jérusalem, répondit Cléophas, un des deux marcheurs, pour ignorer ce qui vient de se passer ?

— Qu'est-ce donc ?

— Les Grands Prêtres ont condamné à mort Jésus de Nazareth, un grand prophète en paroles et en actions, et l'ont crucifié. Nous espérions qu'il délivrerait Israël de la tyrannie du Temple et du pouvoir des Romains ; mais il est en son sépulcre depuis trois jours. Quelques femmes y sont allées. Elles prétendent que le sépulcre est vide. Comment croire une fable pareille ?

Jésus les traita d'ignorants et d'insensés parce qu'ils oubliaient ce qu'ont annoncé les prophètes depuis Moïse. Il le leur rappela. Il allait poursuivre sa marche vers Emmaüs, mais ils le retinrent :

— Demeurez avec nous parce qu'il est tard et que le jour baisse.

Il accepta leur invitation. Pendant qu'ils étaient à table, il prit le pain, le bénit, le leur distribua. Tous y virent une répétition de la Cène sur le mont des Oliviers. Alors leurs yeux s'ouvrirent, et ils le reconnurent.

— Je suis le pain vivant qui est descendu du Ciel. Si quelqu'un mange de ce pain, il vivra éternellement.

Tels furent les compagnons d'Emmaüs inspirateurs de l'abbé Pierre. Sur les antennes de radio Luxembourg, il avait lancé un appel pour nourrir son entreprise. Il rapporta 500 millions de francs, dont 2 millions de Charlie Chaplin qui expliqua : « Je ne les donne pas. Je les rends. Ils appartiennent au vagabond que j'ai été. » Les communautés d'Emmaüs se sont répandues sur la terre entière. Au cours d'un de ses voyages, lors d'un naufrage dans le rio de la Plata, l'abbé échappa à la noyade. Le Ciel lui devait bien ce miracle. « J'ai passé ma vie à prier Dieu de mourir jeune. Vous voyez, c'est raté. » Médaillé de tous côtés,

Grand Officier de ceci et de cela, il refusait de porter ses décorations tant que le gouvernement français n'attribuerait pas à des SDF des logements inoccupés.

À Puy-Cervier, les compagnons d'Emmaüs occupaient deux immenses baraques de bois et de briques remplies jusqu'au plafond d'un bazar indescriptible. Meubles, poêles, chaussures, vêtements, livres, journaux, instruments de musique, tableaux, coiffures, lampes, outils, cages aux portes ouvertes, vaisselles, paillasses, jouets, nounours. Un de ces derniers ne dormait jamais que d'un œil car il avait perdu l'autre. Tout cela donné par des bienfaiteurs généralement très contents de s'en débarrasser. Des échappés de galères, semblait-il, blancs, jaunes, noirs, jeunes, vieux, bossus, goitreux, s'efforçaient de mettre un peu d'ordre dans ce fourbi, réparant ce qui pouvait l'être.

Germain entra timidement dans une baraque, regarda autour de lui, osa demander :

— Qui commande ici ?

— Ici personne ne commande. Nous sommes tous des frères, mais pas de la même couvée.

— Vous avez bien un responsable, un Cléophas ?

— Adressez-vous à Victorin, notre aîné.

Du doigt, il désigna le fond de la baraque. Germain y trouva Victorin, un septuagénaire qui leva les yeux par-dessus ses lunettes d'un air interrogateur.

— Je suis l'abbé Germain Ferrier, curé de Montvianeix. Je voudrais vous parler d'un Mauritanien auquel je m'intéresse, emprisonné pour le moment, mais bientôt libre.

— Pourquoi la prison ?

— Il m'a un peu assommé. Rien de grave.

— Sait-il faire quelque chose ?

— Oui. Réparer les chaussures. Mais prêt à faire n'importe quoi.

— Amenez-le-moi. Je le prendrai à l'essai. Nourri, mais sans salaire. On verra par la suite.

Le Mauritanien fut condamné à quinze jours de prison qu'il ne fit pas, car il en avait déjà purgé vingt-sept. Germain le revit à Riom, lui annonça qu'il serait pris à l'essai par les compagnons d'Emmaüs de Puy-Cervier s'il leur donnait satisfaction.

— Au début, vous serez nourri, mais sans salaire. Le salaire viendra ensuite. Je crains qu'il ne suffise pas à secourir votre nombreuse famille.

— Il me suffit, dit Imsamm Touré, d'être nourri moi-même. Je crois bien vous avoir menti. En Mauritanie, je n'ai pas de famille. Ce ne sont que des cousins lointains. Ils sauront se débrouiller.

« Il faut, dit La Rochefoucauld dans ses *Maximes*, savoir déguiser ce que l'on est afin de devenir ce que l'on voudrait être. »

12

Devant les adultes comme devant ses petits catéchumènes, il ne se lassait pas de démontrer l'existence de Dieu. Une de ses meilleures preuves lui venait de la coccinelle, familièrement appelée « bête à bon Dieu », ce chef-d'œuvre de miniaturisation. Avec son train d'atterrissage formé de trois paires de pattes, sa double antenne, ses yeux multiples, ses ailes repliées comme un parachute dans son enveloppe, son ventre noir, et la complication infinie de ses organes intérieurs. À côté de ce miracle, nos Airbus, nos Boeing auxquels ont travaillé des milliers d'ingénieurs, sont des appareils aussi grossiers que le seraient des sabots volants. Que de fois il arrive à ces avions de se casser la gueule avec leur cargaison de bagages et de passagers. On appelle cela se *crasher*. Or une coccinelle ne se *crashe* jamais.

Lorsque ses élèves réussissaient à capturer une « poulette du bon Dieu », ils la retenaient au bout de leur index et lui chantaient :

Poulette du bon Dieu
Va-t'en dire au bon Dieu

Qu'il nous envoie des cerises
Que nous prendrons par la queue.

Alors, ils lui soufflaient au derrière. Elle soulevait délicatement ses élytres de corail marqués de points d'ébène, dépliait ses ailes de soie, s'envolait pour porter au bon Dieu le message. Et l'été suivant, immanquablement, les cerisiers étaient chargés de cerises. Mission accomplie.

Roulant vers Mondeviolle, Germain s'arrêtait parfois dans une ferme dont il connaissait les propriétaires. Il embrassait les dames et les enfants, serrait la main des hommes, bénissait les lieux. En échange, on lui offrait une goutte d'hydromel ou d'eau de coing. Il regardait le bétail, toutes ces merveilleuses créatures de Dieu au même titre que les coccinelles. À Fontpanade, chez les Giraudias, il observa un coq nain qui se pavanait au milieu de la volaille. Parfois, il sautait sur le dos d'une poule picarde beaucoup plus volumineuse que lui, avec des intentions fécondatoires. Mais elle le repoussait en gloussant :

— Tu es trop petit, mon ami ! Tu es trop petit !

Le coquelet s'en allait dépité. « Il est un peu comme moi », se disait Germain, songeant à sa mutilation.

Il arriva un autre jour chez les Ferrier. Il y régnait un silence insolite. Même ses petits neveux se tenaient assis côte à côte, face à l'entrée, et regardaient le ciel bouche cousue.

— Bonjour Théa ! Bonjour Olive !

Ils le saluèrent de la tête sans répondre. Il embrassa quand même leurs joues caramel.

— Vous avez perdu votre langue ?

— Mamie est malade, dit Théa.

— Elle va mourir, dit Olive.

Malgré lui, Germain reprocha intérieurement au Créateur d'avoir inventé des créatures condamnées à mourir après avoir supporté de douloureuses maladies. En le sachant. Les coccinelles et les autres animaux ne prévoient pas qu'ils vont mourir. Les femmes et les hommes le savent. Germain monta à l'étage, trouva sa mère non pas couchée, mais assise, en compagnie de Valentine venue de l'Aveyron et de la Sénégalaise. Son frère aîné Richard était au labour comme Dieu l'exigeait ; « tu gagneras ton pain à la sueur de ton front ».

— Voyez, chuchota Awa, la personne qui vient vous voir. Votre fils Germain.

Les yeux d'Alice s'ouvrirent, un pauvre sourire déplissa ses lèvres pâles. Il se pencha doucement, baisa son front, ses joues, ses mains, murmurant avec tendresse des mots patois. Usant du pluriel pour dire « Pauvre mère que nous aimons tant ! De tout notre cœur ! » Puis, il embrassa Valentine et Awa. Il attira sa sœur dans un coin pour connaître le mal de leur mère.

— Une attaque, répondit-elle.

— Quel genre d'attaque ?

— Congestion cérébrale. On l'a trouvée étendue par terre. Poupette, la chatte, lui léchait le front. On a appelé le médecin. Une heure après, il est venu de Lezoux. Il a pratiqué une saignée, lui a fait avaler des comprimés. On lui pose des compresses froides sur le front, des sinapismes à la moutarde aux jambes. Elle prend des tisanes, des soupes légères qu'on lui met dans la bouche. Il faut lui parler, l'empêcher de s'endormir. Pour l'aérer, on ouvre la fenêtre en lui couvrant les épaules.

Il revint vers la malade, lui parlant toujours en patois limagnais, approchant presque à la toucher son oreille à lui de sa bouche à elle.

— C'est Poupette qui m'a sauvée, comprit-il... Tu ne vas pas repartir ?

— Non, non. Je reste ici jusqu'à ce que tu te lèves.

Il demeura près d'elle toute la soirée et la nuit suivante, prenant pour seule nourriture des bolées de soupe. Elle finit quand même par s'endormir, produisant une respiration stertoreuse. Il pria, pria, pria. Le lendemain matin, elle montra d'abord un faciès vultueux, qui finit par se dégonfler. Valentine changea ses compresses. Elle ouvrit les yeux. On vit ses lèvres bouger. De nouveau, il approcha son oreille.

— Je voudrais... je voudrais...

— Que veux-tu, ma chère maman ?

— Je voudrais... je voudrais...

Il n'arrivait pas à déchiffrer le sens de ce souffle. Valentine le remplaça.

— Elle veut le sacrement.

L'extrême-onction. Il se leva, demanda à sa belle-sœur si elle avait un peu d'huile d'olive. Elle en apporta un flacon. Il en versa dans une soucoupe. Il retroussa ses manches, se lava les mains, bénit l'huile. Y trempant l'index, il traça une croix sur les cinq sens de la malade, les paupières, les oreilles, le nez, la bouche, les mains, en prononçant :

— Je te prie, ô Seigneur, d'avoir miséricorde du corps et de l'âme de ta servante Alice, de lui remettre ses péchés, afin qu'elle participe quand tu voudras au salut éternel. Amen.

Alice reçut ces onctions, entendit cette oraison d'un air extatique. Plusieurs fois, elle prononça le mot « merci ».

Elle vécut encore une journée. Elle ne se réveilla point pour regarder l'aube suivante. On la transporta au cimetière d'Orléat où ses fils avaient construit un caveau, où leur père dormait depuis 1963. Malgré le printemps officiel, il faisait un temps neigeux. Ceux qui suivaient le corbillard avaient plus froid que la défunte.

Par les voies ordinaires, Germain regagna Montvianeix, orphelin de père et de mère. Se rappelant qu'enfant il rêvait d'être roi. Roi en exil comme la plupart des rois. « Je ne savais pas, se dit-il, qu'on souffre tant de peines pour mourir. Je croyais que nos douleurs vivantes suffisaient à nous punir de nos péchés. »

Il retrouva sa cure, son jardin, son village, ses amis. À cause du manque de prêtres, il avait à sa charge cinq paroisses qu'il honorait de sa présence toutes les cinq semaines ; Montvianeix ne s'étonnait donc pas de ses absences. Il lui suffisait de coller un avis sur la porte de son église.

— Vous étiez parti en vacances ? lui demandèrent quelques mécontents.

— J'étais allé assister ma mère agonisante. Je ne prendrai jamais de vacances, en attendant mes vacances éternelles.

Il fit la connaissance de Salvatore Alaïmo. Cet ancien Sicilien amélioré – il parlait bien le français et, arrivé misérable de Messine, s'était enrichi dans le bâtiment –, resté célibataire, avait de nombreux parents demeurés pauvres, mais fidèles à leur île. Peut-être aussi à la Mafia, cette organisation dont les cinq lettres signifient *Mamma Autorizza Furti Incendi Assassini*[1]. Quand par hasard un Sicilien est appelé à témoigner contre elle, il applique la règle séculaire de l'omerta : « S'il s'est passé quelque chose, je n'y étais pas. Si j'y étais, je n'ai rien vu. Si j'ai vu quelque chose, je ne m'en souviens pas. Si je m'en suis souvenu, depuis, j'ai dormi dessus. » Les parents des victimes eux-mêmes se taisent, par crainte des représailles. La Mafia règle son compte à la *lupara*, le fusil de chasse à canons sciés contre les loups. Inversement, il lui arrive de récompenser ceux qui l'ont bien servie. Aussi s'offre-t-elle le titre d'« honorable société ». Salvatore savait qu'on pouvait lui échapper, à condition de faire ce qu'il avait fait : aller très loin de l'île triangulaire.

Son courage, son habileté lui avaient permis de gravir les échelons du bâtiment et des travaux publics. Il avait pris sa retraite et acquis à Lavoine une ancienne auberge de dix chambres dans lesquelles il avait l'espoir de recevoir sa nombreuse famille sicilienne. Mais elle ne se décidait pas à faire le voyage. Germain lui rendit visite, autour d'un flacon de marsala.

— Vous vivez donc tout seul dans vos dix chambres ?

— Pas tout à fait. J'ai trois pensionnaires.

---

1. Notre mère autorise vols, incendies, assassinats.

— Quel genre ?

— Trois tourterelles : Aïda, Cécilia et Colomba. Chacune dispose d'une pièce dont la fenêtre reste ouverte nuit et jour. Elles ne manquent pas de nourriture : outre ce qu'elles trouvent dehors, je mets sur chaque table une gamelle remplie de leurs graines préférées. Aïda veut du riz, Cécilia du maïs, Colomba de l'avoine. Elles viennent me rendre visite, entrent chez moi, se posent sur mon épaule, se promènent parmi mes assiettes, partagent mon pain ou mes spaghettis. Je sors aussi de chez moi, je fréquente les bistrots. Les paysans me connaissent. « Tiens, qu'ils disent, voilà notre macaroni. » Ça ne me fâche pas, j'aime beaucoup ce que nous appelons les *maccheroni*. Nous les mangeons avec du fromage râpé. Quand une tourterelle entre chez moi, je lui dis :

— Tu m'arrives comme le fromage sur les *maccheroni*.

Ils choquèrent leurs verres de marsala.

— *Pace, salute e figli maschi*, dit Salvatore. Paix, santé et enfants du sexe masculin. Chez nous, avoir une fille est une catastrophe, à cause des problèmes qu'elle pose.

— Je suis à l'abri de ce désastre, dit l'abbé.

Une tourterelle entra par la fenêtre, atterrit sur la table, parmi les verres.

— Je vous présente Aïda, ma préférée.

Elle picora les noisettes brisées, but une goutte de marsala. Salvatore la prit entre ses mains, caressa ses plumes gris bleuâtre, lui donna un baiser sur le bec, ouvrit les mains, elle reprit le large.

— Ainsi, vos dix chambres, dit Germain, à part celles des tourterelles, sont inoccupées ?

— Meublées, mais inoccupées.

— Si je vous envoyais des SDF provisoires, les recevriez-vous ?

— Qu'appelez-vous des SDF provisoires ?

— Des pèlerins, des hommes, des femmes qui s'en vont à Lourdes ou à Saint-Jacques-de-Compostelle chercher un miracle. Des bouddhistes quelquefois. Ils restent chez moi une nuit, puis repartent. Les recevriez-vous gratuitement ou contre un modeste paiement ?

— C'est une excellente idée, pourvu que ce soient de bons chrétiens comme vous. Pas plus de sept à la fois.

— Je les étudierai, je verrai ce qu'ils valent avant de vous les expédier.

Ils se quittèrent en se donnant l'accolade. Salvatore ajouta un ultime renseignement :

— Ne croyez pas que l'arrivée d'une fille dans une famille sicilienne soit une catastrophe. Le souhait formulé en trinquant est une plaisanterie. Le marsala ne peut pas produire de tels effets. Les Italiens aiment leurs filles.

Germain entra en concurrence avec les sacramentaires de Saint-Thon. Peu nombreux, mais fanatiques, ces dissidents continuaient de soutenir une doctrine condamnée depuis longtemps par le Vatican, les Concordats et même les protestants européens. Elle affirmait que l'eucharistie n'a qu'une signification symbolique, que le corps du Christ n'y est pas plus contenu que le drapeau français n'est réellement imprégné du sang versé par nos soldats. Ils se rassemblaient deux fois par an, à Pâques et à la Pentecôte, sur les rives de l'Allier entre Ris et Limons, à

Saint-Thon, communiaient avec du pain ordinaire et du vin rouge, prononçaient des prêches, prenaient ensuite un bon repas sur l'herbe verte. Leur dissidence semblait ne pas être autre chose qu'un prétexte à festoyer.

Germain Ferrier voulut faire leur connaissance. Toujours pédalant, il se rendit à Saint-Thon, traversa la Dore, grande fille en ce point, prête à épouser l'Allier. Le rituel de la secte imposait aux garçons de porter les vieilles dames sur leur dos, criant pour rire :

— Le courant nous emporte ! On va se noyer !

Les jeunes femmes franchissaient le gué en retroussant leurs jupes. Tout cela n'avait rien à voir avec Pâques, ni Pentecôte, ni la traversée de la mer Rouge. Au terme de ce barbotage, le bayle et la baylesse débitèrent le plus grand mal des religions reconnues, la catholique, l'orthodoxe, la calviniste, la luthérienne. Vint le moment de la manducation. Le bayle et la baylesse distribuèrent aux croyants agenouillés dans l'herbe des morceaux de miche, pas plus azymes que le chewing-gum. Germain ouvrit la bouche comme les autres. Mais dès que sa langue eut la sensation pointue du sel marin, il reprit le quignon avec dégoût, le rejeta au loin. Ce fut alors une huée des sacramentaires soulevés de fureur à ce rejet. Une averse d'injures et de horions s'abattit sur le profanateur. Assommé une seconde fois sur la bosse arithmétique, il se releva comme il put et s'enfuit vers la bicyclette qui l'attendait de l'autre côté de la Dore.

Tout le temps de son sacerdoce à Montvianeix, l'abbé Germain Ferrier accomplit une multitude de choses ordinaires qui convenaient à sa profession. Et un certain nombre de choses moins communes. Il dissuada trois hommes qui pensaient à se pendre de ne pas le faire. Il accueillit et logea personnellement une dizaine de SDF souvent accompagnés d'un chien ; il en envoya des douzaines d'autres vers l'auberge de Salvatore Alaïmo. Il participa à vingt-trois pèlerinages en divers lieux de l'Auvergne. Il convertit au catholicisme d'innombrables athées et quatre protestantes. Il combattit l'athéologie de Michel Onfray appuyée sur le fait que rien ne prouve absolument l'existence de Dieu, soulignant que l'athéisme est aussi une religion puisque rien ne prouve absolument le contraire. Il enseigna quelque peu la lecture et l'écriture à de nombreux enfants du voyage, qui se hâtèrent ensuite de les oublier. Il apprit à jouer de la guitare pour accompagner les cantiques. Ayant su par l'évêché que sa mission livradoise cesserait en 2004, il persuada une malade qui avait prévu de mourir en 2002 d'attendre 2004, date à laquelle il n'aurait plus de responsabilité dans ce domaine. Chaque jour de l'an, il rendit visite aux familles de la commune, leur apportant sa bénédiction. Les peu croyants et les cons le forçaient à boire malgré sa résistance, dans l'espoir de le voir repartir un peu pompette. Il assista aux obsèques du père Vance, son ancien professeur, en compagnie des Vollorois Brûle-Morts.

Pendant ce long séjour, il suivit attentivement un million de choses importantes, dramatiques ou insignifiantes qui se déroulaient à travers le monde. En 1981, le pape polonais Jean-Paul II échappa à un attentat et ramena la Pologne à son indépendance. Son successeur Benoît XVI, d'origine germanique, confirma l'obligation de célibat et de chasteté des prêtres. En 1987, Marguerite Yourcenar décéda, première femme élue à l'Académie française, pourvue de trois nationalités : belge, française, américaine. En 1990, Jean-Marie Djibaou assassiné par des indépendantistes néo-calédoniens fanatiques ne profita point de la *caselle* dont le Larzac lui avait fait cadeau. À partir de 1991, la Yougoslavie communiste perdit la Slovénie, la Croatie, la Macédoine, la Bosnie-Herzégovine, une partie du Kosovo et se réduisit à la Serbie, au prix d'affreux massacres. La même année, l'URSS abandonna le soviétisme. En 1992, François Mitterrand, président de la République, subtil linguiste, nous informa qu'il faut donner du temps au temps, ce dont personne ne se serait douté. En 1999, José Bové démonta le Mac Do de Millau et enrichit notre langue d'un nouveau substantif : la *malbouffe*. En l'an 2000, une nouvelle monnaie fut acceptée par beaucoup de pays européens pour concurrencer le dollar. Les Anglais la refusèrent parce qu'ils refusent les changements. Les Helvètes la refusèrent aussi parce que leur « franc suisse » n'est pas seulement pour eux une monnaie, mais aussi une religion. Philibert Besson, originaire de la Haute-Loire, avait précédemment proposé l'*europa*, fondé sur le cours de la lentille verte, universellement refusé ; Philibert fut même tenu pour fou et enfermé. Le président Valéry Giscard d'Estaing avait suggéré de la nommer l'*écu*. C'était une ancienne monnaie française, trop proche de l'*escudo* portugais. On retint enfin l'*euro*, invariable au pluriel, de même que son diminutif le *cent*. Sa valeur fut fixée à 6,57957 anciens francs français. Facile à retenir. Si l'on vient à l'oublier, il suffit de retrancher à dix 3,43043. Le 11 septembre 2001, trouvant trop hautes, à New York, les tours Jumelles, deux avions pilotés par Al-Qaida les raccourcirent, ce qui déclencha une guerre contre l'Irak qui n'y était pour rien.

En 2004, considérant que l'abbé Ferrier avait servi le Christ Sauveur, le Christ d'amour pendant longtemps, l'évêque de Clermont lui proposa de venir exercer sa mission à Clermont-Ferrand même, où beaucoup de SDF et autres misérables avaient besoin de ses secours. C'est ainsi qu'après quelques jours de réflexion et de prière, il accepta cette mission nouvelle.

— Vous résiderez, ajouta monseigneur, au presbytère de Ceyrat, inoccupé actuellement. Votre paroisse officielle sera Saint-Pierre-les-Minimes, en bordure de la place de Jaude. Mais vous pourrez aussi célébrer à Ceyrat, certains dimanches, suivant un programme que vous me communiquerez. D'accord ?

— D'accord.

— *Que serà serà !*

Malgré sa toison grise, l'évêque avait toujours le goût de la plaisanterie. Il aimait se vanter qu'en Mai 68 il avait participé aux désordres et aux révolutionnettes menées par Cohn-Bendit le Rouge et autres futurs bourgeois aux mains pleines. Il voulut bien inviter à sa table ce curé de village, cousin du balzacien abbé Bonnet. Germain se garda de refuser. Ils furent servis par une dame austère, sans doute une religieuse demi-défroquée. Ils mangèrent et burent honorablement, parlèrent du nouveau pape dont le principal souci semblait être de ne jamais bouger un seul pion sur l'échiquier catholique.

— Le silence, conclut le prélat, est une grande vertu, nous dit Samuel Butler.

— Assurément, approuva Ferrier qui ne savait rien de ce Butler.

Après le dessert, Ferrier baisa l'améthyste épiscopale, redescendit la rue Pascal et regagna Montvianeix à force de pédales. Dans les jours qui suivirent, il transféra ses livres, ses vieilles nippes, ses vieilles godasses à Ceyrat et prit possession de sa nouvelle paroisse, laissant l'ancienne à un Lyonnais débutant.

TROISIÈME PARTIE

1

Ceyrat fut jadis un village de vignerons. Les vignes couvraient la plus grande surface des pentes environnantes. Elles grimpaient même jusqu'au sommet de Montrognon (Mont-Rugueux) où restaient les ruines d'un château fort. Il appartint jadis au dauphin de Montferrand qui montait y prendre l'air, entouré de ses musiciens, troubadours et danseuses. Richelieu le fit démolir. Il en reste un demi-donjon dont les murailles subsistantes atteignent deux mètres d'épaisseur.

Vers 1910, deux pedzouilles de la région entreprirent des fouilles à sa base, espérant y trouver un trésor. Ayant creusé des jours et des nuits, ils descendirent à une profondeur incroyable. Sans prendre la peine d'étayer les parois du trou. Si bien que, tout soudain, ces pentes s'écroulèrent sur les deux chercheurs. L'un mourut tout de suite, étouffé. Le second, Nacat, réussit à se dégager un peu, à respirer, à crier au secours. Il lui fallut des heures pour se faire entendre. Un vigneron vint enfin, se pencha sur la fosse.

— Je suis au fond du puits, répondit Nacat. J'ai les jambes enterrées. Faites-moi sortir.

Mais comment s'y prendre ? Une corde n'y suffisait pas, la fosse formait un coude.

— Envoyez-moi au moins un peu de nourriture.

On lui jeta du pain et un fromage. Il resta ainsi toute la nuit. Le jour suivant, des curieux accoururent pour parler à Nacat. Il s'impatientait :

— Faites-moi sortir, pétard de Dieu ! Sinon je vais crever comme un rat !

Par précaution, on alla quérir le curé de Ceyrat. Il accourut et se mit, en présence de tout le public, à réconforter le pedzouille. Et même à le confesser.

— M'en fous de votre confession, pétard de Dieu ! Faites-moi seulement sortir !

— La confession vous donnera du courage. Faites le signe de croix. Avez-vous volé ?... Avez-vous homicidé ?... Avez-vous forniqué ?... Avez-vous mangé gras au temps du Carême ?

Le pauvre enseveli ne se souvenait plus de rien. Il répondait par oui à toutes ces questions. Il finit, tout essoufflé, par ne plus répondre du tout. Le curé termina par « *Ego absolvo te...* » et conclut, avant de regagner son presbytère :

— Vous ne craignez plus rien. Dieu aura soin de vous.

La foule devenait immense autour du puits. Chacun voulait s'entretenir avec le condamné, lui demandant qui il était, s'il avait de la famille.

— Je me souviens de rien. Faites-moi sortir, la mémoire me reviendra.

Vint un journaliste de l'*Avenir du Plateau central* qui lui posa des questions incompréhensibles.

Vint un boulanger qui vendait du pain et des croissants. On lui en jeta. Vinrent encore des gendarmes avec leur pompon sur le képi. Ils mirent un peu d'ordre dans cette confusion. Vinrent enfin des pompiers-terrassiers. Ils descendirent dans le trou, dégagèrent l'enseveli, lui attachèrent une corde sous les bras. Leurs collègues d'en haut le hissèrent. À peine sorti, barbu, chevelu, terreux, il réclama ses sabots, une paire quasi neuve, en bois de noyer, restée au fond. Des photographes firent son portrait.

— Et votre copain ? lui demanda-t-on.

— Il est resté au fond. Il veut pas partager le trésor.

L'aventure eut une suite. Le survivant en fit son gagne-pain. Ayant des talents pour le dessin, il représenta sur des cartons son chemin de croix, en onze tableaux, avec son compère, creusant le trou sous Montrognon, y descendant, survivant grâce au pain qu'on lui jetait. Ressortant au bout d'une corde et réclamant ses sabots de noyer. Expliquant l'affaire avec une baguette, il allait de foire en foire, de marché en marché, faisant enfin la quête dans son chapeau. Les journaux parlaient de lui. Couvert de gloire, il faillit être décoré de la Légion d'honneur.

Un autre site, d'importance historique, dominait Ceyrat : le plateau dit « de Gergovie ». Visible de loin par son arête horizontale et le monument consacré à Vercingétorix. Construit en 1900, ce monument honorait la victoire de Gergovia sur les envahisseurs romains, en 52 avant Jésus-Christ. Curieux édifice formé de trois colonnes que de loin on pouvait croire de bronze, qui en fait n'étaient que de l'andésite, pierre sombre vomie par les volcans, communément appelée « pierre de Volvic ». Le tout couronné d'un casque gaulois. Jules César, dans son récit à la troisième personne, *De bello gallico*, raconte qu'il livra à Vercingétorix et à ses troupes retranchés dans leur oppidum de Gergovia un combat fort rude et qu'il dut reculer. Ayant déjà conquis une grande partie de la Gaule, saccagé, violé, incendié, il en fit le siège. Voyant étinceler ces milliers de casques et de cuirasses, les Gergoviennes laissèrent tomber du haut des remparts des vêtements, des écharpes, des colliers d'or ou d'argent. Puis elles se penchèrent, les seins nus, suppliant dans leur jargon les envahisseurs de les épargner. Plusieurs d'entre elles, se croyant abandonnées de leurs hommes, descendirent et se livrèrent aux Romains. César assistait à cette reddition et en ricanait, se grattant d'un seul doigt les rares cheveux qui lui restaient, artistiquement peignés. L'instant d'après, l'attitude des Gauloises changea totalement, lorsqu'elles virent leurs hommes revenir. Échevelées, elles tendirent leurs bras, cette fois, et leurs enfants vers les frères ou les maris, les excitant à combattre. Écrasés par le nombre, les assaillants se replièrent vers la plaine, laissant sept cents des leurs sur le terrain.

Où situer avec certitude ce plateau de Gergovia ? Pendant des siècles, on le confondit avec Clermont lui-même, Augustonemetum[1]. Jusqu'au jour où Napoléon III, qui se proposait d'écrire une histoire de Jules César, fit entreprendre des fouilles sur divers

1. Certains farceurs le corrigent en Augustobibendum.

plateaux et décréta officiellement que l'un d'eux, qui dominait le hameau de Merdogne, était l'oppidum arverne. Le hameau de Merdogne profita de l'occasion pour se rebaptiser Gergovie et abandonner un nom qui sentait un peu trop le terroir.

Germain Ferrier s'étant installé dans son nouveau presbytère, ayant visité sa nouvelle église, serré quelques mains et répandu quelques bénédictions, rendu visite au cimetière ombragé de grands cyprès, se hissa par des sentiers tortueux jusqu'aux sommets les plus proches. Suivant une grand-mère et trois petits-enfants, il atteignit Montrognon, tandis que les petiots s'expliquaient entre eux, désignant le donjon ruiné :

— C'est le rognon de Mamie. Elle a dit mon rognon.

De là-haut, son regard vola sur le pays des *at* marquant le passage des légions de César, car il avait l'habitude de pointer sur ses cartes les points conquis : Romagnat, Pérignat, Aulnat, Chauriat, Cébazat, Blanzat. Plus loin encore, il devina Alésia, sur le mont Auxois, où Vercingétorix fut vaincu et fait prisonnier.

Étant parvenu après une rude ascension au plateau de Merdogne ou de Gergovie sur lequel était planté le monument qui veut glorifier le premier de nos Résistants, Germain déchiffra une longue inscription gravée dans la pierre noire en caractères latins : *Hoc monumentum ad gloriam Vercingertoris victori ex aere privato acade. S.L.A. Clamonratis promovente… MCM.* « Ce monument à la gloire de Vercingétorix le victorieux érigé aux frais et sur l'initiative de l'Académie des sciences, lettres et arts de Clermont. 1900. »

« Étrange idée, se dit Ferrier, d'honorer le vaincu dans la langue du vainqueur ! C'est comme si l'on soulignait en langue germanique nos monuments aux morts, victimes de trois guerres franco-allemandes. »

Une troisième célébrité honorait Ceyrat, ancien village viticole : Jean-Baptiste Marrou. Il avait son portrait peint en pied par Alfred Teissonnier dans la salle du conseil municipal et son buste au fond de l'avenue qui porte son nom. Originaire du Cantal, il était avant 1914 négociant en vins à Clermont et ailleurs. Chacun sait que la guerre 1914-1918 fut gagnée par nos poilus grâce au pinard dont ils buvaient chaque jour deux quarts fournis par l'intendance, de même qu'elle fut perdue par les Boches grâce au champagne dont ils s'étaient soûlé. Il arriva que Marrou pût obtenir, par patriotisme, qu'un quart de vin supplémentaire et quotidien fût servi à nos soldats. D'où notre victoire. Naturellement, le commerce de Marrou en profita quelque peu. Vint la paix. Animé d'une ambition non moins patriotique, le Cantalien se présenta aux élections municipales ceyratoises. Lors des réunions, il se faisait accompagner d'un « baron » qui le présentait aux foules en ces termes :

— Et qui c'est donc qui a fait distribuer à nos poilus un quart de pinard supplémentaire chaque jour, ce qui leur a fait gagner la guerre ? Qui c'est donc ? C'est Baptistou, ici présent ! Il mérite bien que vous votiez pour lui !

Il fut élu et réélu maintes fois. Nul ne s'est jamais plaint de lui ni de son vin. Son buste empêche de l'oublier. Ceyrat était en 2004 une commune en pleine expansion, à mi-chemin entre la fraîcheur de ses collines et les activités industrielles de Clermont. À vrai dire, une commune-dortoir dont les habitants ne se rencontraient guère qu'aux dépouillements des urnes sous le regard de Jean-Baptiste Marrou. Le sentiment patriotique se nourrit du souvenir que les grands hommes ont laissé.

Mgr Jasmin de Béraudy avait promu l'abbé Ferrier curé de Saint-Pierre-les-Minimes. Prenant l'autobus, il descendit à Clermont-Ferrand faire la connaissance de sa paroisse. Pourquoi d'abord ce nom compliqué ? Parce qu'elle rassemblait la mémoire et les archives de deux paroisses disparues : celle de Saint-Pierre, où Blaise Pascal fut baptisé, et celle des Minimes, simple chapelle dans le couvent des Minimes, d'où partit la fameuse expérience qui conduisit Blaise à peser l'air et à démolir la vieille erreur aristotélicienne à laquelle beaucoup croient encore : la nature aurait horreur du vide.

Clermont garde peu de traces du bref passage terrestre de Pascal. L'église de son baptême fut démolie pendant la Révolution, en même temps que des dizaines d'autres. Sa maison natale, en haut de la rue des Chaussetiers, le fut au début du XXe siècle pour donner de l'air à la cathédrale. Il vint plusieurs fois se mettre au vert chez sa sœur aînée, Gilberte. Les Périer possédaient un petit château, Bien-Assis, au pied de Chanturgue. De là, on voyait Clermont et ses murailles, les collines vineuses. Blaise y jouait avec ses nièces et neveux, Marguerite, Jacqueline, Louis, Étienne. Afin de lui donner quelque robustesse,

Gilberte le nourrissait de lait d'ânesse, lui cuisinait de bons petits plats dont il mangeait un peu, par devoir. À la fin, elle demandait s'il avait aimé ce qu'elle lui avait servi. Il répondait en employant l'imparfait du subjonctif :

— Ma foi, je n'y ai point pris garde. Si vous m'eussiez averti que c'était quelque chose d'appréciable, j'y eusse prêté attention. Mais d'une façon générale, je ne veux pas m'attarder aux plaisirs de la table.

Se promenant place de Jaude, place Saint-Pierre, rue des Chaussetiers, Germain respirait avec émotion, lui qui ne s'était rempli que de celui des champs, l'air clermontois qu'avait respiré Blaise Pascal. Le plus grand de nos écrivains, le mieux informé de nos savants, le plus ingénieux de nos ingénieurs, le plus croyant de nos catholiques. Il était de ceux qui seraient capables, comme on dit, de conduire le diable à la messe.

Bien-Assis fut acheté et rasé par l'entreprise Michelin qui avait besoin de son emplacement. Du moins conserva-t-on la porte ogivale du jardin, démontée pierre par pierre, puis remontée au jardin Lecoq. Ferrier la franchit en avant et en arrière, en arrière et en avant, très ému à la pensée que Blaise avait souvent fait de même.

Il étudia les avatars de son église à double nom. La Révolution détruisit le couvent des Minimes, mais respecta la chapelle. Sur le site des moines fut édifiée une belle maison, propriété en 1840 d'un M. Conchon, maire de la ville. Peu après, les vignerons d'Aubière se révoltèrent contre le retour des octrois supprimés en 1830. Armés de fusils, de fourches, de faux, de bâtons, ils assiégèrent la demeure dudit Conchon. Celui-ci parut à sa fenêtre :

— Chers amis ! Chers compatriotes ! Rentrez chez vous ! J'ai l'honneur de vous informer que le rétablissement des octrois est suspendu. Cessez donc cette agitation, braves citoyens que vous êtes tous... Croyez bien que je ferai toujours...

Les huées couvrent sa voix, les pierres volent autour de lui comme des mouches, l'une l'atteint au front.

— Ah ! canailles ! Ah maudits Aubiérois !

Il appelle les fantassins. La foule envahit sa maison, la saccage, l'incendie. Jusqu'à 2 heures du matin, vignerons et lignards se battent sur les barricades. Pour indemniser M. Conchon, Louis-Philippe lui versera 100 000 francs, le décorera, en fera un conseiller à la cour de Riom. Sa fille épousera Eugène Rouher, ministre d'État de Napoléon III. Révolutions, mariages, pendaisons : questions de chance ou de malchance, nous informe Shakespeare.

De nos jours, le Crédit Lyonnais s'est établi à la place de la maison incendiée. Au sous-sol, devant la salle des coffres, une inscription rappelle l'ancien couvent des Minimes et les expériences de Blaise Pascal. Plus que la nature, c'est le Crédit Lyonnais qui a horreur du vide.

Chaque matin, à son presbytère de Ceyrat, Germain consommait la soupe que lui apportait une voisine, Hermine Sauret. Les mauvaises langues de la commune prétendaient qu'elle avait été la bonne amie de son prédécesseur. Elle n'eut jamais pour Germain un mot ni un geste équivoque.

— Faut que je vous paye mes soupes, proposa-t-il.

— Dieu me les paiera. Il paye tard, mais il paye bien.

Il descendait à Clermont, arrivait à Saint-Pierre-les-Minimes. Assis sur les marches de l'entrée, par temps favorable, il trouvait le fidèle Séraphin, autorisé à pratiquer la mendicité, vu son grand âge. De la main droite, il tendait un chapeau melon au fond tartiné de graisse naturelle, après y avoir déposé lui-même quelques euros en guise d'appât. Et il tremblait. Il tremblait de la tête aux pieds quelle que fût la saison, pour apitoyer les chrétiens éventuels. Son crâne nu apparaissait sillonné de veines bleues, comme les cartes géographiques qui ornent les classes primaires.

— Salut Séraph ! disait Germain.

— Salut curé.

Parfois, une conversation s'établissait entre les deux hommes, l'un assis, l'autre debout. Ils parlaient du temps et de la conjoncture. Séraph disait « Nous de la cloche… » comme d'autres disent « Nous du bâtiment… Nous de l'enseignement… Nous du commerce… ». En ville, on rencontrait peu de clochards. Il en fournit la raison :

— Ils les ramassent.

— Qui ramasse qui ?

— La police ramasse mes collègues.

— La prison ?

— Non point. Les asiles de vieux. Paraît que nous faisons honte aux passants. Ça dérange le tourisme. On les débarbouille, on les rase, on les habille, on les alimente. Mais défense ensuite de sortir ! Moi, je préfère la liberté. Alors, je me tiens propre.

— C'est la fable du loup et du chien.

— Connais pas.

L'abbé la lui conta. Le loup aima mieux sa vie errante et famélique qu'un collier et une soupe quotidienne. Séraph désigna le col de l'homme d'église :

— Tu as le tien. T'es curé. Y a pas de sot métier.

Il ricana, découvrant des dents noires. Et Germain :

— Tu préférerais peut-être trouver du travail, chez Michelin, chez Emmaüs.

— Non, non. La cloche est mon idéal. Aucune emmerde, ni avec la police, ni avec le fisc, je paye pas d'impôt, ni avec un propriétaire.

— À condition de ne pas te faire ramasser. Tu as un domicile fixe ?

— Naturellement. Mais je donne à personne mon adresse.

— Ton métier n'est pas trop pénible.

— Ce qui est dur, c'est de grelotter tout le temps, même par grande chaleur, pour faire croire que j'ai l'épilepsie. Ça épuise. Mais les chrétiens peuvent pas y résister. Le dimanche, à la sortie de ta messe, j'arrive à me faire 200 euros. Je suis sûr que t'en ramasses pas autant à tes quêtes. Le chrétien est généreux. Principalement le Portugais. L'Auvergnat, un peu moins. Mes meilleures recettes, c'est après les mariages. Tout le monde est en grande tenue autour de la mariée. Elle rit, elle s'accroche au bras de son époux, ils s'embrassent, ils sont heureux à ne pas croire. Alors, chacun met la main à la poche. J'en bénéficie. Faut que je te révèle une chose : je suis personnellement contre les mariages d'amour. L'amour, c'est un truc de cinéma. Moi, j'aimerais pas qu'on m'épouse pour ma beauté. La beauté, ça dure pas.

Il saisit son pif, Germain crut qu'il allait en gicler une espèce de sauce tomate.

— Je crois, Séraph, que tu ne cours aucun risque.

— Ce qui me plairait, vois-tu, c'est qu'on m'épouse pour mon argent.

— À la revoyure.

Son sacristain lui présenta les cachettes et les secrets de son église. Dans la sacristie, un placard contenait les archives de la maison. Comment elle avait échappé trois fois à l'incendie, en 1793, en 1830, en 1848. Comment elle avait été rehaussée d'un dôme en 1900.

— Qui sont nos fidèles les plus assidus ? demanda-t-il.

— De petites gens. Des étrangers. Et quelques dames particulières.

— Quel genre de particularité ?

— Ma femme les appelle des grues, parce qu'elles se tiennent debout sur une patte devant leur domicile.

— À quoi les reconnaissez-vous ?

— J'ai l'habitude de leur figure.

Le quartier, en effet, était de ceux que l'on dit « chauds », malgré le nom de ses rues : rue Saint-Dominique, rue de l'Ange, rue Sainte-Madeleine, place de la Pucelle, rue Sainte-Rose. « Il faudra, se dit Ferrier, que je m'occupe d'elles. » Dans des hôtels borgnes, elles avaient leur domicile qui était aussi leur lieu de travail. Leurs matins étaient chômés. Elles recrutaient ensuite la clientèle. Avant la nuit, devant leur porte, elles faisaient le pied de grue. Dissimulant d'une écharpe son col sacerdotal, Germain parcourut ces quartiers ombreux. Silencieux aux appels qu'il recevait. Certaines répondaient : « Tu ne sais pas ce que tu perds. » Il s'éloignait de ces tutoiements, lui qui tutoyait peu. À Mondeviolle, Richard disait « tu » à ses vaches et « vous » à son cheval.

Utilisant la perspicacité de son sacristain, il lui demanda de transmettre ce message à une particulière indubitable : « Monsieur le curé voudrait vous parler après la messe dans la sacristie. » Elle crut sans doute à un client possible et ne manqua point au rendez-vous. Parfaitement confite sur sa chaise, elle attendit le départ de tous les fidèles. Lorsque le sacristain lui-même eut levé l'ancre, elle se mit debout, marcha vers la sacristie, non sans s'être signée devant l'autel.

— Entrez, madame, dit Germain. Merci d'être venue.

Il achevait de se dépouiller de ses habits sacerdotaux et apparaissait dans sa tenue profane.

— Asseyons-nous. Je m'appelle Germain. Puis-je vous demander votre prénom ?

— J'en ai deux. J'ai un prénom professionnel.

— Votre vrai.

— Je m'appelle Augustine.

— Vous avez encore vos parents ?

— Oui. Ils sont ouvriers agricoles du côté de Maringues. Des valets de charrue.

— Vous en avez honte ?

— Je n'en ai pas honte. Mais ils vivaient dans la misère. Je me suis échappée. À votre service.

— Êtes-vous contente de ce que vous faites ?

— J'apporte à mes michés un peu de plaisir, un peu de bonheur. Dites-moi ce que vous me voulez. Si c'est seulement pour me débiter un sermon, je vous entends chaque dimanche. Alors, ne me faites pas perdre mon temps. Dehors, j'ai autre chose à faire.

— N'aimeriez-vous pas abandonner ce métier infâme ?

— À mon âge (j'ai quarante ans), je ne saurais faire autre chose. Maintenant, je vous laisse.

— Revenez me voir une autre fois. J'ai une question importante à vous poser.

Elle lui fit une demi-révérence et s'enfuit sans rien promettre. Germain resta seul, se demandant si cette profession était aussi infamante qu'on le prétend. Jésus avait eu de bonnes relations avec Marie de Magdala. Elle lui avait lavé les pieds de ses larmes, les avait essuyés de ses cheveux et de ses baisers. Elle était ensuite devenue une des saintes femmes au pied de sa croix. Il lui sera beaucoup pardonné parce qu'elle a beaucoup aimé. La prostitution peut-elle être un acte d'amour ? Avait-il le droit de détourner Augustine de ce métier prétendument honteux ?

À sa grande surprise, elle accepta de le rencontrer une seconde fois dans la sacristie.

— Vous avez réfléchi ? s'enquit-elle. Pensez-vous toujours que mon métier est infâme ?

— Moins infâme assurément que celui des patrons esclavagistes, des colonialistes, des négriers, des exploiteurs de toutes sortes.

— J'ai plaisir à vous l'entendre dire. Pour gagner son pain quotidien, chaque homme, chaque femme emploie les organes que la nature lui a donnés : le comptable, sa cervelle ; le musicien, ses doigts ; la nourrice, ses lolos ; le débardeur, ses épaules ; le facteur, ses jambes et ses pieds ; la boulangère, ses mains ; le chanteur, sa gorge. Pourquoi n'aurais-je pas le droit d'employer mon papillon ?

— Sans doute. Moi, je me sers de mon cœur, siège de mon amour pour Dieu et pour ses créatures.

— Je crois bien que nous avons un peu de parenté.

— Que voulez-vous dire ?

— Mes clients sont en général des hommes sans femme, des veufs, des célibataires, des trahis, des abandonnés. Quand ils sont sur moi, souvent ils me parlent en me donnant un autre nom : Marguerite, ma chérie... Françoise, ma bien-aimée... Madeleine, mon absente... Je suis une remplaçante. Je suis leur consolation. Autre chose. Je pense aux jeunes, aux violents. Si nous n'étions pas à leur disposition, mes collègues et moi, ils seraient capables d'attaquer n'importe quelle gonzesse, comme ils disent, de violer une passante, une voisine, une femme de rencontre. Nous sommes des bienfaitrices de l'humanité.

— Avez-vous des comptes à rendre ? Un souteneur ?

— Je suis libre comme l'air.

— Des enfants ?

— J'ai une fille de vingt-quatre ans. Elle vit chez sa grand-mère. Mais je paye ses études. Elle sait ce que je fais. Elle me dit parfois qu'un jour, peut-être, elle prendra ma suite.

— Et les maladies ?

— Je prends des précautions. Vous vous êtes rendu compte que je suis croyante, que je fréquente votre église. Mais je ne communie pas. Faudrait que je me confesse, ça dépasse mes forces.

— Vous vous êtes confessée. Je vous absous, parce que vous aimez beaucoup. Je ne vous donne pas de pénitence.

2

Les prostituées ne venaient pas toutes à la messe. Germain ne pouvait accoster celles qui aguichaient les passants rue Fontgiève ou rue des Quatre-Passeports. Le bedeau qui distribuait les invitations verbales à le rencontrer après l'office commit des erreurs. Il lui envoya des dames un peu trop fardées. Très vite, la conversation tournait à la mayonnaise :

— Pardonnez-moi, je vous avais prise pour une personne de connaissance. Quelle est votre profession ?

— Garde-malade à domicile.

— Peut-être aurai-je un jour recours à vous.

— À votre service.

Formule qu'employaient aussi les vraies péripatéticiennes. Il en sauva deux ou trois qu'il fit engager dans des professions honorables. Le bedeau lui fit passer un billet où son invitation était reprise, à peine retouchée : « L'envoyeur aimerait vous rencontrer à la sacristie après l'office. »

— Quel genre d'envoyeur ? s'enquit l'abbé.

— Un costaud. Genre David Douillet, le champion du monde de judo.

— Laisse-le entrer, mais reste de l'autre côté de la porte pour que je t'appelle en cas de besoin.

— Je me munirai du casse-cassis.

Il voulait dire du casse-tête, arme plus efficace que la hallebarde. Les choses commencèrent bien.

— Bonjour, monsieur le curé, dit l'inconnu avec l'accent de la Margeride.

La Margeride est cette contrée mystérieuse de la Lozère où vécut la bête du Gévaudan. Les Lozériens roulent les *r* comme s'ils avaient la gorge pleine de cailloux ronds et ils prononcent *mugui* pour muguet. Ils vont régulièrement à l'église en tenant un chapelet dans une main et un couteau dans l'autre.

— Bonjour monsieur, répondit l'abbé.

— Je suis venu vous parler de deux personnes de ma famille, Adèle et Joséphine, qui semblent vous intéresser. Je voudrais que vous leur fichiez la paix.

— Je cherche à leur faire quitter une profession dégradante pour une honorable. Sont-elles vraiment de vos parentes ?

Le Lozérien changea de couleur et de ton, son visage s'empourpra, le *tu* remplaça le *vous* :

— Et moi, curé, est-ce que je te demande si ta grand-mère fait du vélo ?

— Elle n'en fait plus.

— Ce que sont ces filles ne te regarde pas. Compris ou pas compris ?

Il leva vers la voûte un poing énorme qui ne demandait qu'à retomber. Germain resta muet de crainte. Ses mains tremblèrent un peu sur la croix pectorale. Derrière la porte, le sacristain toussota, les mains serrées sur le casse-cassis. Dans le silence obscur de Saint-Pierre-les-Minimes, on entendit le tic-tac de la grande horloge. Douze coups sonnèrent. Les deux hommes haletaient de fureur ou de frayeur. Puis le poing du maquereau s'enfonça dans une poche de sa veste. « Il va sortir un revolver, se dit le prêtre. Je mourrai en martyr. » Il n'osait appeler le bedeau qui serait lui aussi massacré. Le mac farfouillait toujours. Il en sortit enfin un billet de 100 euros qu'il déposa dans le plateau de la quête, sur la menue monnaie laissée par les fidèles économes.

— Je crois que nous nous sommes bien compris, dit le souteneur. Qu'il n'est pas nécessaire d'aller plus loin. Que je n'aurai pas besoin de revenir.

Il sortit sans attendre de remerciement. L'abbé se demanda s'il devait accepter cette coupure dont il soupçonnait l'origine malhonnête. Il la prit, l'examina recto verso par transparence. Manifestement, elle était fausse. Il la laissa dans le plateau en se disant : « L'évêché lui donnera l'absolution. »

L'abbé Ferrier aimait à se promener dans Clermont pour se donner de l'air en compagnie de Séraph, l'homme au chapeau melon. Ils gravirent un jour la pente qui monte au petit jardin du Roi des eaux, derrière les galeries de Jaude, rebaptisées Nouvelles Galeries. Pourquoi le Roi des eaux ? Parce qu'on y voit un faune barbu jouant de la guitare en abreuvant des grenouilles de bronze.

— Regardez ! lui dit Séraph, désignant un *Règlement des jardins publics* fraîchement scellé à la grille. Cette affiche a spécialement était placée contre moi. Elle veut m'expulser.

— Pourquoi donc ?

— Vous avez qu'à lire. L'entrée des jardins est interdite aux personnes ayant une tenue indécente.

— Mais vous n'avez pas, voyons, une tenue indécente !

— Alors, c'est quoi une tenue indécente ?

— Par exemple si votre froc déchiré laissait deviner ce qu'il y a dessous.

— J'y couds des pièces. L'entrée du jardin est aussi interdite aux mendiants.

— Distinguons. Quand vous présentez votre chapeau percé devant mon église, on peut parler de mendicité. Mais quand nous nous promenons tous deux dans ce jardin, nous sommes l'un et l'autre des touristes.

— J'ai pas le droit non plus d'apporter des paquets volumineux. Ma musette ! Y a plus fort. Il est interdit de chasser et de pêcher. Je me marre. Vous me voyez avec un fusil ou une canne à pêche pour attraper les grenouilles de bronze ?

Venant du boulevard Desaix, on entendit un miaulement aigu de pneumatiques.

— Raté ! s'écria Séraph.

Sur un passage zébré dudit boulevard, une passante et un automobiliste s'engueulaient comme des chiffonniers.

— Dommage ! poursuivit le clochard. On aurait pu, vous et moi, servir de témoins. Ah ! il l'a loupée de peu ! Ça lui apprendra, à cette vieille chèvre, à ne pas marcher sur les passages interdits.

— Quels passages interdits ?

— Là où y a des lignes blanches. C'est interdit aux piétons.

— Vous plaisantez ! C'est sur ces lignes blanches que les piétons doivent traverser.

— Vous voulez me faire prendre le jour pour la nuit. Depuis le temps que je me promène, j'ai pu me rendre compte où ce que les piétons passent et où ce qu'ils passent pas. Ils ont le droit de traverser partout, sauf sur les lignes blanches.

— Je vous assure que c'est le contraire.

Germain ne put le convaincre de son erreur. Il faut dire que les apparences lui donnaient raison. La France est un pays merveilleux où l'on peut commettre de telles bévues. Promenez-vous sur son réseau routier. Vous y lirez au mois d'août *Risque de verglas*. Ou encore *Travaux 30 km/h*. Et quatre fois sur cinq, pas plus de travaux que sur votre main. La cinquième fois, il y sont en vérité, sauf que les cantonniers sont en grève. Un panneau dans les forêts vous promet des biches, et vous n'en rencontrez pas une seule. Le samedi, beaucoup d'administrations entretiennent une permanence ; et quand vous vous adressez à la préposée, elle répond gentiment : « Je ne suis pas au courant. Revenez lundi. » Sans parler de la fameuse inscription sur les hôtels de ville : *Liberté Égalité Fraternité*. Mais cette farce-là est un peu grosse. Depuis longtemps, plus personne n'y croit.

Ils dissimulaient leur amitié comme d'autres leurs amours. En public, leur couple faisait scandale. Les passants leur lançaient des regards indignés, ne comprenant pas qu'un *clergyman* osât fréquenter un guenilleux. Alors, pour être tranquilles, ils allaient se cacher dans un bar de la rue des Minimes. Ils pouvaient y philosopher clandestinement, mais en paix, importunés seulement par les mouches de la saison qui tournaient autour de leurs figures. De temps en temps, pour en zigouiller une, Séraph s'envoyait sur la joue une gifle retentissante, en criant :

— Saloperie !

— Écrasez ! faisait de loin la patronne qui n'aimait pas les mots vulgaires.

— C'est ce que j'essaie de faire.

La serveuse, dite la Rousse, venait leur demander ce qu'ils désiraient consommer.

— Un Dubonnet, répondait Séraph.

— Ça n'existe plus. Ce n'est qu'un souvenir.

— Alors un Ricard.

— Et vous ?

— Pareil au même.

Ils le faisaient durer deux heures, le payaient à tour de rôle. Au cours de leur conversation, ils disaient du mal du gouvernement, des patrons, des syndicats, des fonctionnaires, de la police, n'épargnant personne. Soudain, Séraph lâcha une révélation :

— Faut que je te dise un secret : je ne vis plus seul.

— Et quel est l'heureux ou l'heureuse élue ?

— Voilà, dit l'autre en tirant de sa poche une petite boîte noire. Un transistor. Je l'ai eu à la brocante des Salins, dimanche dernier, avec mes économies.

— Vous faites des économies, à présent ? Je vous reconnais plus.

— Je suis unique. Y a un philosophe qui a dit : « Pour bien connaître une personne, il faut avoir consommé un quintal de sel avec elle. » Nous n'y sommes pas.

— Chacun de nous est unique.

Puis il annonça une triste nouvelle :

— Demain, vous me verrez pas. Je suis d'enterrement. Mon pauvre frère. On se fréquentait pas beaucoup, mais je pensais à lui de temps en temps. Il travaillait dans le bâtiment. Il est tombé d'un échafaudage. Je me connais, quand je le verrai dans son cercueil, je pleurerai un petit coup.

Il s'essuya les yeux, en prévision. Puis soudain, se tournant vers le curé :

— Et vous aussi, quand vous crèverez, vous aurez droit à votre larme. Je vous le promets !

— J'en suis très touché. Je vous remercie de grand cœur.

— Est-ce que vous croyez vraiment à Dieu le Père, à Jésus-Christ et à toute cette clientèle ?

— Chaque matin, avant ma soupe au vermicelle, j'avale une bolée de doute. Mais je l'assaisonne avec un grain d'espérance.

Pour se remettre de leurs émotions, ils commandèrent à la Rousse :

— Remettez-nous ça.

Tout vient à point à qui sait attendre. En 2007, le décès de l'abbé Pierre souleva une émotion nationale. Il mourut le 22 janvier, à 5 heures du matin, à l'hôpital du Val-de-Grâce à Paris, des suites d'une infection pulmonaire. Dans une chapelle ardente ouverte à tous, son cercueil fut exposé, surmonté de sa canne et de son béret. Les obsèques se déroulèrent dans la cathédrale Notre-Dame de Paris, en présence d'innombrables personnalités venues de tous les pays, de Jacques

Chirac, Valéry Giscard d'Estaing, Dominique de Villepin et d'une immense foule. Les représentants de plusieurs religions le couvrirent de cadeaux symboliques. Le cercueil fut ensuite transporté au village d'Estreville en Seine-Maritime où l'abbé Pierre avait résidé plusieurs années. Dans son testament, il avait pris la précaution de refuser son éventuel transfert au Panthéon. Quelle admirable modestie !

Germain Ferrier choisit la date de la Chandeleur, le 2 février, pour aller au cimetière d'Orléat bénir la tombe où dormaient ses grands-parents et ses parents. Cette fête rappelle la présentation de l'Enfant Jésus au Temple et la purification de sa Mère quarante jours après l'accouchement. Sa cousine Élisabeth et toute la famille se rendirent au Temple en portant un cierge allumé. Marie fut purifiée et sacrifia deux tourterelles selon la loi de Moïse. De nos jours, on peut célébrer la Chandeleur à l'église, ou plus simplement à domicile. À Mondeviolle, l'abbé alluma un cierge fait de vraie cire d'abeilles, et le promena dans toute la ferme. À l'étable, il en fit tomber quelques gouttes dans les mangeoires et sur les jougs. Il bénit le seuil de la maison et tous les Ferrier se trouvèrent réunis dans la pièce principale.

Lorsque la Sainte Famille regagna Bethléem, Marie s'aperçut qu'elle n'avait pas grand-chose à offrir à ses parents, et elle s'en trouva fort embarrassée. Mais voici qu'un oisillon se posa sur le bassoir de la fenêtre en gazouillant :

Cui cui cui, cui !
Pâte frite ! Pâte frite !

La Vierge, qui comprenait fort bien le langage des oiseaux, se mit donc à préparer des crêpes, retournant chacune dans la poêle pour qu'elle dorât des deux côtés. À Mondeviolle, toutes les femmes firent de même. On en consacra une, cependant, dont les morceaux furent jetés aux poules pour les encourager à pondre ; d'autres furent attachés avec un brin de paille à chaque arbre fruitier. Au-dessus de leurs têtes, les oisillons continuaient de gazouiller « Pâte frite ! Pâte frite ! »

Awa Sissoko, qui n'était pas d'origine chrétienne, entendant cet appel, fit cuire une triple montagne de crêpes. Les premières sans sel ni sucre avaient la saveur de l'Eucharistie. Les deuxièmes étaient miellées. Les troisièmes confiturées. On les accompagna de tisane et de vin doux. Puis chacun gagna sa couche et dormit sous les poutres à poings fermés, jusqu'au lendemain, jour de la Saint-Blaise, qui est le patron des cardeurs de chanvre.

Après trois années d'une amitié sans faille, un événement inexplicable se produisit : Séraphin disparut. Germain parcourut Clermont en tous sens, revisita leurs bistrots favoris, grimpa jusqu'à Montjuzet, frappa inutilement à la porte de son siège social, interrogea quelques-uns de ses collègues de la cloche, sans aucun résultat. Mille suppositions accablèrent ses jours et ses nuits. La place de Séraph sur les marches de Saint-Pierre-les-Minimes semblait aussi définitive que celle de Vercingétorix sur son cheval. Il rendit visite aux commissariats, à l'hôtel-dieu, sans aucun résultat. En rêve, il voyait son ami emporté dans les cieux par deux archanges. Ou bien écrabouillé par un chauffard qui faisait ensuite disparaître ses débris. « Il faut, se disait-il, que le Ciel et l'Enfer s'en soient mêlés. Quand je disparaîtrai à mon tour, qui versera sur ma dépouille la larme unique et infiniment précieuse qu'il m'avait promise ? »

3

Un fidèle vint lui parler après la messe, lui révélant qu'il était le comte Charleville de Montlosier.

— Savez-vous qui était Montlosier ?

— Un peu. Très peu.

— Il y a dans Clermont une rue Montlosier. Demandez aux Clermontois qui était cet homme. Vous n'en trouverez pas un sur cent qui saura vous répondre. Demandez-leur de même qui était Delille, qui a donné son nom à la place Delille, les mêmes quatre-vingt-dix-neuf vous répondront une ânerie. J'ai même vu une ancienne carte postale l'appelant « place de Lille ».

— Dans quelques années, ils auront oublié qui était François Mitterrand auquel ils viennent de consacrer une avenue. Dites-moi qui était votre aïeul Montlosier.

— Aïeul de la main gauche. Il est né le 16 avril 1755 à Clermont-Ferrand, rue Sainte-Claire, dans la maison qui porte actuellement le numéro 17, qui ne montre aucune plaque commémorative. À l'occasion du prochain 9 décembre, date de sa mort, je voudrais que votre église célébrât une messe de réparation au profit de mon ancêtre qu'elle traita si mal.

— Mon église est donc coupable ? Expliquez-vous.

Ils prirent place sur deux chaises, le comte bâtard sortit d'une serviette un dossier et entreprit de ressusciter François Dominique Reynaud de Montlosier. Son père, petit noble, vivait chichement de quelques terres. Après des études au séminaire, François Dominique épousa une veuve qui, par l'âge, aurait pu être sa mère et qui lui apporta en dot le domaine de Récolaine où travaillaient dix valets, où broutaient quarante vaches et cinq cents moutons. Il est vrai que ses idées sur le mariage et la propriété étaient plus romaines que chrétiennes. « La femme, les enfants ne possèdent rien car ils sont une propriété eux-mêmes. La femme parce qu'elle fait partie de son mari ; les enfants parce qu'ils en sont une émanation ; les serviteurs parce que, simples instruments, leur temps, leur peine, leur industrie, tout appartient au maître. » Le destin compléta son pouvoir en le rendant veuf et libre, à trente-trois ans, comme il venait d'acquérir les terres de Randanne, aux pieds du mont Losier, d'où l'on distingue bien la chaîne des Puys. Son père, hostile à ses manœuvres, l'appela toujours le comte de Rend-Ane. Il s'intéressa à la géologie et publia une *Théorie des volcans d'Auvergne* au début de 1789.

Élu de la noblesse la même année, il se lança dans la politique où il avait beaucoup à dire. Mais une petite phrase qu'il prononça devant les Constituants le rendit célèbre. On y discutait de la constitution civile du clergé. Il s'y opposait farouchement. « Je ne crois pas qu'on puisse chasser les évêques de leur siège épiscopal. Si on leur enlève leurs croix d'or, ils prendront une croix de bois. C'est une croix de bois qui a sauvé le monde. » Applaudissements frénétiques. Peu après, il prend le chemin de l'exil. Il reste dix ans en Angleterre. Dès qu'il peut le faire sans se déshonorer, il rentre en France, avide de revoir ses volcans. Il trouve ses terres non point achetées comme biens nationaux, mais occupées par des pedzouilles, labourées, fauchées. « Je rassemblai mes bienfaisants voleurs, je les chassai. » Il se met à assécher l'étang de Randanne, à défricher, à reboiser. Pour s'abriter, il construit de ses mains une cabane de planches laissant assez de jour pour que l'air y puisse entrer, mais pas trop pour empêcher les loups de lui manger les oreilles. Pendant ce temps, les jésuites revenus en force après 1815, les congréganistes qu'il nomme le « parti prêtre » s'infiltrent dans l'entourage du souverain rétabli, règlent la vie des citoyens et même les relations conjugales. Sous la protection des gendarmes, ils se livrent, comme au temps de Savonarole, à un autodafé des livres impies et des tableaux impurs. Ils brûlent Blaise Pascal, Montesquieu, Voltaire, Rousseau. « Ils ont mis le feu partout, écrit Montlosier à un ami. Qu'on nous envoie la peste de Marseille, mais qu'on ne nous envoie plus de missionnaires. » Il publie deux ouvrages où il se présente comme le défenseur du véritable christianisme et des saints prêtres, humbles, désintéressés, le cœur et les mains débordants de charité. Sept éditions en sont vendues en deux mois.

— Ces luttes m'étourdissent, avoua Germain Ferrier. Comment se terminent-elles ?

— L'évêque de Clermont, Mgr Dampierre, l'interdit des sacrements. À Randanne, Montlosier fait construire une petite chapelle qui recevra son corps et celui de ses descendants. En décembre 1836, souffrant d'une très douloureuse inflammation intestinale et sentant venir la mort, il exprime le désir, quoique interdit, de se confesser. Informé de ce souhait, Mgr Féron, successeur de Dampierre, se rend au domicile du malade et consent à lever l'interdit pourvu que Montlosier signe une rétractation de tous ses écrits ou discours qui ont pu affliger l'Église. Le comte n'accepte qu'une rétractation verbale. Le prélat ne cède point. « On ne veut pas de ma confession, mais Dieu m'entendra. Qu'on m'emporte dans la petite chapelle de Randanne. Les pauvres femmes se signeront en passant. Leur prière me suffira. » L'autorité épiscopale refuse toute participation à ces obsèques. Lorsque le corbillard passe devant Saint-Pierre-les-Minimes les portes en sont fermées. Alors les Clermontois de toutes les classes, de toutes opinions, suivent le char funèbre en un immense cortège. À travers les neiges, ils atteignent Randanne après cinq heures de marche.

Le descendant de la main gauche entendit de Germain Ferrier, responsable actuel de Saint-Pierre-les-Minimes, qu'il souhaitait rendre visite audit tombeau. Dans la voiture du comte de Charleville, en vingt-cinq minutes ils se trouvèrent à Randanne. Ils virent la vaste étable de granit où Montlosier jadis abritait ses vaches. S'enfonçant dans la forêt, progressant parmi les broussailles, ils furent à la chapelle en gothique flamboyant. Comme prévu, ils y trouvèrent la tombe du dangereux polémiste et de ses descendants de la main droite. Contre le mur du fond, gravée dans la lave, l'illustre phrase qui fit sa gloire : *C'est une croix de bois qui a sauvé le monde.*

Le jour suivant, l'abbé Ferrier adressa aux journaux clermontois l'information suivante : « Le 9 décembre 2007, une messe de réparation sera célébrée en l'église Saint-Pierre-les-Minimes par Mgr de Béraudy, évêque de Clermont, à la mémoire de François Dominique Raynaud de Montlosier qui défendit la religion catholique quand elle était menacée, décédé le 9 décembre 1836 sans le secours de l'Église. »

Mgr de Béraudy, qui avait participé aux ébullitions estudiantines de Mai 68, n'avait pas craint de donner son crédit à cette réparation. Une quarantaine de personnes assistèrent à l'office. L'organiste joua le chœur *Et resurrexit* qui clame le triomphe de la vie sur la mort.

L'abbé Germain Ferrier se posa cette question : « Le monde à présent est-il vraiment sauvé ? »

Un matin, à Ceyrat, il accomplit un sauvetage. En se levant, après son café au lait, il sortit devant son presbytère pour regarder la couleur du ciel. Elle était toute mauve, derrière Montrognon, annonçant le proche lever du soleil. Un minuscule vagissement parvint à ses oreilles. Et que vit-il ? Deux chatons jumeaux qui venaient de naître, encore réunis par le cordon ombilical. La chatte mère travaillait maladroitement à les séparer. Germain se munit d'une paire de ciseaux, trancha le cordon par ses deux extrémités, fit deux nœuds au ras des nombrils pareils à ceux qui terminent une aiguillée. Puis il construisit dans la muraille un petit nid de foin et de feuilles sèches, y déposa les nouveau-nés.

— J'ai sauvé deux petites vies, se dit Germain avec quelque confusion.

Les chatons se mettaient à miauler de leur voix minuscule chaque fois qu'il passait devant leur niche. Visiblement, ils demandaient une adoption complète.

— Pas question ! répondait-il. Je ne suis pas un pasteur protestant. Je n'ai ni l'envie ni la possibilité de disperser mes occupations.

Ceyrat n'était pas un de ces villages inertes où il ne se passe jamais rien.

4

Elle fut dans Saint-Pierre-les-Minimes pareille à un béret oublié après la messe. L'abbé s'approcha du béret, découvrit qu'il y avait dessous la tête d'une jeune paroissienne. De longs cheveux roux lui encadraient le visage. Dans cette sombreur, une lumière : ses yeux verts étincelaient. Elle se présenta tout de suite :

— Je m'appelle Clémentine, mais ce n'est pas mon vrai nom. Je déteste celui qu'on m'a donné à ma naissance, Ouarda. Je voudrais vous parler.

Il l'emmena dans la sacristie, déposa sa chasuble, apparut en costume de pékin.

— Asseyez-vous. Vous êtes arabe ?

— Kabyle, mais de cœur je me sens française.

— Je crois que ça va être compliqué. Quel est votre problème ?

— Mon père est professeur en Algérie. Biculturel. Il lit le Coran, il lit aussi Balzac et Stendhal. Ma mère, pure arabe, s'étonnait de mes yeux verts, me traitait de Berbère, ne m'aimait pas. Elle m'a abandonnée à sa sœur célibataire, donc sans enfant, qui est devenue ma mère adoptive. C'est le régime *katala* qui là-bas se pratique couramment. J'avais cinq ans lorsque cette mère de cœur a rencontré un Algérien qui travaillait à Clermont-Ferrand. Ils se sont mariés, et nous voici partis tous les trois pour la France. Il me parlait français, il prononçait *Clermompérant*. À six ans, on m'a mise au cours préparatoire de Sainte-Hélène, un cours privé. La classe était petite, l'institutrice coiffée d'un bonnet blanc et bleu. Un crucifix dominait l'estrade, un tableau noir couvrait le mur. Nous étions vingt-cinq filles. À peine entrées dans la classe, nous faisions le signe de croix et récitions le *Je vous salue Marie* auquel je ne comprenais rien. Je crus longtemps que ladite Marie était la mère supérieure qui quelquefois nous rendait visite, sous son immense cornette. Au moment de la récréation, la cour recevait toutes les élèves, grandes et petites. Une sorte de colline herbue et fleurie la surplombait, que nous appelions le Calvaire et n'avions pas le droit d'escalader. À 11 heures, nous sortions de l'école, excepté les pensionnaires ou demi-pensionnaires. J'étais de celles-ci. Nous marchions aux coups de sifflet. Nous pénétrions dans le réfectoire tout bourdonnant de papotages, prenions nos places. Coup de sifflet pour réciter debout le bénédicité. Silence enfin quand les bouches étaient pleines. À 13 heures, retour dans les classes. À 16 heures, fin des cours. Devant la porte de Sainte-Hélène nous attendaient les mères, les grand-mères, les tantes qui nous ramenaient à nos domiciles. Le nôtre était situé avenue de la Libération. Pour y arriver, nous traversions Clermompérant encombré de voitures, d'autobus, de motos puant à qui mieux mieux. C'étaient aussi des hectares de ciel bleu, blanc ou gris, qui se perdaient au loin vers des collines et des montagnes dont je ne savais pas les noms. Tout cela s'éclaircit par la suite lorsque, en changeant de classe, j'appris la dimension et le nom des choses. Naturellement, j'allais à la messe et aux leçons de catéchisme. J'étais une petite Clermontoise comme les autres. Une différence extrême cependant : chaque été, ma tante-mère me ramenait en Algérie où je retrouvais mon père et ma mère officiels, mes frères et sœurs. Une certaine année, le paternel me déclara tout net : « La France, les Roumis, les curés, les bonnes sœurs, c'est fini. Tu as seize ans, je vais te marier avec un Algérien qui te donnera des enfants arabes. » Il s'efforça de me laver l'esprit de toutes mes idées, de toutes mes habitudes françaises. Plus de viande de porc à table, plus de vin sucré. Rien que des ragoûts de mouton, du riz enveloppé dans des feuilles de chou, de la soupe au blé vert. Cheveux enveloppés d'un voile. Robe longue jusqu'aux talons. On me présenta un homme de trente-huit ans qui aurait pu être mon père, employé des douanes sur le port d'Alger. Il me montra sa main gauche percée par une balle française au cours de ce qu'on appelle là-bas la révolution. De gré ou de force, je suis devenue sa femme. Nous avons eu un garçon, Ahmed. La ville était secouée par le terrorisme. Les fanatiques et l'armée se fusillaient réciproquement. Sitôt le soleil couché, la ville tombait dans l'ombre noire. Mon mari abusait de moi, je lui résistais, il a fini par me répudier. Je suis retournée chez mon père qui m'a très mal accueillie. Il m'a préparé un second mariage. Pendant dix-huit mois, je n'ai pas mis un pied dehors, m'occupant du fils dont le douanier m'avait fait cadeau, lui parlant français, de sorte que je suis devenue pour lui une étrangère à son service. J'avais pourtant dans la famille un appui : ma grand-mère Nouria. « Les femmes ici sont des meubles, on se sert d'elles, mais elles n'ont pas le droit de parler, le droit d'avoir une opinion, un désir, un sentiment. Certains hommes en possèdent deux ou trois et, s'ils viennent à mourir, elles passent entre les mains des héritiers. » Regardant par la fenêtre, je voyais des maris en train de rosser leur épouse tranquillement, en public. Elle pleurait, mais aucun passant n'intervenait. C'était un spectacle courant. Avant de quitter l'Algérie, les Pieds-Noirs ont inventé un proverbe qu'ils attribuent aux Arabes : « Bats ta femme chaque matin comme tu bats ton tapis. Si tu ne sais pas pourquoi, elle le sait. » Mais le proverbe est faux : le mari ne bat jamais son tapis, il laisse ce soin à son épouse. Nouria, ma grand-mère, m'a persuadée que je n'avais qu'une échappatoire : m'enfuir, de bon matin, avant l'appel du muezzin. Elle m'a donné ses économies, un collier d'argent et une bague de vermeil, me disant de les vendre en cas de besoin. Elle m'a embrassée, et je suis partie sans dire au revoir à personne.

Ouarda reprit son souffle, laissant Ferrier muet de surprise.

— Pardonnez-moi d'être si longue, reprit-elle. Pourrais-je boire un peu ? Mon histoire m'a donné soif.

Il ouvrit un placard, sortit un verre et une carafe demi-pleine.

— Ce n'est pas de l'eau, c'est du vin blanc de messe.

— Un quart de verre, je vous prie. Pas plus.

Elle reprit le fil de son récit, ne cherchant pas à servir tous les détails de ses tribulations. Trois semaines cachée dans un bidonville, pratiquant n'importe quel travail, secourue par les misérables, aidée par une association de Juifs qui se cotisent et lui achètent un billet d'avion pour Roissy. Elle vend sa bague de vermeil, prend le train pour Clermont-Ferrand. Sa joie de revoir le puy de Dôme, patriarche de nos volcans. Elle cherche un emploi, le trouve difficilement à cause des papiers. On ne sait pas qui elle est, quel est son âge, sa profession, sa nationalité. Elle est étrangère à tout et à tous. La voici aide-cuisinière dans un restaurant thaïlandais, logée dans un trou de souris, nourrie mais non payée. La voilà de nouveau esclave comme en Algérie.

— Il me faudrait, expose-t-elle à Ferrier, une carte de séjour temporaire.

— Revenez après-demain avec une photo.

Elle revient. Ils vont ensemble à la préfecture. On les balance d'un bureau à l'autre. Ils arrivent enfin à la bonne porte. Une dame aux cheveux gris les reçoit.

— Je suis le curé de Saint-Pierre-les-Minimes, abbé Germain Ferrier.

— Je vous reconnais. Je fréquente votre église.

— La personne que je vous amène a vécu huit ans recluse, pour ne pas dire prisonnière de sa famille, en Algérie. Elle est parvenue à s'échapper. Elle sollicite une carte de séjour à Clermont pour pouvoir travailler décemment.

La dame consulte ses registres, feuillette, gribouille, déclare enfin :

— On peut lui donner une carte de séjour temporaire valable douze mois. À renouveler chaque année par conséquent. Quel est son domicile ?

— À vrai dire, elle est pour le moment sans domicile fixe.

— Je ne peux lui obtenir cette carte si elle n'a pas de domicile.

— C'est bon. Je m'en occupe. Je vais lui en trouver un. Nous reviendrons.

Il a pensé aux Petites Sœurs des pauvres qui lui fournissent de temps en temps le repas de midi. L'autobus les transporte boulevard Jean-Baptiste-Dumas où elles habitent une vaste demeure derrière un vaste jardin. Ces dames, vêtues d'une robe noire, coiffées d'un petit bonnet tuyauté, sont de toutes les couleurs : blanches de visage, ou jaunes, ou chocolat, ou caramel. De toutes les origines. On ne les voit plus comme naguère derrière un âne et une charrette aller dans les rues, frapper aux portes, implorer de la farine, du bois, du charbon, de vieilles frusques. Elles ont maintenant des pensionnaires qui payent leurs séjours, elles reçoivent des secours municipaux. Germain leur explique le cas d'Ouarda, dite Clémentine, sans carte de séjour, sans domicile connu.

— C'est bon, dit la mère supérieure, qu'elle fournisse le nôtre : boulevard Jean-Baptiste-Dumas.

— Qui était ce Dumas ?

— Un grand chimiste, qui a inventé la poudre de perlimpinpin.

C'est ainsi que Clémentine obtint sa carte temporaire. Un an plus tard, elle demanda à devenir elle-même Petite Sœur des pauvres, ce qui lui fut accordé. Elle coiffa le petit bonnet tuyauté. Par ce moyen, elle cessa d'être une recluse forcée pour devenir une recluse volontaire.

5

C'était un 1er mai. Il acheta place de Jaude un bouquet de muguet. Comme il errait dans le vieux Clermont, passant au dos de l'hôtel de ville, il entendit des hurlements qu'on eût cru venir d'un asile de fous. Il alla dans leur direction, se sentant appelé. Il fut enfin au pied de la prison. Ayant cogné à la porte, montré sa carte, il expliqua ce qu'il voulait : distribuer aux prisonniers des brins de muguet. De préférence aux plus déprimés, à ceux qui beuglaient derrière leur fenêtre à barreaux, à ceux qui pensaient au suicide.

— On ne devine pas toujours leurs intentions, dit le gardien qui l'accompagnait. Comment voulez-vous les rencontrer ?

— J'irai de cellule en cellule, si vous voulez bien. À chacun, j'offrirai un brin qui doit porter bonheur.

Le maton le conduisit devant une première porte, sortit d'énormes clés, tourna d'énormes pènes.

— Il n'y a là-dedans, prévint-il, qu'un garçon de vingt-cinq ans. Il a déjà tenté de se suicider en se cognant la tête contre les murs. On l'a mis dans une cellule capitonnée.

Ils entrèrent tous deux et trouvèrent le captif endormi sur sa couche étroite.

— Salut Nénesse ! dit le gardien en lui posant une main sur l'épaule.

Le prisonnier n'ouvrit pas les yeux. Le gardien lui souleva une paupière. Elle retomba. Entre le pouce et l'index, il tâta les artères carotides.

— Catastrophe ! Il est mort ! Il a recommencé. Mais comment a-t-il fait, ce petit con ? C'est le troisième chez nous depuis le début de l'année. Va y avoir toute la série des enquêtes et des responsabilités. Les suicidés ne pensent qu'à eux-mêmes, qu'à leur envie de partir, sans se soucier des emmerdes qu'ils laissent derrière eux.

— Oui, souffla Ferrier, ce sont des égoïstes.

Il disposa un brin de muguet sur le corps du petit con, s'agenouilla devant son grabat, se signa, baissa la tête, récitant intérieurement une prière. Puis il baisa le jeune défunt sur le front, joignit ses mains, tressant les doigts comme les vanniers tressent leurs verges. Il décrivit sur sa dépouille une croix abstraite, enfin se releva.

— La distribution du muguet est terminée, dit le maton. Nous allons avoir d'autres pensées. D'autres soucis.

— Vous avez raison. Je reviendrai l'année prochaine. Au revoir.

Il sortit de la cellule, se promena dans les rues clermontoises, distribuant son muguet à tout venant, petits enfants et grandes personnes, recueillant des remerciements et des sourires. Il regagna Saint-Pierre-les-Minimes, disposa aux pieds de la Vierge les brins qui lui restaient.

Il n'abandonna pas les sortis de prison, sachant qu'au moindre faux pas ils regagneraient leurs cellules. Pendant des années, il s'évertua auprès des entrepreneurs, des associations, des chambres artisanales. Il réussit à en caser un grand nombre. Même s'il y eut quelques rechutes. Cela lui valut des compliments qui l'importunaient.

— On ne vous connaît pas assez, lui dit un chef d'entreprise. Je propose que vous figuriez sur Internet.

— Non, non, protesta-t-il. Je ne mérite pas cet honneur. Je ne suis pas l'abbé Pierre.

Son sacristain lui fit la morale :

— C'est bien beau de soutenir les gibiers de galères. Vous devriez vous rendre à Cébazat, visiter l'hôpital nord de Clermont. Vous y trouveriez des personnes bien plus intéressantes.

— De quelle façon ?

— C'est un mouroir. On y envoie les cas désespérés. Un peu de réconfort leur ferait grand bien. Dans quelque temps, j'y ferai peut-être moi-même un séjour. Et pourquoi pas vous ? Il serait bon de s'y préparer. En attendant, songez un peu à ceux qui y sont.

Entre Clermont et Riom, Cébazat – sans doute dérivé du latin Cebascum, siège d'une ancienne villa romaine – était la plus grosse agglomération des communes en *at*. Un centre de divertissements, le Sémaphore, y proposait des concerts échevelés qui faisaient le bonheur des jeunes. À l'écart, tout blanc sur une pente aérée, l'hôpital proposait gérontologie, réadaptation, soins palliatifs, soins de longue durée. Sur sa façade, on aurait pu peindre l'avertissement de l'Enfer : *Laissez toute espérance vous qui entrez.* S'il en sortait tout de même quelques-uns, ce n'était pour eux que partie remise.

Ayant pédalé à travers Clermont et Montferrand, Germain se présenta au standard :

— Je suis l'abbé Ferrier, responsable de Saint-Pierre-les-Minimes à Clermont. On m'a dit qu'ici plusieurs personnes ne reçoivent guère de visites. Elles seraient sans doute heureuses que je les rencontre. Je ne chercherai pas à leur offrir des secours religieux si elles ne les désirent point. Simplement, un peu de conversation fraternelle, pour qu'elles ne se sentent pas abandonnées. Est-ce possible ?

La standardiste appela le directeur, expliqua la proposition, répondit : « Je n'y manquerai pas… Pas plus d'une demi-heure… J'ai bien compris… »

— Je vais, dit-elle, vous confier à une infirmière qui vous accompagnera et vous présentera à quelques malades. Avec chacun, vous aurez droit à trente minutes d'entretien, pas davantage. Vous pouvez vous asseoir.

Vint l'infirmière, enfermée dans sa blouse blanche.

— Veuillez enlever votre béret et enfiler ce gilet de polypropylène qui épargnera les malades des germes que vous pourriez leur apporter.

Elle le conduisit de couche en couche. Certains gisants étaient plongés dans le coma, les yeux fermés, les lèvres scellées. Germain ne pouvait rien pour eux si ce n'est tracer un signe de croix sur leur front humide. D'autres respiraient encore, leurs lèvres bougeaient, prononçaient des syllabes incompréhensibles. Il se penchait vers ceux-ci, murmurait :

— Je suis Germain Ferrier, votre ami, votre frère. Désirez-vous que nous parlions ensemble ?

Si les paupières disaient oui, il prenait une main du malade, la serrait entre les siennes, essayait d'y percevoir les pulsations, généralement faibles, espacées, tout en extrasystoles.

— Quel était votre métier… votre profession… votre travail ?

Parfois le malade arrivait à prononcer « agriculteur… maçon… commerçant… ». Germain chantait l'éloge de l'agriculture, de la maçonnerie, du commerce.

— Ce sont des métiers difficiles. Vous méritez bien un peu de repos. Aviez-vous beaucoup de clients ?

Le malade hochait de la tête ou du nez.

— Dépêchez-vous de vous lever. Ils vous attendent.

Plus loin, ce fut une femme dévorée par le sida, mais persuadée de sa prochaine guérison :

— On a trouvé les bons remèdes, affirmait-elle. Déjà, je vais un peu mieux. Ce qui me manque, c'est des forces. Mais elles vont revenir. Chaque jour, je reprends un peu de poids.

Aucun de ces agonisants ne se croyait à la dernière extrémité. Aussi, Germain se gardait-il de leur proposer l'extrême-onction. Tout au plus, à leur insu, récitait-il dans sa tête, muettement, une prière à saint Joseph, à saint Jean, à saint Antoine, à la Vierge Marie lorsqu'il avait obtenu le prénom du ou de la malade. « Ô Dieu qui, par une perfection qui vous est propre, êtes toujours enclin à la miséricorde et à la clémence, pardonnez-lui les péchés qu'il, qu'elle n'a pu vous confesser dans son agonie. Et que la maison de votre

Père le, la reçoive si vous jugez qu'il, qu'elle mérite d'y accéder… »

« Mourir est un art, se disait-il. On peut rater sa mort comme on a raté sa vie. Pour cet art, il faut posséder le don. J'imagine un sculpteur à qui l'on donne une motte d'argile. On lui dit : "Tires-en une amphore." Il la tourne et la retourne, la creuse, la boursoufle. Et s'il n'a pas le don, il n'obtient qu'un objet sans visage, bon tout juste à cracher dedans. Il regarde sa motte avec effroi, se dit en se tordant les mains que jamais il ne saura, jamais il ne saura. Mais nul ne peut l'exempter de l'ouvrage. Ô Dieu ! Comme certaines personnes sont peu douées pour l'art de mourir ! Leurs yeux cherchent dans les miens le courage nécessaire. Je leur souris. Je fais semblant de ne pas comprendre. De ne pas croire à l'ordre supérieur. Ou de prendre le mourir pour une formalité sans importance. C'est ce qu'a cru mon père Annet en s'envoyant un coup de fusil sous le menton. Sans se demander s'il en avait le droit. Sans consulter sa famille, son chien, ses amis, le curé d'Orléat. Sans imaginer la bouillie de chair, de cervelle, d'os et de sang qu'il enverrait au plafond et qu'il faudrait lessiver. Il a raté sa mort. »

Une certaine mourante avait les mains plissées, parcourues de veines sombres. Elle lui confia :

— J'avais des doigts longs, effilés, pour jouer du piano. Mais comme lavandière, je n'ai jamais joué que de la brosse et du battoir.

Ses doigts étaient maintenant plissés, demi-vidés de leur substance, tels des lombrics sur une route après la pluie. Elle réussit quand même à bien pétrir sa motte d'argile. Elle avait le don. Elle mourut merveilleusement.

Au sortir du mouroir, il se dépouillait de la blouse de protection qui allait finir au feu. Il se sentait la conscience chargée de tous les péchés que les gisants n'avaient pu lui confesser, qu'il devinait ou supposait. Pareil au bouc émissaire dont jadis se servait Israël à la fête des Expiations, sur quoi le grand prêtre étendait ses mains avant de le conduire aux confins du désert au milieu des cris de joie de tout le peuple défait de ses iniquités. Avec ce poids sur les épaules, le dos courbé sur sa bicyclette, il traversait difficilement Cebascum, passait devant la maison Rouge, longeait Montferrand et sa dame de Prospérité, regagnait à Ceyrat son presbytère.

Il fit ce voyage des dizaines de fois. Puis il dut y renoncer.

Pas encore très vieux, la septantaine à peine entamée, il constatait de plus en plus la mauvaise volonté des choses. Ses clés disparaissaient dans les placards, il mettait des quarts d'heure à les retrouver. Ses dossiers devenaient des embrouillaminis incompréhensibles. Sa casquette disparaissait sous les meubles, ses épingles dans les rainures du parquet. Il retrouvait sur l'autel les timbres-poste qu'il avait achetés la veille. Il prenait les 50 cents pour des euros. Il se cognait aux coins des tables, essayait d'enfiler une aiguille sans y parvenir.

— Vous prenez mauvaise vue, mon père, lui dit le sacristain. Faudrait voir un ophtalmo.

Il s'y résigna. Ce spécialiste lui introduisit la tête dans une machine qui ressemblait à la débredinoire de Saint-Menoux, près de Moulins. Après l'avoir longtemps examiné, l'ophtalmo déclara :

— Vous souffrez d'une opacité des cristallins. Cela s'appelle la cataracte.

— Quel est le remède ?

— L'opération chirurgicale. Après quoi, les lunettes.

— Sinon ?

— Sinon, c'est bientôt la cécité totale.

— Tout ça doit coûter très cher.

Le docteur avança un chiffre exorbitant.

— Faut que je réfléchisse, dit Ferrier.

Il réfléchit longtemps, décida de laisser faire le Seigneur. (Les incroyants disent la nature.) « Si Dieu a décidé que je devienne aveugle, c'est son affaire, pas la mienne. J'apprendrai le braille. » Il acheta une canne blanche. Il renonça à la bicyclette. Les bagnoles lui laissaient le passage, même hors des zébrures, elles respectaient sa canne. Des piétons lui prenaient le bras pour l'aider à traverser. À son domicile de Ceyrat, il s'aperçut qu'il voyait mieux dans une demi-obscurité qu'en plein jour. Mais il lui arrivait de trébucher, de s'affaler en pleine rue. Les passants ceyratois, qui le connaissaient, l'aidaient à se relever, s'inquiétaient :

— Rien de cassé ?

— Non, non. Tout juste des meurtrissures.

— Faut-il appeler un docteur ?

— Ça ira, ça ira.

Autre chose. La nuit, vers les 3 heures du matin, des crampes le réveillaient, aux cuisses, aux mollets ou aux orteils. Il leur donnait d'abord des claques, mais elles s'obstinaient. Il devait se lever, marcher dans la chambre, en long, en large, en travers. La douleur devenait enfin supportable, il regagnait sa couche. Il demandait :

— Seigneur, à quoi riment ces tortures ? Que voulez-vous de moi ?

Pendant la journée, errant d'une pièce à l'autre, il se cognait aux choses, pensant aux vers de Paul-Jean Toulet :

Prends garde à la douceur des choses.
Lorsque tu sens battre sans cause
Ton cœur trop lourd.

Toutes les choses lui étaient maintenant hostiles. Il se cognait aux meubles, il perdait ses clés, il les retrouvait dans les coins les plus inattendus.

— Pourquoi, Seigneur ? Voulez-vous que je m'oublie moi-même ?

Il restait quand même le curé de Saint-Pierre-les-Minimes et continuait de chanter les messes à l'aveuglette. Sauf qu'il ne distribuait plus les saintes hosties, laissant ce soin à son sacristain.

Il pratiquait souvent l'autoconfession :

— Seigneur, quel mérite ai-je eu sur terre ? Je n'ai pas été déporté, je n'ai pas sauvé des Juifs, ni des Résistants, ni des communistes. Tout juste deux petits chats nouveau-nés. Je n'ai rien fait qui vaille. Pardonnez, Seigneur, mon incompétence, ma nullité qui me remplissent de honte.

Bien qu'il conservât encore un peu de vue, il se mit à étudier le braille inventé par Louis Braille vers 1850, de nos jours adopté dans tous les pays qui emploient l'alphabet latin. On lit avec les doigts : un point tout seul, *a* ; deux points verticaux, *b* ; trois points horizontaux, *c* ; trois points en triangle, *d*. Un aveugle bien exercé, promenant ses index sur ces points en relief, est capable de lire une page avec la même célérité qu'un voyant.

Il reçut une lettre de l'évêque de Clermont, qu'il déchiffra au moyen d'une loupe.

Cher ami,

Je vous souhaite un heureux anniversaire, votre soixante-quatorzième. À la paroisse de Saint-Pierre-les-Minimes, vous avez fait preuve d'un esprit de charité, d'un dévouement sans égaux dans vos fonctions de prêtre. Je vous en félicite. Connaissant également certains empêchements physiques qui limitent votre activité, je vous conseille de prendre votre retraite et de vivre vos dernières années dans la foi chrétienne et le repos au sein de votre famille. À défaut, il existe dans le département plusieurs maisons de retraite agréées dont je vous donnerai la liste. Vous y serez chaleureusement accueilli…

Germain répondit en ces termes :

Monseigneur,

Je vous remercie des paroles élogieuses dont vous me comblez. Il est vrai que ma mauvaise vue me gêne beaucoup dans mes fonctions sacerdotales, et que l'alphabet braille n'est point pour moi un grand secours. Je vais donc suivre votre conseil et prendre dans ma famille une période de vacances en attendant celles que Dieu m'accordera un jour. Pardonnez ma mauvaise écriture. Mais soyez certain, Monseigneur, de mon infini respect et de ma parfaite obédience…

Il consulta Richard, son frère aîné, qui accepta de le recevoir, lui, ses bagages et la petite pension versée par les finances épiscopales. Ses neveux Olive et Théa, peu intéressés par l'agriculture, achevaient leurs études à Clermont-Ferrand, elle pour devenir avocate, lui pour devenir ingénieur, et ils ne voyaient aucun inconvénient à son retour à Mondeviolle. Il quitta Ceyrat, le presbytère dont il n'avait été que le locataire forcé, Montrognon et son donjon éventré, le buste de Jean-Baptiste Marrou, les bois environnants où il allait cueillir des champignons et des fraises sauvages, le camping et ses chalets, le moulin de la Tronchère. Il chargea dans le taxi une corbeille de frusques, une caisse de livres dont quelques-uns en braille, un sac de chaussures, expliqua au chauffeur où se trouvait Mondeviolle, près d'Orléat, non loin de Lezoux. Et il arriva chez les Ferrier avec l'appui de sa canne blanche.

— Tu es vraiment aveugle ? s'enquit Richard.

— Pas tout à fait. J'ai seulement la vue basse.

— Je me demande bien à quoi tu pourras t'occuper !

— À bien des choses.

Il en fit la démonstration. Dans la cuisine, il sut écosser les petits pois et les haricots secs. Il sut peler au couteau les châtaignes, râper les carottes, détailler le pain en tranches, éplucher les patates avec l'épluche-légumes. Le soir, il sut lire d'une voix claire les fables de La Fontaine transcrites en braille. Tout le monde s'émerveilla de la course de ses doigts sur les alphabets pointillés. Au jardin, il sut bêcher, mais non semer. Il promit de cueillir les fraisettes.

Le dimanche, il marchait jusqu'à Orléat pour entendre la messe chantée par le curé de Lezoux. Au sortir de l'église, il ne manquait pas d'aller saluer et bénir ses parents qui l'attendaient.

Il vivota ainsi jusqu'aux approches de l'année 2010, toujours entouré de brouillard et d'objets ennemis. Les poules picorèrent les fraisettes, levant chaque fois leur bec vers le ciel pour en remercier le semeur céleste et pour mieux déglutir. En se couchant, il enfonçait deux doigts sous son menton pour vérifier le fonctionnement des carotides. Il comptait les pulsations, les extrasystoles. Visiblement, son cœur aspirait lui aussi au repos. Le dos de ses mains s'ornait de veines bleues saillantes qui dessinaient deux lettres majuscules ; la gauche un *W*, la droite un *Y*. Ce qui en les joignant donnait le mot anglais *WY*, mais il manquait le *H*. Pourquoi ? Qui voit ses veines voit ses peines.

Son cœur s'arrêta de palpiter le 7 décembre 2010, fête de saint Ambroise, évêque de Milan. Tous les habitants de Mondeviolle assistèrent à ses obsèques, environ trois dizaines de personnes. Aucun fidèle de Saint-Pierre-les-Minimes ne vint de Clermont. *La Montagne* lui consacra un articulet nécrologique. Il s'en alla avec le grade qu'il avait choisi depuis son entrée dans les ordres : être toujours le dernier de la paroisse.

Jean Anglade
dans Le Livre de Poche

Une vie en rouge et bleu n° 32280

Régis Féraz est le dernier de nos poilus. Qu'il le veuille ou non, il est devenu un héros. On voudrait recueillir de sa bouche un ultime témoignage. Mais ce centenaire passe pour un peu « bredin », pour un peu fou. Depuis des années il ne veut plus entendre parler de la Grande Guerre. Seule Léone sait quel souvenir indicible son grand-père veut garder pour lui... Sans jamais se départir de cette ironie tendre qui fait notre délice, Jean Anglade nous entraîne sur les pas d'un enfant de la patrie, emporté dans les cruautés d'un siècle meurtri par la folie des hommes.

Du même auteur :

ROMANS

Le Chien du Seigneur, Paris, Plon, 1952 (Prix populiste, 1953)
Les Mauvais Pauvres, Paris, Plon, 1954
Les Convoités, Paris, Gallimard, 1955
L'Immeuble Taub, Paris, Gallimard, 1956, Bartillat, 2001
Le Fils de Tibério Pulci, Paris, Robert Laffont, 1959, ou *La Combinazione*, Paris, Julliard, 1988
La Foi et la Montagne, Paris, Robert Laffont, 1962 (Prix des Libraires, 1962)
Le Péché d'écarlate, Paris, Robert Laffont, 1966 (Prix de la Revue indépendante, 1968)
Des chiens vivants, Paris, Julliard, 1967 ; Presses de la Cité, 2010
La Garance, Paris, Julliard, 1968, AEDIS, 2000
Une pomme oubliée, Paris, Julliard, 1969
Le Point de suspension, Paris, Gallimard, 1969
Un front de marbre, Paris, Julliard, 1970
Un temps pour lancer des pierres, Paris, Julliard, 1974
Le Voleur de coloquintes, Paris, Julliard, 1972 (Prix Maupassant, 1974)
Le Tilleul du soir, Paris, Julliard, 1975
Le Tour du doigt, Paris, Julliard, 1977

Les Ventres jaunes, Paris, Julliard, 1979, Presses de la Cité, 2007
La Bonne Rosée, Paris, Julliard, 1980, Presses de la Cité, 2008
Les Permissions de mai, Paris, Julliard, 1980, Presses de la Cité, 2009
Le Pays oublié, Paris, Hachette, 1982
La Noël aux prunes, Paris, Julliard, 1983 (Prix de la bibliothèque de prêt du Cantal, 1984)
Les Bons Dieux, Paris, Julliard, 1984
Avec flûte obligée, Paris, Julliard, 1986
La Dame aux ronces, Paris, Presses de la Cité, 1989
Juste avant l'aube, Paris, Presses de la Cité, 1990
Un parrain de cendre, Paris, Presses de la Cité, 1991
Le Jardin de Mercure, Paris, Presses de la Cité, 1992
L'Impossible Pendu de Toulouse, Paris, Fleuve noir, 1992
Gens d'Auvergne, Paris, Omnibus, 1992
Y a pas d'bon Dieu, Paris, Presses de la Cité, 1993
La Soupe à la fourchette, Paris, Presses de la Cité, 1994
Un lit d'aubépine, Paris, Presses de la Cité, 1995
Suite auvergnate, Paris, Omnibus, 1995
La Maîtresse au piquet, Paris, Presses de la Cité, 1996
Le Saintier, Paris, Presses de la Cité, 1997
Le Faucheur d'ombres, Paris, France Loisirs, 1998
Le Grillon vert, Paris, Presses de la Cité, 1998
La Fille aux orages, Paris, Presses de la Cité, 1999
Un souper de neige, Paris, Presses de la Cité, 2000
Auvergne encore, Paris, Omnibus, 2000
Les Puysatiers, Paris, Presses de la Cité, 2001
Dans le secret des roseaux, Paris, Presses de la Cité, 2002
La Rose et le Lilas, Paris, Presses de la Cité, 2003
L'Écureuil des vignes, Paris, Presses de la Cité, 2004
Une étrange entreprise, Paris, Presses de la Cité, 2005
Le Temps et la Paille, Paris, Presses de la Cité, 2006

Le Semeur d'alphabets, Paris, Presses de la Cité, 2007
Un cœur étranger, Paris, Presses de la Cité, 2008
Les Délices d'Alexandrine, Paris, Presses de la Cité, 2009
Une vie en rouge et bleu, Paris, Calmann-Lévy, 2010
Les Doigts bleus de la pluie, Presses de la Cité, 2011
Le Choix d'Auguste, Calmann-Lévy, 2012
Le Sculpteur de nuages, Calmann-Lévy, 2013

BIOGRAPHIES

Hervé Bazin, Paris, Gallimard, 1962
Sidoine Apollinaire, Clermont-Ferrand, Volcans, 1963
Pascal l'insoumis, Paris, Perrin, 1988
Les Montgolfier, Paris, Perrin, 1990
Qui t'a fait prince ?, Paris, Robert Laffont, 1997
Aux sources de mes jours, Paris, Presses de la Cité, 2002

HISTOIRE

*La Vie quotidienne dans le Massif central au XIX*e siècle, Paris, Hachette, 1971 (Prix de l'Académie française, 1972)
Histoire de l'Auvergne, Paris, Hachette, 1974
La Vie quotidienne contemporaine en Italie, Paris, Hachette, 1973
Les Grandes Heures de l'Auvergne, Paris, Perrin, 1977
La Vie quotidienne des immigrés en France de 1919 à nos jours, Paris, Hachette, 1984
Le Pape ami du diable, Monaco, Le Rocher, 2002

ESSAIS

Les Greffeurs d'orties, Paris, La Palatine, 1958
Grands Mystiques, Paris, Pierre Waleffe, 1967
Solarama Auvergne, Paris, Solar, 1972

NOUVELLES

Avec le temps..., Paris, Presses de la Cité, 2004

DIVERTISSEMENTS

Riez pour nous, Paris, Robert Morel, 1972 (Prix Scarron, 1972)

L'Auvergne et son histoire, BD, dessins d'Alain Vivier, Roanne, Horvath, 1979

Célébration de la chèvre, Paris, Robert Morel, 1970, Coralli, 1997

Cent clés pour comprendre le feu, Paris, Robert Morel, 1973

Les Zigzags de Zacharie, Saint-Germain-Lembron, CRÉER, 1978

Fables omnibus, Paris, Julliard, 1981, ou *Les Fables de Jean Anglade*, Riom, De Borée, 2009

Confidences auvergnates, Étrepilly, Bartillat, 1993

L'Auvergne aux tisons, Luzillat, Coralli, 1994

Auvergnateries, dessins de Jacques Poinson, Chamalières, Canope, 1994

La Bête et le Bon Dieu, Paris, Presses de la Cité, 1996

Le Faon sans héritage, Vichy, AEDIS, 1996

Abécédaire auvergnat, Luzillat, Coralli, 1997

Le Pain de Lamirand, Riom, De Borée-Coralli, 2000

ALBUMS

L'Auvergne que j'aime, Paris, SUN, 1973

Drailles et burons d'Aubrac, Paris, Le Chêne, 1980

L'Auvergne et le Massif central d'hier et de demain, Paris, Delarge, 1981

Clermont-Ferrand d'autrefois, Lyon, Horvath, 1981

Clermont-Ferrand fille du feu, Seyssinet, Xavier Lejeune, 1990

Les Auvergnats, Paris, La Martinière, 1990
Mémoires d'Auvergne, Riom, De Borée, 1991
L'Auvergne vue du ciel, Riom, De Borée, 1993
Trésors de bouche, Riom, De Borée, 1990
Mon beau pays la Haute-Loire, Riom, De Borée, 1998
L'Auvergne de Jean Anglade, Riom, De Borée, 2007
Aux sources de mes jours, Presses de la Cité, 2010

TRADUCTIONS DE L'ITALIEN

Le Prince, de Machiavel, Paris, Le Livre de Poche, 1985
Le Décaméron, de Boccace, Paris, Le Livre de Poche, 1979
Les Fioretti, de saint François d'Assise, Paris, Le Livre de Poche, 1983
Le Convoi du Brenner, de Ruggero Zangrandi, Paris, Robert Laffont, 1962
La Religieuse de Monza, de Mario Mazzucchelli, Paris, Robert Laffont, 1962

POÉSIE

Chants de guerre et de paix, Attichy, Le Sol Clair, 1945, *Décembre* (à paraître)

THÉÂTRE

Le Cousin des îles, scénario d'après *Les Bons Dieux*

FILMS

Une pomme oubliée, réalisation de Jean-Paul Carrère
Les Mains au dos, réalisation de Patricia Valeix
Le Manuscrit du dôme, DVD

CASSETTES

Contes et légendes d'Auvergne, Paris, Nathan
Si Lempdes m'était chanté, Mairie de Lempdes, Puy-de-Dôme

VIDÉOCASSETTES

Mémoires d'Auvergne (Films Montparnasse)
Le Tour de France des métiers, Auvergne (BETA Production)

PAPIER À BASE DE
FIBRES CERTIFIÉES

Le Livre de Poche s'engage pour
l'environnement en réduisant
l'empreinte carbone de ses livres.
Celle de cet exemplaire est de :
350 g éq. CO_2
Rendez-vous sur
www.livredepoche-durable.fr

Composition réalisée par PCA

Achevé d'imprimer en août 2013 en France par
CPI BRODARD ET TAUPIN
La Flèche (Sarthe)
N° d'impression : 3001566
Dépôt légal 1re publication : août 2013
LIBRAIRIE GÉNÉRALE FRANÇAISE
31, rue de Fleurus – 75278 Paris Cedex 06

31/7495/0